Tief in der Eifel

Ralf Hergarten, geboren 1965 auf Kölns „Schäl Sick", ist seit 1980 mit Unterbrechungen Wahl-, Wohn- und Überzeugungseifler. Ex-Unternehmensberater, Ex-Motorradfahrer und Ex-Bürgermeister der Stadt Schleiden, in der die ehemalige Nazi-Ordensburg Vogelsang liegt. Nach der/durch die Politik ließ ihn das kriminelle Denken nicht mehr los und er begann mit dem Schreiben.

RALF HERGARTEN

Tief in der Eifel

EIFEL KRIMI

emons:

Bibliografische Information der Deutschen Nationalbibliothek
Die Deutsche Nationalbibliothek verzeichnet diese Publikation in der Deutschen Nationalbibliografie; detaillierte bibliografische Daten sind im Internet über http://dnb.d-nb.de abrufbar.

MIX
Papier aus verantwortungsvollen Quellen
FSC® C083411

Umschlagmotiv: photocase.com/taretz
Umschlaggestaltung: Tobias Doetsch
Gestaltung Innenteil: César Satz & Grafik GmbH, Köln
Lektorat: Lisa Bitzer
Druck und Bindung: CPI – Clausen & Bosse, Leck
Fotografie Seite 6: F. A. Heinen
Printed in Germany 2015
Erstausgabe 2014
ISBN 978-3-95451-267-6
Eifel Krimi
Originalausgabe

Hier sollen Führer für das Volk erzogen werden, keine Theologen,
aber Führer, Prediger und Werber, fanatische Menschen,
die von dem Glauben an Deutschland beseelt sind,
die glauben an das Volk, an die Deutsche Nation,
an unser Vaterland und an unseren Führer.
Hier soll die neue Idee Deutschlands gezüchtet werden.

Robert Ley, 22. September 1934,
zur Grundsteinlegung der Ordensburg Vogelsang,
zitiert nach: H.-D. Arntz, »Vogelsang. Geschichte der
ehemaligen NS-Ordensburg«, Aachen 2008

Prolog

Hermann von Hasselt fror. Er hasste den Winter. Und er hasste die Gegend um Auschwitz, gerade in dieser gottverdammten kalten Jahreszeit. Doch fror er nicht nur körperlich. Er war Rheinländer. Diese Zeit des Jahres gehörte dem Karneval. Für einen Moment schloss er die Augen, hörte die Musik und spürte die bewundernden Blicke der Damen auf den Abzeichen, die an seiner Uniform hingen.

Dieser verdammte Krieg. Er hatte alles verändert. Auch ihn. Aus dem Beau von einst war ein Offizier geworden. Goebbels hatte in seinen Reden immer wieder betont, dass Männer wie er gebraucht würden, um das Vaterland zu vergrößern und gleichzeitig all das auszurotten, was von innen die Kräfte des Deutschen Reiches zerstörte.

Von Hasselt hatte anfänglich noch bezweifelt, dass das, was der Führer ihnen befahl und was dieser unermüdliche Rhetoriker Goebbels verbreitete, wirklich alles so hieb- und stichfest war. Mit der Zeit jedoch war er zu der Erkenntnis gekommen, dass ihm seine Zweifel gefährlich werden konnten. Nach und nach hatte er es geschafft, sein Gewissen zum Schweigen zu bringen, und so seine Karriere beschleunigt. Es gab halt immer Gewinner und Verlierer, und Hermann von Hasselt verachtete alles, was schwach war. Ein Leben, wie er es jetzt führte, wäre mit Mitleid nicht möglich gewesen.

Seit dem Attentat auf den Führer vor rund zehn Monaten war allerdings nichts mehr wie vorher. Erstmals seit Jahren hatten sich die Zweifel wieder gemeldet. Was, wenn der Endsieg doch nicht so nah war, wie die da oben immer behaupteten? Die Meldungen von der Front waren beängstigend. Natürlich, offiziell sprach auch von Hasselt weiter vom unmittelbar bevorstehenden Triumph des Dritten Reiches, von der Schlacht aller Schlachten – doch innerlich graute ihm bei dem Gedanken, dass alles vielleicht ganz anders kommen könnte. Was würde passieren, wenn Amerikaner,

Briten und Russen die deutsche Armee in die Knie zwangen? Von Hasselt malte sich aus, dass den hochrangigen Offizieren dann ein ähnliches Schicksal drohte wie den gegnerischen Soldaten bisher. Und davor hatte er eine Höllenangst. Verlierer sein – das kam für einen von seinem Schlag nicht in Frage.

Für den schlimmsten Fall hatte sich von Hasselt einen Plan B zurechtgelegt. Vorsichtshalber. Man wusste ja nie. Reden konnte er natürlich mit niemandem darüber. Zu groß war die Gefahr, für eine unbedachte Bemerkung in arge Bedrängnis zu geraten, bis hin zur Exekution wegen Kritik am Führer.

Nur seine Frau Helene, eine entfernte Cousine der Krupps, die er noch vor Ausbruch des Krieges geheiratet hatte, der einzige Mensch, dem er bedingungslos vertraute, war eingeweiht. Sie hatte stets loyal zu ihm gehalten und ihm immer wieder die Kraft gegeben, die er brauchte, um sich im harten Aufstiegskampf zu bewähren. Zum Dank für ihre Loyalität würde sie auch nach dem Krieg zu ihm gehören.

Als er Helene von seinen Notfallplänen berichtet hatte, hatte sie ihn zunächst für verrückt gehalten.

»Das willst du nicht wirklich tun? Glaubst du nicht mehr an den Endsieg? Nach allem, was du für den Führer getan hast, soll es keinen anderen Ausweg geben?«

»Ausweg? Welchen Ausweg denn? So wie die Frontlinien derzeit verlaufen, kann ich nicht mehr annehmen, dass wir den Krieg gewinnen. Die Amerikaner stehen schon in der Eifel, und ich habe Gerüchte gehört, dass die führenden Offiziere, die die Alliierten gefangen nehmen, kurzerhand exekutiert werden. Helene, ich habe Angst. Zum ersten Mal in meinem Leben habe ich wirklich Angst.«

»Hermann, du erschreckst mich! Du hast doch immer gesagt, nichts und niemand kann den Führer besiegen. Du hast immer gesagt, einem deutschen Offizier kann nichts passieren. Und jetzt willst du fliehen?«

»Liebling, glaub mir: Wenn ich irgendeine andere Möglichkeit sehen würde, ich würde sie ergreifen. Ich kann dir nicht einmal verübeln, wenn du hierbleiben willst.«

»Du weißt, dass ich dir jederzeit folgen werde, wohin du auch gehst.« Sie trat zu ihm heran und legte die Arme um seinen Hals. »Sag mir, was wir tun sollen.«

»Ein Kamerad, der Passierscheine druckt, wäre für einen ordentlichen Batzen Geld bereit, uns neue Pässe zu besorgen.«

Helene wich zurück. »Du willst mit einem Verräter zusammenarbeiten? So kenne ich dich ja gar nicht!«

»Versteh doch, es geht um unser Leben! Was glaubst du, was passiert, wenn der Feind wirklich siegt? Soll ich mich an die Wand stellen lassen? Und was wird dann aus dir? Verdammt, ich sehe wirklich keine andere Möglichkeit. Früher hätte ich einen solchen Verräter einfach hinrichten lassen, aber die Zeiten ändern sich. Liebling, ich weiß nicht, wie ich es dir schonend beibringen soll, aber ... der Führer hat versagt.«

Helene schlug entsetzt die Hand vor den Mund und blickte unwillkürlich um sich. Von Hasselt ahnte, welch ein Schock dies für seine Frau sein musste. Solche Reden aus seinem Mund – ausgerechnet von ihm, der immer auf der Siegerseite gestanden hatte, der jede Schwäche verabscheute. Wenn er an Hitler zweifelte, dann musste die Lage ernst sein.

Helene hielt kurz inne, dann antwortete sie: »Tu, was du tun musst. Ich stehe zu dir, das weißt du.«

Beruhigt nahm er sie in den Arm. Der schwerste Teil lag noch vor ihm. »Liebling, das ist noch nicht alles. Es gibt noch etwas, was ich dir sagen muss.«

»Und das wäre?«

»Damit im Fall einer Kontrolle kein Verdacht auf uns fällt, werden wir einen«, er schluckte, »anderen Namen in die Pässe eintragen lassen.«

Sie seufzte. »In Ordnung.«

»Einen jüdischen.«

»Hermann!«

»Glaub mir, mich selbst ekelt es, einen dreckigen Judennamen anzunehmen, doch wenn davon unsere Freiheit abhängt, werden wir sogar das verkraften.«

Seine Frau hatte schweren Herzens eingewilligt. Bis zu diesem

Tag war sie immer gut damit gefahren, seinen Vorschlägen zu folgen, das wusste er, und sie hatte ihm auch dieses Mal versichert, dass er eine Entscheidung treffen werde, die für sie beide die richtige war.

»Heil Hitler!«, riss ihn der Rottenführer Scherer aus den Gedanken.

»Heil Hitler!«, antwortete von Hasselt und bedeutete dem Mann mit einem Kopfnicken, ihm zu einer kleinen Baracke in der Nähe der Standortkommandantur zu folgen. Er zog sein silbernes Etui aus der Uniformjacke und bot Scherer eine Zigarre an. »Ist alles gelaufen wie geplant?«

»Selbstverständlich, Herr Sturmbannführer, wie gewünscht. Die Häftlinge warten darauf, dass Sie, verehrter Sturmbannführer, sich von ihrer Eignung überzeugen. Hier habe ich die Ausweise für Sie. Sie wissen doch, auf mich können Sie sich verlassen.«

Von Hasselt betrachtete die Papiere. In der Tat, das Foto des Juden, ein wenig abgegriffen und verblasst, wies bei flüchtiger Betrachtung eine gewisse Ähnlichkeit mit ihm auf. Das Bild der Frau zeigte ein schmales Gesicht, das von langen dunklen Haaren eingerahmt wurde. Tatsächlich sah sie Helene ähnlich. Nach der Rassenlehre, die von Hasselt immer logisch erschienen war, hätte das eigentlich unmöglich sein müssen.

So weit ist es also gekommen, dachte er, dass ich mir den Namen eines Itzigs und eine optische Ähnlichkeit mit der minderwertigen Rasse gefallen lassen muss.

»Ich bin Ihnen zu Dank verpflichtet, Scherer«, sagte er leise und zog einen Umschlag mit drei dicken Bündeln aus der Jacke. »Hier ist Ihr vereinbarter Lohn. Führen Sie mich zu den Gefangenen.«

Scherer ging voran. Sie stiegen in einen Kübelwagen und fuhren an Block B-II, dann an den Krankenlagern für Männer vorbei. Von Hasselt blickte stur geradeaus und zog seinen Uniformmantel enger um sich.

Auf der Rückseite von Gaskammer und Krematorium 5 hielt Scherer das Fahrzeug vor einem Bretterverschlag an. Er erzählte von Hasselt, diese Hütte werde gelegentlich genutzt, wenn sich Soldaten, die zur Bewachung der Sträflinge eingeteilt waren, eine Gefangene herausgriffen und sich mit ihr vergnügten.

All der Dreck, die Krankheiten, das Elend – von Hasselt wurde erneut von einer Welle des Ekels erfasst. Es war ihm unerklärlich, wie Scherer stolz davon berichten konnte, dass es Soldaten gab, die diese dreckigen Juden freiwillig anfassten. Von Hasselt führte das auf die grundsätzliche Primitivität Scherers zurück. Aber sich an ihnen vergreifen? Das konnte man ja nicht einmal damit entschuldigen, dass sie einer minderwertigen Rasse angehörten.

Jetzt, bei dieser bitteren Kälte, war nicht zu erwarten, dass sie gestört würden.

Scherer und von Hasselt betraten die Baracke. Die Gefangenen, die dort mit gefesselten Händen in einer Ecke auf dem Boden saßen, ein Mann und eine Frau, waren kaum wiederzuerkennen. Mit den Fotos auf den Ausweisen hatten sie nicht mehr viel gemein. Zwei Gerippe in Lumpen, die Augen vor Angst weit aufgerissen, stumm.

Was für ein Unterschied. Auf der einen Seite diese jämmerlichen Gestalten, auf der anderen Scherer und von Hasselt in Uniform mit dem gefürchteten doppelten Runen-S auf dem Revers.

Von Hasselt schauderte. Da war wieder dieses Gefühl, das er nicht einordnen konnte. Es war wie bei der Jagd, kurz bevor er seine Beute erlegte. Sein Opfer tat ihm einen Augenblick lang leid – eine Schwäche, für die er sich im nächsten Augenblick zutiefst verabscheute.

»Aufstehen!«, bellte Scherer, und beide Gefangenen gehorchten, so gut sie es konnten. »Rumdrehen, Gesicht zur Wand zum Verhör!«, befahl der Handlanger.

Von Hasselt registrierte, wie die Hand der Frau die des Mannes suchte. Gleichzeitig zogen er und Scherer ihre P38, und bevor das jüdische Paar das Klicken des Hahns deuten konnte, schossen sie ihnen ins Genick. Von Hasselt dachte einen kurzen Moment darüber nach, wann das Töten aufgehört hatte, ihm etwas auszumachen. Er konnte es nicht mehr sagen. Es war ein

Teil seines Lebens geworden. Das Einzige, was er jedes Mal danach empfand, war eine tiefe innere Leere.

Scherer öffnete die Tür, versicherte sich, dass niemand in der Nähe war, und gemeinsam schleiften sie die beiden leblosen Körper in die Halle vor der Brennkammer, wo bereits die Leichen des letzten Vergasungsdurchgangs lagen. Niemand würde die Körper zählen. Das, was in den aufheizenden Reden von Goebbels gefeierte und frenetisch bejubelte Theorie war, die vollständige Vernichtung einer anderen Rasse, war hier schon vor langer Zeit zur nüchternen Realität geworden.

Sie entkleideten die beiden Toten. Scherer nahm die Lumpen und warf sie achtlos auf einen Haufen mit Kleidung. Er schwitzte, wohl von der ungewohnten Arbeit, wie von Hasselt vermutete, und seine Augen spiegelten Ungläubigkeit wider, als er sich wieder umdrehte, den Kopf hob und in die Mündung der Pistole blickte.

»Tut mir leid, Albert«, sagte von Hasselt leise, »aber dein Wissen ist mir einfach zu gefährlich, wenn ich ein neues Leben anfangen will.« Dann schoss er Scherer in das überraschte Gesicht. Der Körper des Mannes fiel nach hinten auf den Kleiderhaufen, als habe man einen Sack Mehl umgekippt.

Hermann von Hasselt nahm den Umschlag mit dem Geld, der aus der Uniformjacke Scherers ragte, wieder an sich. Da der wohlgenährte Leib zwischen den ausgemergelten toten Gestalten sicher aufgefallen wäre, wuchtete er die Leiche in die Brennkammer. Aus dem Kübelfahrzeug holte er rasch einen Kanister mit Benzin. An der Wand in der Halle lehnte eine Art Mistgabel. Von Hasselt ergriff sie und schaufelte damit die oberste Schicht des Lumpenhaufens in die Brennkammer, damit der verdächtige große Blutfleck, den Scherer auf den Kleidern hinterlassen hatte, nicht auffiel. Schließlich goss er das Benzin über Scherers Leiche und die Lumpen in der Brennkammer und zündete es an.

Niemand würde den Qualm bemerken, da war er sicher, dafür war das Krematorium zu weit von den Baracken der Kommandantur entfernt, und die Häftlinge hielten sich um diese Uhrzeit schon längst in ihren Verschlägen auf.

Zügig schritt er wieder zum Fahrzeug und fuhr in die Kommandantur. Er stellte den Kübelwagen ab, hastete zu seinem Horch und befahl dem Fahrer, ihn zurück zu seiner Einheit zu bringen. Die beiden Pässe der ermordeten Juden hielt er sicher in der Brusttasche seiner Uniform versteckt.

Wenige Tage später entschied die Kommandantur, den fahnenflüchtigen Albert Scherer als Deserteur zur Fahndung auszuschreiben. Er war vorgestern nach dem Abendappell nicht in das Mannschaftsquartier zurückgekehrt, und ein Kamerad meinte, Scherer habe in den letzten Tagen häufiger Zweifel am Endsieg geäußert. Er wurde nie mehr gefunden.

1

Der Mann, der den Decknamen Xaver trug, tippte nervös mit seiner Ferse auf den Fußboden. Er saß im Konferenzraum 509 des Verteidigungsministeriums auf der Hardthöhe und wartete. Sein Chef hatte angedeutet, dass es einen besonderen Auftrag bezüglich eines stillgelegten Militärgeländes gab. Dieser Auftrag war wohl das Ergebnis eines Deals zwischen der Bundesanstalt für Immobilienaufgaben, dem Verteidigungsministerium und einer Abteilung des NATO-Hauptquartiers in Brüssel. Für diese Aufgabe, so viel hatte Winter bereits durchblicken lassen, war eine Taskforce gegründet worden. Sie bestand aus Mitarbeitern des Verteidigungsministeriums für den militärischen Teil, des Bundesnachrichtendienstes für den technischen Part und des Bundesamtes für Verfassungsschutz für die politische Arbeit. Die Tatsache, dass diese Taskforce ihren Sitz in Rheinbach hatte, deutete darauf hin, dass es um ein Gelände nicht weit von dort gehen würde.

Joachim Winter, sein Vorgesetzter, betrat den Raum, eskortiert von zwei weiteren Herren, die sich nicht vorstellten. Winter ging auf Xaver zu, während sich die beiden Anzugträger wortlos am Ende des Besprechungstisches niederließen, und kam direkt zur Sache: »Die Kollegen sind aus Pullach entsandt, es sind unsere Verbindungsmänner zum Nachrichtendienst, nenn sie einfach Meier und Müller. Du weißt, dass ich nicht viel davon halte, lange um den heißen Brei herumzureden. Was wir heute zu besprechen haben, unterliegt der Stufe Cosmic Top Secret.«

Xaver bemerkte aus den Augenwinkeln, wie sich die Körper der beiden Männer am Ende des Tisches strafften, während sie ihn beobachteten.

»Ich habe den Brüsselern versichert, dass du der richtige Mann für die Aufgabe bist, also enttäusch mich nicht. Außer dir, unseren beiden Freunden hier, dem Verteidigungsminister und mir weiß niemand von dieser Akte.« Winter zog einen versiegelten Umschlag mit dem Aufdruck »Cosmic Top Secret« aus der Tasche. »Es ist besser, wenn das so bleibt.«

Er brach das Siegel auf, nahm einen dünnen Hefter aus dem Umschlag und reichte ihn Xaver. »Das hier«, fuhr er fort, »ist das Ergebnis eines geheimen NATO-Deals. Umsetzungsdauer zehn Jahre. Rapport geht ausschließlich an mich. Lern das Dokument auswendig und vernichte es im Anschluss. Du betreust das Projekt, bis der Auftrag abgeschlossen ist. Dieses Gespräch hat nie stattgefunden.«

Xaver überflog schweigend die paar Seiten, die Winter ihm gereicht hatte, und runzelte die Stirn. Der Auftrag, den er soeben zugeteilt bekommen hatte, war selbst für seine Verhältnisse spektakulär. In groben Zügen war da umrissen, wie die NATO künftig den Truppenübungsplatz Vogelsang zu nutzen gedachte: als geheime Militärbasis, als zentralen Anker Westeuropas für die Verteidigung nach Osten, mit hochmodernen Waffensystemen, wie sie zum Teil schon tief unter der Erde verbuddelt im nahen Mechernich lagerten. Doch im Gegensatz zu der bekannten unterirdischen Bleiberg-Kaserne war hier nicht einfach ein Lager geplant. Hochmoderne Waffensysteme sollten für den sogenannten »Ernstfall«, was auch immer das sein mochte, installiert werden. Geplant wurde eine Station, die zweierlei Aufgaben erfüllte: die Verteidigung der Köln-Bonner Bucht und eine gigantische Abhöranlage, mit der die gesamte Telekommunikation in Westeuropa abgefangen würde. Hübscher Nebeneffekt war ein Waffenlager, in dem Drohnen für ihren Einsatz gelagert und von hier aus gestartet werden konnten, sogar mit nuklear bestückten Interkontinentalraketen.

Die unterirdische Basis, deren Einrichtung er leiten sollte, würde von einer Hundertschaft von EDV-Spezialisten und Waffentechnikern besetzt sein. Die Tarnung des Projekts, so las er, sei unproblematisch: »Der geplante Nationalpark ermöglicht das Absperren weiter Gebiete gegen ungebetene Besucher.«

Xaver musste schmunzeln. Die Tarnung des Stützpunktes

war so einfach wie typisch deutsch: Der Nationalpark Nordeifel wurde von einer Vielzahl von Verordnungen reguliert, darunter das Verbot, die ausgewiesenen Wege, von denen es nur sehr wenige gab, zu verlassen. Es war strikt verboten, im Gelände herumzustreunen, sogar das Einzäunen bestimmter Bereiche wurde immer wieder öffentlich diskutiert. Ein Teil der Fläche war wegen des immer noch sehr hohen Munitionsvorkommens ohnehin nicht zugänglich.

Der Plan mutete Xaver verwegen an, aber das war ganz nach seinem Geschmack. Er hatte die Koordination des Ausbaus zu übernehmen und dafür zu sorgen, dass andere Nutzungen, die für Vogelsang geplant waren, so entschieden wurden, dass das Gebiet offiziell Truppenstützpunkt bleiben konnte, mit einer Militärakademie in der ehemaligen Nazi-Ordensburg und der geheimen unterirdischen Basis nicht weit davon. Dafür würde er Teil des Aufsichtsrats der VDI, der »Vogelsang Development Incorporated«, werden müssen und die Entscheidungen des Gremiums im Sinne seines Auftrags beeinflussen. Was konkret bedeutete: Xaver würde in den politischen Kreisen, die an dem Gebiet beteiligt waren, gegen militante Naturschützer kämpfen müssen, gegen von sich selbst eingenommene Lokalpolitiker, die das Gelände für den Tourismus ausbauen wollten, und gegen die ihm besonders lästigen Pazifisten im Bildungsministerium, die von einer internationalen Begegnungsstätte der Jugend träumten. Kurz: Er würde mitten in die Machtspielchen zwischen Wirtschafts-, Umwelt-, Bau- und Kultusministerium eintauchen müssen und vor aller Augen und doch vollkommen unsichtbar einen geheimen NATO-Stützpunkt errichten. Keine einfache Aufgabe, kannte er doch die von Eitel- und Befindlichkeiten geprägten Diskussionen, die der Presse immer wieder volle Seiten bescherten.

Dabei würde er seine wahren Absichten nie zeigen dürfen, sondern musste der Legende, die für ihn entwickelt worden war, möglichst entsprechen. Er war gespannt, welchen fingierten Lebenslauf Winter für ihn bereithielt.

»Meine Herren«, ergriff Winter wieder das Wort und richtete

sich an die beiden Männer im Raum, »ich verbürge mich dafür, dass mein Mitarbeiter die Anweisungen korrekt umsetzt. Bitte entschuldigen Sie uns jetzt, ich habe noch eine andere Angelegenheit mit ihm zu besprechen.«

Die beiden Anzugträger verließen mit gewichtigem Gesichtsausdruck das Besprechungszimmer. Als sie die Tür hinter sich geschlossen hatten, wandte sich Winter nochmals an Xaver.

»Ich weiß, was ich dir da zumute. Aber glaube mir, ich habe keine andere Wahl.«

»Das ist verrückt, das hier«, sagte Xaver bedächtig. »Wenn das jemals ans Tageslicht kommt, löst das eine Revolution aus.«

Winter grinste verschmitzt. »Einfach kann jeder. Ich weiß ja, warum ich dich geholt habe. Aber zu deiner Beruhigung: Du hast ein nahezu unbegrenztes Budget. Seit dem 11. September ist nichts mehr undenkbar. Wenn du Geld benötigst, rufst du mich an. Denk daran: Wenn Vogelsang zivil wird, werden Fördergelder der EU fließen. Von diesen Geldern werden da oben Straßen instand gesetzt, neue Wasserleitungen und Kanäle gebaut – alles Infrastruktur, die wir für unsere Zwecke nutzen können. Mit anderen Worten: Wir werden die Planungen unterstützen, deren Umsetzung wir später militärisch verwenden können, und all die anderen Projekte, die unseren Zielen nicht förderlich sind, verschleppen, zerreden und verhindern. Du weißt, dass ich das Wort ›Konversion‹ hasse. Umnutzung von militärischen Anlagen – dass ich nicht lache! Im Fall Vogelsangs wäre die zivile Umnutzung ein gigantischer Verlust für das Militär. Das müssen wir auf jeden Fall verhindern. Wenn schon der eigentliche Truppenübungsplatz Nationalpark werden soll«, er spuckte das Wort nahezu verächtlich aus, »müssen wenigstens die Gebäude und die Infrastruktur für das Militär gerettet werden. Und«, er senkte die Stimme, obwohl sonst niemand im Raum war, »wenn das so abgewickelt wird, wie sich die NATO das vorstellt, werden wir beide uns um unsere berufliche Zukunft keine Sorgen mehr machen müssen.«

***

Gut zwei Jahre war es her, dass Xaver in Bonn mit der Umsetzung der NATO-Pläne in Vogelsang beauftragt worden war. Inzwischen hatte sich viel getan. Pünktlich zum Jahreswechsel 2005 hatten die belgischen Truppen das Gelände geräumt. Die Bundesanstalt für Immobilienaufgaben, eine Gesellschaft, die das Immobilieneigentum der Bundesrepublik Deutschland verwaltete und sich unter anderem um die Verwertung von stillgelegten Militäreinrichtungen kümmerte, verwaltete das riesige Gelände.

Auf dem Areal war der historische Pestatem immer noch deutlich zu riechen. Das beklemmende Gefühl des immer noch wachen Nazi-Geistes wollte nicht weichen. Die Nationalsozialisten hatten hier ab 1936 ihre braune Brut ausgebildet. Diese verlor jedoch überwiegend an den Weltkriegsfronten Kopf und Kragen. Nach Kriegsende verschwanden die überlebenden Nazis in der Versenkung, es gab offiziell keine mehr. Sie mussten sich in Luft aufgelöst haben. Viele waren, wie sich später herausstellte, mit neuen Papieren in Südamerika untergekommen.

1946 ließen die Briten die Nazi-Ordensburg mehr oder weniger von der zivilen Bildfläche verschwinden, indem sie drum herum einen Truppenübungsplatz mit Sperrgebiet schufen. 1950 übernahmen die Belgier das Gelände. Seither war das Gebiet zwischen Wahlerscheid, Monschau-Höfen, Hirschrott, Einruhr, Heimbach und Schleiden ein weißer Fleck auf der Landkarte, Terra incognita sozusagen. Doch je weniger Zutritt es gab, desto höher schossen die Mythen ins Kraut: Superwaffen seien da gebaut und getestet worden, die Geheimburg des Führers mit Chambre séparée für Evas Besuche, »Zuchtfabrik« für arischen Nachwuchs, Versteck für das Bernsteinzimmer. Kein Unsinn war absurd genug, um den banalen Bruchsteinbauten nicht angedichtet zu werden.

So war auch das Geisterdorf Wollseifen entstanden, einst ein malerisches Fachwerk-Örtchen, aus dem das Militär in einer beispielhaften Aktion die Bewohner vertrieben und dessen ursprüngliche Gebäude es dem Erdboden gleichgemacht hatte.

Auf dem Gelände hatten die Soldaten Übungshäuser errichtet, einfache, rechteckige, meist zweigeschossige Kästen ohne Fenster, in denen der Häuserkampf geübt worden war. Heute wurde eher eine andere Form des Nahkampfes dort praktiziert: Junge Pärchen nutzten abends die Abgeschiedenheit des Ortes für so manches Stelldichein.

Auch die Spezialeinsatzkräfte der Polizei und die Soldaten anderer Kampfverbände fanden in Vogelsang einen geeigneten Übungsplatz. Schließlich jedoch hatte die belgische Regierung beschlossen, den Übungsplatz aufzugeben, und es war ein heftiges Tauziehen um die künftige Nutzung entbrannt, in dem Naturschutzverbände, die Stadt Schleiden, zu der das Gelände gehörte, der Landkreis Euskirchen und verschiedene zuständige Ministerien ebenso wie private Organisationen und Fördervereine eine ganz eigene Meinung über die Zukunft des Geländes zum Ausdruck brachten.

Das Ergebnis hatte jedoch schon vorher festgestanden: Auf dem eigentlichen Übungsplatz wurde ein Nationalpark eingerichtet, jedoch ohne die Gebäude und Zufahrten zu den ehemaligen Kasernen. Hier war man umso heftiger in Streit darüber geraten, welche Nutzung der Immobilien wohl am ehesten der Natur, der geschichtlichen Bedeutung, der Bevölkerung und den interessierten Touristen gerecht wurde.

Eine Gesellschaft wurde gegründet, in der die wesentlichen Beteiligten zusammen und manchmal auch heftig gegeneinander über die Zukunft berieten. In der VDI waren sie alle versammelt: die Stadt Schleiden und der Kreis Euskirchen, das Bauministerium, das Wirtschaftsministerium, das Umweltministerium und die Immobilienverwaltung des Bundes. Diese heterogene Ansammlung versuchte mehr oder weniger gemeinsam, die Entwicklung Vogelsangs voranzutreiben.

Außerhalb dieser Runde war das Gebiet längst ein heftig umstrittenes Politikum geworden, das die Gemüter ständig erhitzte. »Reißt es ab! Wer braucht schon braune Ruinen!«, riefen die einen. »Macht ein Disney World für die Eifel daraus«, die anderen. »Wir wollen ein Krimi-Hotel«, die Nächsten. Es verging kaum ein Tag, an dem Vogelsang nicht in der Presse erwähnt wurde.

Xaver hatte dank dieser unübersichtlichen Situation relativ leichtes Spiel gehabt. Wenn Entscheidungen zu treffen waren, hatte er in der Regel alle Beteiligten in der Gesellschaft überzeugen können. Durch seine geschickte Argumentation waren keine Projekte gestartet worden, die seinem Ziel, eine spätere militärische Nutzung zu ermöglichen, zuwiderliefen. Niemand wusste, welche Pläne er in aller Stille verfolgte, niemand zweifelte an seiner Aufrichtigkeit. Klammheimlich hatte er an der ehrenwerten Tafelrunde Platz genommen und zog seitdem die unsichtbaren Fäden. Er war der perfekte Maulwurf. Und jetzt war es an der Zeit, den zweiten Teil seines Auftrags in die Tat umzusetzen.

Er fuhr mit seinem Golf über die A 1 in Richtung Flughafen Köln-Bonn. Er freute sich auf ein paar Tage in den USA. »Las Vegas«, stand auf seinem Flugticket, was der Reise den Hauch von Abenteuer verpasste, nach dem er sich nach vierundzwanzig Monaten in der Eifel sehnte. Dennoch: Leider würde er kaum Zeit haben, sich in die legendäre Spielermetropole zu stürzen, denn seine Mission war klar und ließ nur wenig freie Zeit.

Als Xaver die Rheinbrücke bei Rodenkirchen überquerte, schaute er auf die Uhr. Er hatte noch Zeit, und so beschloss er, nach dem Abstellen seines Golfs am Flughafen noch schnell ein Frühstück zu sich zu nehmen.

Er fand sofort einen freien Stellplatz, nahm den Koffer mit der Kleidung für ein paar Tage und einen schmalen Aktenkoffer heraus und schloss den Wagen sorgfältig ab. Er hatte die Akte »Vogelsang« bei sich, die er wie seinen Augapfel hütete und immer bei sich trug. Ihm war klar, er hätte sie eigentlich vernichten sollen – das zumindest war Order von oben gewesen. Am Anfang hatte er sie immer wieder hervorgeholt, so wie man einen neuen Ehering betrachtet, um sich zu versichern, dass er wirklich existiert. Mit der Zeit war die

Dokumentensammlung so etwas wie ein Talisman geworden, und auch wenn sich Xaver normalerweise keine Sentimentalitäten erlaubte, so brachte er es doch nicht über sich, dieses Schriftstück, das sein Leben und seine Karriere so nachhaltig beeinflusste, zu zerstören.

Den zehnstündigen Flug nach Las Vegas verschlief er fast vollständig. Irgendwo mitten über dem Atlantik wachte er einmal kurz auf – er hatte geträumt, dass ein Krieg ausgebrochen war, und er hatte sich in einem Tunnel unter Vogelsang verstecken müssen. Dort war er über jede Menge Leichen gestolpert. Irgendjemand entsorgte hier anscheinend unliebsame Politiker. Jetzt, ein Gähnen unterdrückend, musste Xaver über diesen Gedanken schmunzeln, der ihm gar nicht so unsympathisch war. Dann schlief er wieder ein.

Pünktlich um acht Uhr morgens Ortszeit verließ er den Flughafen von Las Vegas. Er hatte geschlafen wie ein Stein, ein typisches nach nichts und Plastik schmeckendes Flugzeug-Frühstück vertilgt und konnte nun den ganzen Tag noch nutzen. Er öffnete den Jeep, den sein Büro von Deutschland aus gebucht hatte.

Da er sich mit den amerikanischen Straßenverhältnissen nicht auskannte, hatte er bei der Reservierung auf ein Allradfahrzeug bestanden. Jetzt genoss er den bulligen Sound des Achtzylinders, eines Spritfressers, wie er in Europa aufgrund der horrenden Benzinpreise außer Mode gekommen war. Xaver dachte traurig an seinen langweiligen Dienstwagen, den Golf, und wünschte sich insgeheim, mit diesem Jeep auch in Deutschland über die Autobahn und durchs Gelände heizen zu können.

Die Sonne strahlte vom knallblauen Himmel herunter. Gemächlich fuhr Xaver über den Veterans Memorial Highway zur Area 51, wo Captain Steve McCullon ihn schon am streng bewachten Einfahrtsbereich der Nellis Air Force Range empfing.

»Welcome, my friend! Na, da haben Sie uns ja eine nette

Aufgabe mitgebracht«, dröhnte ihm McCullons sonorer Bass entgegen. Überraschenderweise auf Deutsch, wenn auch von einem breiten Südstaatenakzent eingefärbt. »Kommen Sie, wir steigen hier um, den Mietwagen müssen Sie stehen lassen.«

Xaver wunderte sich, dass der Captain so gut seine Sprache beherrschte, und fragte nach.

»Ich habe einige Jahre auf der Bitburg Air Base gelebt. By the way: Ich bin Steve, das ist einfacher.«

Xaver stellte sich vor und war sofort von der offenen Freundlichkeit des Amerikaners begeistert. Wenn er überlegte, wie viel Wert zu Hause auf Titel und Ränge gelegt wurde, musste er vorbehaltlos zugeben, dass ihm die amerikanische Art, die er bisher nur aus Filmen kannte, imponierte.

Steve führte ihn zu einem Humvee, einem dieser legendären martialischen Geländewagen, die dem US-Militär im Irak gute Dienste leisteten. Er kannte diese Saurier bisher nur aus Filmen mit Arnold Schwarzenegger und ertappte sich bei dem Gedanken, dass ihm diese Dienstreise immer mehr zusagte. Dennoch vergaß er nicht, weshalb er gekommen war. Er erzählte Steve, dass er Wachpersonal und Handwerker, aber auch ein paar IT-Spezialisten benötigte.

»Du wirst sehen«, erwiderte Steve, »wir haben uns gut vorbereitet. Deine Aktion läuft ja seit fast zwei Jahren. Wir haben schon vor mehr als einem Jahr damit begonnen, eine Mannschaft zusammenzustellen, die auf die Aufgabe vorbereitet wurde. Insgesamt reden wir über siebzig Mann, right?«

»Das ist richtig«, antwortete Xaver, »und der Einsatz wird ein paar Jahre dauern. Währenddessen wird das Personal aber wechseln. Ich rechne je nach Projektfortschritt mit einer kontinuierlichen Besetzung von rund zwanzig Mann. Was sind das für Leute, die ihr ausgesucht habt? Sind unter den Handwerkern Zivilisten?«

»No way«, entsetzte sich Steve, »es sind alles Soldaten der USAF, der Marines oder der Army. Ihre handwerklichen Ausbildungen erfolgten alle beim Militär. Durch die Bank Leute, die so ein Projekt stemmen können. Ein paar von meinen Kollegen waren im Irak. Die sind richtig heiß drauf, für ein paar Monate in der Isolation in eurer kalten Eifel zu leben. Ihr werdet zufrieden sein in good old Germany, das verspreche ich dir.«

Eine Bodenwelle schüttelte das Fahrzeug durch und unterbrach für einen Moment die Unterhaltung. Einen Moment später hielten sie vor einem Flachbau, in dem offensichtlich eine Art Schulungsgebäude untergebracht war. Direkt hinter dem Eingang befand sich zur Rechten eine Bibliothek, ein paar Türen weiter sah Xaver einen Raum, in dem Soldaten an Bildschirmen saßen.

Steve folgte Xavers Blick und schmunzelte. »Das hier ist ein Ausbildungszentrum für Testpiloten«, erklärte er. »Da es aber recht nah an Vegas liegt, nutzen wir es auch für Konferenzen mit internationalen Freunden. Wir haben hier die Mannschaft zusammengetrommelt, die die erste Besetzung übernehmen wird. Es sind dreißig Männer und Frauen, vor allem Handwerker. Here is the list.« Steve reichte ihm eine Auflistung von verschiedenen Namen mit kurzen Lebensläufen, militärischen Rangbezeichnungen und einem Foto von jeder Person. »Die Leute wissen, dass sie das Gelände bei euch nicht verlassen werden während des Einsatzes und dass sie fast ausschließlich unter Tage leben werden. Es sind gute Männer und Frauen, und sie sind vor allem verschwiegen. Wenn du dein Einverständnis gibst, kann die Aktion in zehn Tagen starten.«

Sie betraten einen Raum, in dem mehrere Stühle im Halbkreis um ein Rednerpult standen. Xaver erinnerte die Aufstellung an die Seminarräume der Hochschule, in der er seine Ausbildung absolviert hatte. Es kam ihm vor, als seien seitdem Jahrhunderte vergangen.

In mehreren kleinen Gruppen standen uniformierte Soldaten herum und unterhielten sich, doch sofort nach Steves Eintreten schlugen sie die Hacken zusammen, salutierten und setzten sich.

Steve stellte sich hinter den kleinen Tisch, der vor den Stuhlreihen stand, und schaltete den Beamer ein, der unter der Decke hing. Er kam ohne Umschweife zur Sache. »Soldiers, das hier ist euer Ansprechpartner für eure Zeit in Deutschland. Er wird euch in allen Belangen betreuen. Ihr habt alle eine hervorragende Ausbildung für diesen Einsatz genossen, und ich weiß, ihr werdet die Aufgabe zu unserer vollsten Zufriedenheit erfüllen. Our dear friend from Germany, das hier ist die Mannschaft, die wir für euch ausgesucht haben. Willst du selbst ein paar Worte sagen?«

Xaver trat an den Tisch und sagte: »Kameraden, das heißt, ähm, Kameradinnen und Kameraden, ich begrüße Sie. Ich weiß, dass die Aufgabe, die wir gemeinsam zu lösen haben, spannend, verantwortungsvoll und einmalig ist. Ich freue mich sehr darauf, mit Ihnen zusammenzuarbeiten. Es ist äußerst wichtig, dass, sollte irgendetwas schieflaufen, ich sofort Informationen erhalte. Sollte jemand von Ihnen von Zivilisten entdeckt werden, werden wir denjenigen sofort austauschen müssen. Es ist absolut erforderlich, dass dieses Projekt top secret bleibt.«

Er deutete auf die Leinwand hinter sich, auf der Vogelsang aus der Luft zu sehen war. Offensichtlich handelte es sich um eine Satellitenaufnahme neuesten Datums.

»Das hier«, er zeigte auf den ehemaligen Flugplatz Walberhof, »ist Ihr Startgebiet. Hier werden Sie unter Tage gehen und das Projekt durchführen.« Er erläuterte das Gelände und zeigte den Einsatzort, den die Soldatinnen und Soldaten in Kürze in der Realität sehen würden.

Als er eine Viertelstunde später seine Ausführungen beendet hatte, klatschte Steve kurz in die Hände. »Folks«, sprach er zu der Mannschaft, »es ist lunch-time. Eine Information noch: Eure Abreise ist am 27. März morgens um null achthundert. Ich wünsche euch viel Erfolg und werde von Zeit zu Zeit mit euch in Kontakt treten.«

Die Soldaten klopften auf die an den Stühlen angebrachten Schreibbretter und erhoben sich.

»Dein Eindruck?«, fragte Steve, während sie zum etwas abgelegenen Kasino der Offiziere schlenderten.

»Scheint mir eine lockere, aber disziplinierte Mannschaft zu sein«, antwortete Xaver, »ich kann mir vorstellen, dass die das packen.«

»Okay«, meinte Steve, »dann lass uns jetzt etwas essen. Heute Nachmittag planen wir die Aktion, und heute Abend«, er zwinkerte Xaver zu, »habe ich ein Sonderkontingent für uns bekommen. Da du ein geschätzter deutscher Gast bist, werde ich die Aufgabe haben, dir ein bisschen amerikanische Kultur zu zeigen. Welcome to Las Vegas!«

Xaver konnte ein Grinsen nicht unterdrücken. Es gab Tage, da liebte er dieses Projekt.

2

Am frühen Abend kurz vor Sonnenuntergang, in der »blauen Stunde«, atmet der Wald, während die Sonne ein paar letzte rosafarbene Streifen am Himmel produziert. Traumlicht für Fotografen.

Ich liebe es, meine Zeit nach dem Sonnenstand und dem Wetter einzuteilen, um die besten Bilder auf meine Chipkarte zu bannen. Dafür sind die Stunden des frühen Morgens und vor der Dämmerung besonders geeignet, wenn das Licht weicher wird. Gleichzeitig verstummt abends der Verkehr, wenn die Pendler aus der Stadt wieder zu Hause sind. Man hört auf der Hochfläche nur noch vereinzelt Traktoren, mit denen die Bauern ihre Felder bestellen.

Mein Name ist Robert Esser. Vielleicht haben Sie schon einmal eine Fotoausstellung von mir besucht. Lange Zeit, genau genommen seit ich das Unternehmen meiner Eltern übernommen hatte, einen Containerdienst mit immerhin vierzig Fahrzeugen, war ich unglücklich. Als Diplom-Kaufmann brachte ich die Grundlagen für die erfolgreiche Führung des Familienunternehmens »Essers Container-Service« zwar mit, doch in Wahrheit fand ich diesen Job ätzend und langweilig.

Ich stieg damals nur um des lieben familiären Friedens willen als Junior-Chef ein. Mit dreiunddreißig Jahren übernahm ich den Betrieb in einer Branche, in der mit extrem harten Bandagen um Marktanteile gekämpft wird. Man sitzt grundsätzlich zwischen allen Stühlen, und nie wurde ich das Gefühl los, nach Müll zu riechen, auch wenn mein Büro ganz am Ende des Firmengeländes in einem repräsentativen Neubau lag. Hier wehte der Wind wenigstens den Gestank der Umladestation nicht herüber. Nach sieben Jahren konnte ich den Alten endlich davon überzeugen, das Unternehmen an einen der Branchenriesen in der Entsorgungswirtschaft vom Niederrhein zu verkaufen. Die Beute teilten wir uns brüderlich.

Von dem Erlös leben meine Eltern seitdem genauso gut wie ich. Während sie sich mehr auf Kreuzfahrtschiffen als zu Hause herumtreiben, versuchte ich mich in der Zwischenzeit als Romanschreiber und als DJ, was mich beinahe die Freundschaft zu Bogell, dem Betreiber der Disco auf dem Brauereigelände in Gemünd, gekostet hätte. Als der Nachweis meiner Talentfreiheit auf diesem Gebiet erbracht war, entdeckte ich die Fotografie als meine Leidenschaft.

In den ersten Jahren fuhr ich auf Motivsuche kreuz und quer durch die größer und größenwahnsinnig gewordene Republik. Hin und wieder beschicke ich Ausstellungen, und mit viel Glück ließ die Edelfeder vom Kölner Tagblatt etwas Lobendes über meine Knipsereien verlautbaren. Von Zeit zu Zeit finden sich sogar Sammler, die mein Talent auf diesem Gebiet würdigen, indem sie Bilder von mir kaufen. In der Fotografie gehe ich auf, das hätte ich schon viel früher in meinem Leben merken müssen.

Ich fotografiere ständig, und mein Archiv besteht inzwischen aus einer stattlichen Anzahl von Festplatten, auf denen, thematisch eingeordnet, Landschaftsaufnahmen, Porträts, Aktfotos, Industriegelände und Bild-Experimente gespeichert sind. Nicht Hunderte, nicht Tausende: Millionen von Fotos. Fast wie beim Archiv des Bundesnachrichtendienstes, nur besser sortiert als in Pullach. Sonst hätten die schon längst bemerkt, dass die Farbe Braun in manchen Teilen der Republik überhandnimmt.

Meine größte Schwäche sind Autos, seit jeher. Zwar fahre ich meistens mit einem eher unscheinbar wirkenden Audi durch die Gegend, an dem nur ein echter Kenner erkennen kann, dass er eine ungewöhnliche Motorisierung hat, doch von Zeit zu Zeit, wenn es ins Gelände geht, steige ich auf einen Dodge RAM um. Oder auf ein Z4-Cabrio, vor allem dann, wenn eine charmante Begleitung zu erwarten ist.

Es hat mich seinerzeit viel Mühe und Überredungskunst gekostet, eine Genehmigung zu erhalten, auf den Wegen des Nationalparks den RAM zu benutzen. Während sich einige Wanderer einen Dreck darum scherten, ob sie auf zugelassenen Wegen oder im gesperrten Gelände unterwegs waren, wollte ich es mir unter keinen Umständen mit den Rangern verscherzen, die im Nationalpark auf die Einhaltung der Regeln achteten. Die Parkwärter gaben mir außerdem immer wieder wertvolle Tipps, wenn irgendwo besonders seltenes Wild oder andere spektakuläre Motive zu finden waren. Im Gegenzug hatte ich mich schon vor Ewigkeiten dazu bereit erklärt, einige meiner Bilder der Presseabteilung von Vogelsang zur Verfügung zu stellen. So hat manches spektakuläre Foto von seltenen Luchsen und anderen Tieren den Weg in die Prospekte des Nationalparks gefunden.

Doch nicht erst seit der Umwidmung des Truppenübungsplatzes zum naturgeschützten Raum suche ich hier nach Motiven. Die frühere belgische Standortkommandantur erhielt seinerzeit häufiger Meldungen, dass ein Zivilist mit einem amerikanischen Fahrzeug durch das Camp brettere. Das sorgte natürlich nicht eben für Begeisterung auf dem Gelände, auf dem einem, wenn man nicht achtgab, die scharfe Munition nur so um die Ohren flog. Zweimal erklärte mir der Werkschutz freundlich, aber bestimmt, dass ich mich zum Teufel scheren solle. Beim nächsten Vorfall gebe es eine gewaltige Knolle und lebenslanges Hausverbot. Klar, das war militärisches Sperrgebiet, Betreten für Unbefugte streng verboten. Ich gelobte reumütig Besserung, und es hat mich jedes Mal zwei große gerahmte Fotos des Truppenübungsplatzes gekostet, mich ohne nennenswerten Ärger vom Acker machen zu dürfen. Nun ja, das war verschmerzbar. Eine Hand wäscht die andere, und wenn ich dadurch in Ruhe durch das Gelände fahren konnte, sollte es mir recht sein.

Die Faszination, die Vogelsang auf mich ausübt, hat indes nie nachgelassen. Die Natur, die sich auf dem ehemaligen Truppenübungsplatz ausbreitet, aber auch die befremdlichen Nazi-Bauten mit ihren kalten Bruchsteinwänden und die Ruinen der Bunker aus dem Zweiten Weltkrieg liefern nach wie vor spektakuläre Fotomotive.

Nach dem Abzug der Belgier und der Öffnung des Geländes, als ich, wie viele Fotografen, das Motiv der sich hebenden Schranke auf den Chip bannte, entstand zunächst ein Vakuum, in dem die Wachdienste vollkommen hilflos dem Ansturm der

Massen ausgesetzt waren. Alsbald begann die größte und flächendeckende Entmunitionierung, die ein stillgelegtes Militärcamp je erlebt hat. Aber nicht etwa durch Kampfmittelräumer des Bundes, sondern durch die Besucher, die sich – Alt und Jung, Mann und Frau gleichermaßen – die Taschen voller Zeugs stopften, das allenthalben herumlag: MG-Patronen im Gurt, scharf oder als »DM Üb«, wie die Übungsmunition genannt wurde, nur zum Knallen, Zünder von allem Mist, der hier in Jahrzehnten verschossen worden war und nun neben tausend anderen brisanten Hinterlassenschaften vermoderte.

Lediglich der etwas besser geschützte Bereich des ehemaligen Munitionsdepots blieb von den sammelwütigen Eiflern nahezu verschont. Dafür sorgte der nach wie vor stabile Stacheldraht, den nur kampferprobte Pioniere, jedoch keine Touristen auf Souvenirjagd überwinden konnten. Auch ich hielt mich respektvoll auf Distanz zu diesem Gebiet, wenngleich ich aus dieser ungewöhnlichen Perspektive gern Bilder von der Urftstaumauer gemacht hätte.

Die Munitionssucher waren jedoch nicht das einzige Problem, mit dem die Betreiber dieses Geländes zu kämpfen hatten. Natürlich sprach sich nach dem Abzug der Belgier schnell herum, dass die alte Nazi-Hinterlassenschaft nicht mehr so streng bewacht wurde wie zu Zeiten des Militärs, und mehr und mehr rechtsgerichtetes Gesindel, vorwiegend Neonazis aus dem Aachener, Dürener und Euskirchener Land, versuchte auf dem Gelände ihre Sonnwendfeiern und Versammlungen abzuhalten. In den entsprechenden Internetforen genoss Vogelsang eine Zeit lang Kultstatus und drohte zu einer Kultstätte der rechten Szene zu werden. Kaum ein anderer Ort strahlte den architektonischen Größenwahn der Nazis so unverfälscht aus. Vogelsang schien wie geschaffen, um die kranken Ideen einiger Wirrköpfe vor historisch anmutendem Hintergrund zu verbreiten. Deswegen hatten der private Wachdienst, Polizei und Verfassungsschutz alle Hände voll zu tun gehabt, immer wieder illegale Demonstrationen aufzulösen und populistische Parolen skandierende Glatzköpfe vom Gelände zu werfen. Immerhin mit einigem

Erfolg, denn zu meiner Überraschung fand man auch einige Jahre nach der Öffnung der Schranke keine Hakenkreuz-Graffitis mehr an den Gebäuden, und auch in der Presse war seltener von Aufmärschen oder Demonstrationen der Rechten auf Vogelsang zu lesen.

Heute jedoch reizte mich etwas völlig anderes. Es war warm, obwohl erst April war. Ich richtete mich in der Nähe des ehemaligen Flugplatzes Walberhof ein. Meinen Wagen hatte ich auf dem Wanderparkplatz abgestellt, den das Forstamt auf einer ehemaligen Panzerrollfläche eingerichtet hatte. Außer einem silbernen 5er-BMW mit Siegburger Kennzeichen und meinem eigenen Wagen standen keine Fahrzeuge auf dem Parkplatz. Das war nicht weiter verwunderlich, denn unter der Woche und außerhalb der Schulferien verirrten sich nur wenige Leute hierher. Wahrscheinlich gehörte der Wagen ein paar wanderwütigen Senioren, die ihn dort stehen gelassen hatten, um ihn am Folgetag wieder abzuholen. Mehrtagesmärsche mit Zwischenstopp in einer Pension waren zurzeit der Renner bei den Touristen.

Den kurzen Weg bis zu den Büschen, hinter denen ich mich vor neugierigen Blicken schützte, war ich zu Fuß ein paarmal hin- und hergelaufen und hatte dann meine Fotoausrüstung mit den schweren Teleobjektiven, den Stativen und einem Falthocker aufgebaut. Auf diesen hatte ich mich vor einer Stunde niedergelassen, eingehüllt in einen dicken Mumienschlafsack.

Jetzt saß ich in meinem Versteck und wartete darauf, dass die Sonne vollständig verschwand und das Wild den Schutz der Dunkelheit nutzen würde, um auf die offene Grasfläche zu kommen. Langsam änderte sich die Geräuschkulisse, der laute vordergründige Tageslärm zog sich allmählich zurück. Nach und nach hielt die vielschichtige und aus Millionen leiser Töne bestehende Nacht Einzug.

Auf einer meiner abendlichen Wanderungen vor ein paar Wochen hatte ich einen großen Rothirsch erspäht, der ein stattliches Rudel anführte. Er hatte mir seitdem immer wieder prächtige Motive geliefert. Nun, fast anderthalb Stunden nach meiner

Ankunft, trat das imposante Tier aus, um zu äsen. Irgendetwas schien den erfahrenen Burschen jedoch zu irritieren, denn er kam nicht wie sonst, ganz Chef der Lichtung, zügig auf die Fläche. Diesmal sicherte er lange, immer wieder zögerte er.

Ich prüfte die Windrichtung. Hatte ich mich verschätzt? Konnte das Tier meine Witterung aufnehmen? Warum warf das Tier auf? Doch der Wind kam eindeutig aus der Richtung des Rudels.

Geduldig wartete ich. Aber die Stimmung war nicht wie sonst. Etwas lag in der Luft, eine fühlbare Spannung, unwirklich, wie die Stille vor einem heftigen Gewitter. Langsam, vorsichtig, immer zur Flucht bereit, traten auch die Hirschkühe nach und nach auf die Lichtung und begannen mit ihrer Nachtmahlzeit.

Ich erschrak fast zu Tode, als die Tiere urplötzlich wie auf ein geheimes Zeichen in den Wald zurücksprangen. Das Geräusch mehrerer schwerer Motoren hatte sie vertrieben. Das Herz sank mir in die Hose, als nur wenige Meter neben meinem Versteck eine Kolonne von Geländewagen, es mochten vielleicht sechs oder sieben Fahrzeuge sein, vorbeifuhren und weiter in Richtung der Hallen des ehemaligen Flugplatzes bretterten.

Die Rothirsche konnte ich für heute Abend vergessen. Die waren längst über alle Berge. Mist. Was mochte die lärmende Autokarawane mitten im Nationalpark zu bedeuten haben? Zwar fanden immer mal wieder Rowdys großes Vergnügen daran, mit Geländewagen oder Enduros durchs Gelände zu heizen, doch dass sich eine ganze Kolonne hier oben tummelte, war neu.

Ich widerstand der Versuchung, den Wagen zu folgen, denn zu Fuß hätte ich ohnehin keine Chance gehabt. Mit meinem eigenen Wagen hätten sie mich sicher sofort entdeckt, denn im Gegensatz zu den Fahrzeugen der Kolonne war der RAM strahlend weiß.

Nach etwa einer halben Minute verstummten die Motoren. Ich hörte ein metallisches Quietschen, und jetzt siegte die Neugier doch – weit entfernt konnte die Kolonne nicht angehalten haben. Ich hängte mir die Kamera um den Hals, warf den Schlafsack über mein Hab und Gut und lief geduckt in die Richtung, in der die Fahrzeuge verschwunden waren.

Vor den alten Hangars, in denen die Belgier damals vermutlich irgendwelches Militärmaterial gelagert hatten, wurde ich fündig. Am Rande des Vorplatzes, in Sichtweite zu dem halben Dutzend Fahrzeuge, die einträchtig nebeneinanderstanden und deren Motoren noch knackten und knisterten, versteckte ich mich hinter einem Gebüsch. Ich hörte leise Stimmen, die sich auf Englisch unterhielten. Die Handvoll Männer in Tarnanzügen erahnte ich mehr, als dass ich sie sah. Ich überlegte, ob es eine Militärübung sein könnte, wie sie zu Zeiten der Belgier regelmäßig auf dem Gelände stattgefunden hatte. Doch seit Anfang 2005 hatte es keine offizielle militärische Nutzung mehr gegeben. Lediglich ein paar verrückte Freaks hatten sich mehrfach Paintball-Schlachten in den Ruinen geliefert. Davon kündeten die Farbflecken auf den Wänden der Häuser.

Es konnten aber natürlich auch Neonazis sein – auch wenn die normalerweise keine dicken Geländewagen fuhren. Die Rechtsradikalen, von denen ich in der Eifel gehört und gelesen hatte, waren entweder unorganisierte Einzelne oder verdeckt handelnde kleinere Gruppierungen, die versuchten, an den Schulen mit der Verbreitung von selbst gebrannten CDs oder laienhaft produzierten Broschüren Anhänger für ihre Sache zu finden. Größere Aktionen hatte es hier auf dem Land meines Wissens nicht gegeben.

Und schließlich die Fahrzeuge: Geländewagen waren zwar keine Seltenheit in Vogelsang (schließlich brauchten die Jäger hier allradbetriebene Fahrzeuge, wenn sie ihrem seltsamen Hobby nachgingen), aber das waren meist kleine wendige Kisten japanischer oder russischer Hersteller. Ich war mir sicher, ein Humvee – und um diesen Typ Fahrzeug handelte es sich hier – fiel in der Eifel auf wie ein Schneemann im Freibad. Mir fiel ein, dass es sich höchstens noch um ein paar historisierende Amerikaner handeln konnte, die darauf aus waren, Szenen aus dem Zweiten Weltkrieg nachzuspielen. Ich hatte gelesen, dass sich diese seltsame Art, den Urlaub zu verbringen, in der Bretagne an Tagen rund um den »D-Day« größter Beliebtheit erfreute. Aber hier in der Eifel Weltkrieg spielen? Unwahrscheinlich.

Ich konnte mir keinen Reim auf das machen, was ich hier gerade sah. Was zum Teufel hatten Soldaten – und nichts anderes schienen die Männer den Uniformen zufolge zu sein – nachts im Nationalpark zu suchen? Warum donnerten sie in Kolonne über den ehemaligen Flugplatz? Ich würde am nächsten Tag einmal beim Tourismusbüro anfragen, ob es sich hier um ein neues Freizeitangebot für Survival-Begeisterte handelte oder welche Erklärung man hierfür hatte.

Immer darauf achtend, mich nicht zu weit aus den schützenden Schatten des Waldes herauszubewegen, ging ich langsam, Schritt für Schritt, den Weg ab, auf dem die Fahrzeuge gefahren waren. Die alten Betonplatten, aus denen die Straße hier bestand, verhinderten, dass ich Reifenspuren finden konnte, doch kurz vor dem ehemaligen Hangar hatte ein Fahrzeug offenbar eine Kurve zu eng genommen und war kurz durch den weichen Boden gefahren. Ich fotografierte die Reifenspur aus mehreren Perspektiven. Dann schlich ich mich vorsichtig zurück zum Vorplatz des Hangars, doch ich fand keine weiteren Hinweise darauf, dass hier vor kurzer Zeit noch Menschen gewesen waren. Die Türen des Hangars waren verschlossen. Es war totenstill.

Mir fiel ein, dass es hier ganz in der Nähe einen Hochsitz gab, von dem aus ich einen besseren Blick auf das Gelände haben musste. Ich lief das kurze Stück bis zu dem wackligen Konstrukt und kletterte die morsche Leiter hoch, die auf die kleine verschlossene Kanzel führte. Das Vorhängeschloss wirkte recht massiv, scheinbar wollten die Park-Ranger ungebetenen Besuch fernhalten. Und auch mich schlossen sie so vom Hochsitz aus. Frustriert stieg ich die Leiter wieder hinunter, als mir etwas ins Auge fiel.

Ich bückte mich nach einem bunten Stück Pappe, das direkt neben dem Fuß der Leiter lag. Eine Zigarettenschachtel. Es würde mir nie in den Kopf gehen, warum die Besucher eines Schutzgebiets wie des Nationalparks ausgerechnet hier ihren Müll hinschmeißen mussten. Gedankenverloren wollte ich die

Zigarettenschachtel zerknüllen und einstecken, als mein Blick auf die Banderole fiel. Nicht nur, dass der übliche Warnhinweis fehlte, der auf die Gefahren des Rauchens hinwies – die Packung hatte einmal amerikanische Zigaretten enthalten, wie mir die Beschriftung verriet. Ich steckte die leere Schachtel ein und verschwand.

***

Nach einer traumreichen und unruhigen Nacht schaltete ich am nächsten Morgen meinen PC ein und kopierte das Bildmaterial der Speicherkarten auf die Festplatte des Rechners. Dann versuchte ich, im Internet an Informationen zum nächtlichen Besuch der Soldaten zu kommen. Ich suchte nach Begriffen wie »Übung im Nationalpark«, »Militärbasis«, »Selbstfindungstrip Eifel« und Ähnlichem. Nach einer Stunde sah ich ein, dass ich so nicht weiterkommen würde, und beschloss, Karl-Georg Berners anzurufen.

Karl-Georg, ein bekannter Journalist des Kölner Tagblatts, wurde von den meisten Kollegen ehrfurchtsvoll mit »KGB« bezeichnet. Das lag nicht nur daran, dass er früher als Berichterstatter für ein Polit-Magazin gearbeitet und wesentliche Details der Guillaume-Affäre ans Tageslicht befördert hatte, sondern auch daran, dass seine Methoden manchmal, vorsichtig ausgedrückt, recht unorthodox waren. KGB wurde insbesondere von Politikern gefürchtet, denn als echter Eifler war er in der Region eng vernetzt und fand immer wieder Mittel und Wege, an Informationen zu gelangen, die anderen Journalisten niemals zugänglich gewesen wären.

Mir war klar, dass der frühe Anruf beim Langschläfer nicht gerade auf Begeisterung stoßen würde.

»Berners?«

»Hi, KGB, hier ist Robert, ich –«

»Sach ma, hast du ein Rad ab? Fehlt dir 'ne Latte am Zaun? Weißt du, wie spät es ist? Ich bin gerade erst ins Bett gegangen! Mann, Robert, ich hoffe wirklich, es ist wichtig!«

Ich war solche Unmutsbekundungen von KGB gewohnt, wusste aber auch, dass ich nur kurz brauchen würde, bis ich sein Interesse geweckt hatte. In wenigen Worten berichtete ich, was ich in der vergangenen Nacht erlebt hatte.

»Moment mal, mitten im Nationalpark eine Kolonne von dunklen Geländefahrzeugen, sagst du?«

»Ja, genau.«

»Hm. Ich würde erst mal vermuten, dass das so ein paar Spinner sind, die nix Besseres zu tun haben, als da Krieg zu spielen. Ich denke nicht, dass das was Offizielles ist.«

Das deckte sich mit meiner Einschätzung. Seit das Truppenübungsplatzgelände zivil genutzt und Nationalpark geworden war, wachte eine ganze Armee von sogenannten »Rangern« darüber, dass kein Besucher die Wege verließ und dass sogar Hunde nur an der Leine liefen. Aber dass vor diesem Hintergrund Manager den Nationalpark heimlich als Abenteuerspielplatz missbrauchen konnten, erschien mir doch sehr unwahrscheinlich.

Wir redeten noch über dies und das, und ich versprach ihm, mich zu melden, wenn ich neue Erkenntnisse gewinnen würde. Kaum hatte ich aufgelegt, fiel mir die Zigarettenverpackung ein. Ich hatte vergessen, KGB davon zu berichten, beschloss aber, ihn nicht noch einmal zu stören, sondern ihm beim nächsten Mal davon zu erzählen. Ich kramte die Packung aus meiner Tasche und legte sie vor mir auf den Tisch. Dann druckte ich am PC ein Bild von der Reifenspur aus, die ich fotografiert hatte. Wenn ich mich nicht ganz irrte, waren die Fahrzeuge, die ich im Nationalpark gesehen hatte, Humvees gewesen, jene gigantischen Geländewagen, die die amerikanische Armee einsetzte. Dazu passten die Zigaretten, ebenfalls aus den Staaten. Aber warum, zum Teufel, sollten US-Soldaten im Nationalpark Eifel nachts Krieg spielen und dann spurlos verschwinden? Ob es sich tatsächlich um den Gag eines gelangweilten Eventveranstalters handelte?

Ich rief in der Tourismusvertretung, dem sogenannten »Nationalparktor«, in Gemünd an und erkundigte mich, ob derzeit nächtliche Abenteuertouren im Park angeboten würden.

Der sehr freundliche junge Mann am anderen Ende der Leitung lachte herzhaft. »Sie verwechseln da mit Sicherheit was«, scherzte er, »wahrscheinlich haben die Ranger wieder eine Fortbildung gehabt und sind da oben auf Streife gewesen.« Auch meine nächste Frage verneinte er, Abenteuerurlaub mit Fahrzeugen im Nationalpark könne er ausschließen. Wenn Wanderer nachts im Gelände herumstreifen würden, dann könne es sich höchstens um Teilnehmer des viertägigen »Wildnis-Trails« handeln, da könne er mir ein interessantes Angebot machen.

Ich bedankte mich und rief als Nächstes den Pressesprecher der Nationalparkforstverwaltung an. Ich stellte ihm die gleichen Fragen, jedoch verneinte auch er vehement, dass es sich um Abenteuerurlauber handeln könnte. »Und Soldaten«, sagte er, »sind seit dem Abzug der Belgier auch keine mehr da, ich kann Sie beruhigen.«

Ich beendete das Gespräch. Vielleicht hatte ich ja wirklich nur eine blühende Phantasie, oder es waren schlicht ein paar Hallodris, die privat unterwegs gewesen waren, um ein wenig Abwechslung zu erleben. Irgendetwas jedoch sagte mir, dass ich einer Sache auf der Spur war, die interessant werden könnte.

Am meisten beunruhigte mich der Gedanke, dass es sich doch um Neonazis handeln könnte, die versuchten, auf Vogelsang Fuß zu fassen. Immer wieder hatten Gruppen von dieser Brut versucht, Sonnwendfeiern und ähnlichen Unsinn in nationalsozialistischer Tradition auf der ehemaligen Ordensburg abzuhalten. Hier, in der Nähe dieser Gebäude, die von dem einstigen nationalsozialistischen Größenwahn zeugten, schienen diese Brüder eine spektakuläre Kulisse für ihre Umtriebe zu finden.

Einer Eingebung folgend, rief ich die Internetseite des Bundesamtes für Verfassungsschutz auf, denn immerhin war dieser Verein für die ehemalige NS-Ordensburg zuständig, seit das Gelände zivil genutzt wurde. Getreu dem Motto »Wer nicht fragt, bleibt dumm« schrieb ich eine E-Mail an die dort angegebene Adresse und schilderte mein Erlebnis der vorigen Nacht. Ich fragte in der Mail, ob es sich bei dem beobachteten

Ereignis um militärische Aktivitäten oder politische Umtriebe von rechtsradikalen Idioten auf dem Gelände des Nationalparks handeln könnte. Mit einem leisen Schmunzeln drückte ich auf »Senden« – auch wenn ich nicht mit einer Antwort rechnete.

3

Der Lärm der Bohrhämmer und Meißel war infernalisch. Das Gefühl, in diesem Gang nirgendwohin vor dem Krach entfliehen zu können, drückte Xaver aufs Gemüt.

Bisher war alles glattgelaufen. Der Auftrag, Vogelsang Schritt für Schritt zu einer neuen Basis der NATO umzubauen, ohne dass irgendjemand etwas mitbekam, hatte ihn zunächst mit Skepsis erfüllt. Er hatte befürchtet, das gigantische Projekt ließe sich einfach nicht geheim halten. Spätestens wenn es um die offiziellen Gremien ging, in denen er unter seiner verdeckten Identität mitentschied, hatte er mit erheblichen Widerständen gerechnet.

Doch schon nach wenigen Wochen hatte er gemerkt, dass die anderen Gremiumsmitglieder unsicher in ihrer Rolle bei der Umgestaltung der ehemaligen Nazi-Ordensburg Vogelsang waren. Dies hatte ihn schließlich beruhigt – die kochten alle nur mit Wasser und hatten zumeist gar keine Ahnung von der Materie. Umso besser. Xaver war behutsam vorgegangen, hatte sich nie in die Karten schauen lassen und hatte nun das erste Zwischenziel erreicht – und zwar noch weit vor dem kalkulierten Zeitplan. Nach anfänglicher Skepsis bezüglich des versprochenen, angeblich nahezu unbegrenzten Budgets bekam er allmählich eine Vorstellung davon, welche Mittel dem Militär für strategische Maßnahmen, besonders für Geheimoperationen wie diese, zur Verfügung standen. Die NATO war wirklich ein Spielzeugland für große Jungs, nur dass die Waffen hier nicht nur knallten, sondern auch töten konnten.

Kurz nach der Auftragserteilung hatte sein Vorgesetzter ihn noch einmal zu einer Lagebesprechung gebeten. »Es wird Zeit, sich mit den Fakten vertraut zu machen«, hatte er gesagt. »In Vogelsang soll ein alter Tunnel reaktiviert werden, den die Nationalsozialisten angelegt haben. Dieser Tunnel beginnt unterhalb des ehemaligen Flugplatzes Walberhof, auf dem vor dem

Zweiten Weltkrieg Segelflug unterrichtet wurde, und führt in zwei Gängen zur Ordensburg Vogelsang selbst, unterhalb der Zufahrtsstraße.«

»Ein Fluchttunnel?«

»Ja. Dieser Tunnel ist geschaffen worden, um die Nazi-Offiziere im Fall eines Angriffs auf Vogelsang sicher zum Flugplatz bringen zu können. Von dort wären sie im Ernstfall auf schnellstem Weg ausgeflogen worden.«

Typisch, dachte Xaver. Während man die Rothäute hätte verrecken lassen, wurden die Indianerhäuptlinge in Sicherheit gebracht.

Als hätte er seine Gedanken erraten, verzog Winter das Gesicht. Er holte tief Luft und fuhr fort: »Das ist aber noch nicht alles. Der andere Zweig des gegabelten Tunnels ist angelegt worden, um eine Geheimwaffe mit der Bezeichnung ›V2‹ aufnehmen zu können. Diese Waffe wurde 1936 in Auftrag gegeben, sie sollte eine Tonne Sprengstoff über zweihundertfünfzig Kilometer weit befördern, was für damalige Verhältnisse eine halbe Weltreise war. Eine Rakete dieses Ausmaßes und mit einem solchen Sprengstoffvorrat an Bord ist nur schwer zu verbergen. Daher baute man in Vogelsang diesen Tunnel, in dem die Raketen gelagert werden sollten. Im Bedarfsfalle hätte man sie an der Mündung des Gangs aufrichten und abschießen können.«

»Unglaublich«, schüttelte Xaver den Kopf. »Und nichts ist davon bisher durchgesickert?«

»Nein«, antwortete Winter, »offenbar nicht. Ich denke, nach den Wirren des Krieges hatten die Leute anderes zu tun, als in alten Schächten herumzukriechen. Zum Glück ist die V2 nie fertiggestellt worden, und die Tunneleingänge wurden einfach zugeschüttet. Lediglich eine Bauzeichnung dieses wahnwitzigen Vorhabens fiel den Briten in die Hände, als sie Vogelsang nach dem Ende des Krieges einnahmen.«

»Genau wie dieses legendäre Vogelsang-Archiv, das dieser Journalist vor dem Vergessen bewahrt hat? Da ging doch so was durch die Presse …«

»Ja, ähnlich. Nur dass unsere Zeichnung zum Verhandlungsgegenstand wurde. Bei einer Konferenz der Alliierten wurde der Plan im Rahmen eines größeren Tauschhandels an die Amerikaner weitergereicht. Niemand hat Vogelsang mehr beachtet, bis nach dem Attentat auf das World Trade Center die halbe Welt in Panik verfiel.«

Winter hielt inne, und Xaver dachte kurz darüber nach, wie sich die Welt seit dem 11. September verändert hatte. Misstrauen, Überwachungen und Ausspionieren gehörten seit dem Einsturz der New Yorker Zwillingstürme zum guten Ton der amerikanischen Diplomatie, ganz so, als wäre es das Natürlichste der Welt, jeden Menschen, der in das gelobte US-amerikanische Land einreisen wollte, auf Herz und Nieren zu prüfen und zu durchleuchten. Die Amerikaner hatten schon einen seltsamen Freundschaftsbegriff – die sogenannten »befreundeten Staaten« wurden genauso verwanzt wie die Länder, mit denen die Amerikaner gerade mal wieder im Clinch lagen.

Winter räusperte sich und holte Xaver so wieder in die Gegenwart zurück.

»Vogelsang und der nahe Truppenübungsplatz Elsenborn sind gedanklich längst miteinander verbunden, und man hat festgestellt, dass sich durch die einmalige Lage der beiden so nah nebeneinanderliegenden militärischen Einrichtungen eine hervorragende strategische Position zur Stationierung von AWACS-Flugzeugen ergibt. Die hatten ursprünglich die Aufgabe, den Luftraum über Deutschland zu überwachen und etwaige befürchtete Eindringlinge, vorwiegend aus dem Osten, frühzeitig zu erkennen. Inzwischen werden die ›Himmelsaugen‹ aber für alle möglichen Überwachungen benutzt, die sich mit ein wenig gutem Willen als sicherheitsrelevant bezeichnen lassen.«

Xaver nickte wortlos. Während sich die Menschen auf dem Boden über kleine Autos aufregten, die mit Rundum-Kameras Straßenansichten produzierten, war in der Luft längst eine lückenlose perfekte Überwachungsmaschinerie zugange.

»In der anderen Richtung, im Osten bei Mechernich, ist eine große unterirdische Kaserne angesiedelt. Da Vogelsang auch glänzende Möglichkeiten zur Stationierung einer Radarstation bietet«, fuhr Winter fort, »kam man überein, hier einen neuen NATO-Stützpunkt einzurichten. Et voilà. Da kommst du ins Spiel.«

Mit dem Stab von amerikanischen Soldaten, die aus dem Anti-Terror-Programm finanziert wurden, hatte Xaver mittlerweile den alten Nazi-Tunnel erweitert, modernisiert und hergerichtet. Hier würde sich in naher Zukunft die Infrastruktur für die Steuerung der Radaraufklärung befinden. Durch die unterirdische Lage waren die EDV-Anlagen bestens gesichert. Am Ende des Tunnels zur Seeseite hin befanden sich zwei hervorragend getarnte Tore, hinter denen die Drohnen platziert worden waren.

Xaver war sich im Klaren darüber, was er hier tat. Und obwohl er grundsätzlich kommentarlos alle Befehle und Anordnungen ausführte, die er von oben bekam, überlegte er dennoch von Zeit zu Zeit, ob sein Einsatz richtig war. Als er seinem Chef vor ein paar Wochen einen der monatlichen Statusberichte abgeliefert hatte, hatten sie darüber diskutiert, ob die Drohnen ein geeignetes Mittel gegen die Terroristen waren – oder eine gigantische Verschwendung von Steuergeldern.

»Die Kollegen drüben in den Staaten haben nicht nur die Terroristen im Visier«, hatte Winter geantwortet. »An den Kaczyński-Brüdern siehst du, wie schnell sich das Klima ändern kann. Gestern waren die Polen noch unsere Freunde, heute schützen wir uns wieder gegen sie. Oder Nordkorea. Wer weiß, wohin sich dieses Regime noch entwickelt und ob die Nordkoreaner nicht längst Atomwaffen bereithalten? Vielleicht ist das morgen mit den Russen auch wieder so. Die Amerikaner glauben noch lange nicht daran, dass der Kalte Krieg vorbei ist. SDI, das satellitengestützte Raketenabwehrsystem der USA im Weltraum, war nicht der Bringer. Zu teuer, zu wenig effektiv. Eine weitere Pleite dieser Art will sich der amerikanische Präsident nicht leisten. Also müssen die Operationen vor den Augen der Öffentlichkeit verborgen werden, bis sie Erfolg zeigen. Das gibt uns natürlich vollkommen freie Hand. Heute werden Mittel zur Terrorismusbekämpfung, die man im Senat der USA momentan jederzeit bewilligt bekommt, auch für andere militärische Ziele eingesetzt. Ist doch im Grunde wie bei uns – wir nehmen die Umweltschutzförderungen und interpretieren halt ein bisschen freier. Umweltschutz ist auch, wenn wir die Steuerungen der Radaranlage unterirdisch machen – dann brauchen wir keine hässlichen Gebäude in die Landschaft zu setzen.«

Mit einem Zwinkern hatte er die Diskussion beendet, und Xaver kannte seinen Chef gut genug, um zu wissen, dass ein weiteres Nachbohren zwecklos gewesen wäre. Wenn die Amis ihre geheime NATO-Basis hier in der Eifel durchsetzen wollten, dann sollten sie sie bekommen. Bisher hatten sie zumindest alle erforderlichen Mittel und auch bestens ausgebildetes Personal dafür besorgt – umso bemerkenswerter, dass er als Deutscher das Projekt überwachte. Wahrscheinlich war das das Zugeständnis, weil die Deutschen Vogelsang für die Undercover-Aktivitäten der NATO zur Verfügung stellten.

Xaver ließ sich gerade von Henry Coburn, einem Korporal mit langjähriger Erfahrung in der Planung von Truppencamps, den Plan der Bauten erklären.

»Sehen Sie«, brüllte Coburn gegen den Lärm an, »hier, wo die Arbeiter gerade sind, werden wir die Stahltüren auf Schienen setzen. Noch können wir mit Pressluft arbeiten, ohne dass man draußen etwas davon mitbekommt. Die letzten Zentimeter werden wir das Gestein von Hand bearbeiten müssen, um nicht durch den Lärm aufzufallen. Dann werden hier«, er deutete auf die Stelle im Plan, an der der Tunnel ans Tageslicht kommen würde, »zwei Stahltüren eingesetzt, die innerhalb weniger Sekunden den Tunnel öffnen können. Gleichzeitig werden hier«, er zeigte eine Linie etwa fünfzig Meter hinter dem ersten Tor, ungefähr dort verlaufend, wo sie standen, »weitere feuerfeste Stahltore angebracht, die synchron mit dem Öffnen des äußeren Tores geschlossen werden. Das ist zur Sicherheit, damit beim Start der Drohnen nichts schiefgehen kann.«

Sie stiegen in einen Elektrokarren, der Xaver, trotz des Anstrichs in Tarnfarben, an einen dieser Golfplatzwagen erinnerte.

Als hätte er seine Gedanken erraten, lachte Coburn. »Das ist wie ein Abenteuerspielplatz unter der Erde. Wir fahren jetzt zu den Bunkern, in denen die Steuerung der Radarstation platziert wird.«

Das Gefährt setzte sich in Bewegung, und nach wenigen Minuten war der Lärm weit genug entfernt, um sich wieder in normaler Lautstärke unterhalten zu können. Nach etwa zwei Kilometern hielten sie an einer Glastür zu einer Art unterirdischem Bürotrakt, und Xaver wunderte sich erneut, wie viel die Soldaten in den neunzig Tagen seit Beginn ihres Einsatzes hier bereits verändert hatten. Eine exzellente Truppe. Er wünschte sich insgeheim, häufiger mit diesen Spezialisten arbeiten zu können, die eine besondere Einstellung zu ihrem Job zu haben schienen.

Er versuchte, sich im Kopf die Karte des Vogelsang-Geländes abzurufen, um zu lokalisieren, wo sie sich gerade befanden. Wenn er den Tunnel und die Geschwindigkeit richtig eingeschätzt hatte, mussten sie ungefähr unterhalb des ehemaligen Dorfes Wollseifen sein.

Sie betraten den Bürotrakt, der sich hinter der Glastür jedoch noch weitgehend im Rohbau befand.

»Hier«, setzte Coburn an, »werden wir die modernste EDV installieren, die derzeit verfügbar ist, und wir werden einige der Gebäude, die sich auf der Erdoberfläche befinden, dazu nutzen, eine Belüftungsanlage für den Tunnel zu bauen. Die Pläne dazu gab es anscheinend schon bei den Nazis.«

Xaver sah den Soldaten an. Der Tunnel war ihm zwar bekannt gewesen – aber eine Belüftungsanlage?

Coburn erläuterte: »Ja, in einigen der alten Gebäude von Wollseifen gab es Keller, von denen aus man in den Tunnel einsteigen konnte. Dort haben wir Reste von Ventilatoren gefunden, die offensichtlich einmal diesen Tunnel belüften sollten. Offenbar sind einige der Bewohner im Dorf dort angesiedelt worden, um den Tunnel und die Aufenthaltsräume zu bewachen.«

Xaver pfiff durch die Zähne. Der Bau des Tunnels für die Flucht und für die V2 war damals offensichtlich der Fertigstellung der anderen Gebäude vorgezogen worden – ein Grund, warum Vogelsang selbst nicht so schnell fertig geworden war wie ursprünglich von Hitler geplant. Bisher hatte Xaver nur von anderen größeren Untertunnelungsprojekten der Nazis gehört, zum Beispiel von dem Tunnelsystem in Berlin oder in der Nähe in Gemünd, wo die ehemaligen unterirdischen Verbindungen der Häuser beim Neubau der Bundesstraße fast vollständig zugeschüttet worden waren. Bis zu seinem Auftrag hatte er geglaubt, das angebliche unterirdische Gangsystem von Vogelsang sei nur ein Gerücht, so wie der legendäre Goldschatz der Nazis – doch hier war der Bau schon sehr konkret vorangeschritten.

»Kommen Sie«, riss Coburn ihn aus seinen Gedanken, »ich zeige Ihnen noch ein paar Sachen.«

Sie setzten sich erneut in das Elektrofahrzeug und bogen nach ungefähr einem Kilometer scharf nach links ab. Dies war der Tunnel, der zur alten Ordensburg selbst führte. Einen weiteren Kilometer später zweigte ein etwas kleinerer Tunnel wieder nach links ab. Dieser Gang führte nach ein paar hundert Metern zu einem Vorraum, in dem eine Stahltreppe in der Decke verschwand.

»Das wird später der Haupteingang sein«, erklärte Coburn, »wir sind unterhalb der kleinen Panzer- und Fahrzeughallen, die auf einem eingezäunten Gelände abseits des Zufahrtsweges auf der sogenannten Schelde liegen.«

Xaver fiel ein, dass es um dieses Gelände gerade eine heftige Diskussion gab – auch im Gremium. Es ging darum, ob die oberirdischen Gebäude, die separat eingezäunt waren, dem eigentlichen Vogelsang-Gelände als nutzbare Hallen zugeteilt werden sollten oder ob dieses Areal zum Nationalpark gehörte. Jetzt schien es ihm durchaus von Vorteil, dass das Gelände Bestandteil des Nationalparks war, denn durch das Wegegebot waren hier weniger neugierige Störenfriede zu befürchten als auf dem eigentlichen Vogelsang-Gelände.

Coburn brachte ihn zurück zum Eingang unterhalb des ehemaligen Flugplatzes Walberhof, und während sie eine kleine Wendeltreppe hinaufstiegen, vereinbarten sie das nächste Treffen.

»Ich bin sehr beeindruckt«, schloss Xaver das Gespräch ab, »melden Sie bitte an McCullon, dass er mir wirklich nicht zu viel versprochen hat. Die Mannschaft hier ist erstklassig.«

Der Amerikaner öffnete die mehrfach gesicherte Tür, die in einen der alten Hangars führte. Der riesige Raum wirkte vordergründig verlassen, nur ein paar alte Gerätschaften und kaputte Flugzeugteile standen herum, und auch bei genauerem Betrachten fiel nicht auf, dass sich eine Seitenwand vollständig im Boden versenken ließ und die Einfahrt in den Tunnel auch für große Transporte freigab.

Die Tarnung ist wirklich perfekt, dachte Xaver, als er durch eine weitere Tür ins Freie trat. Auf der Betonfläche vor der Halle stand ein Schwertransport – wie so oft. Insbesondere die Windradkolonnen, die vorwiegend nachts durchgeführt wurden, parkten hier tagsüber, bevor sie ihre Fracht am Abend wieder auf die Straße schickten. Es war seine Idee gewesen, die Schwertransporte für ihre eigenen Zwecke zu nutzen. Und bislang hatte es damit keine Schwierigkeiten gegeben.

4

»Himmel, Arsch und Donner!«

Uwe war richtig sauer. Mein sonst so ruhiger Nachbar war im Begriff, durch einen der häufigen Ausfälle des Regionalzugs Euskirchen-Gerolstein ein Fußballspiel zu versäumen, bei dem sein Sohn für den SV Nierfeld auf dem Platz stehen sollte. In Euskirchen hatte der Meister aller Verspätungen, die Deutsche Bahn, über den täglich Tausende von Pendlern fluchten, lakonisch mitgeteilt, dass der Zug, den Uwe hatte nehmen wollen, wieder einmal ausfiel. Einen Grund hatte man nicht genannt. Ich weiß, warum ich mich lieber auf das Auto verlasse. Ich hasse die Abhängigkeit von Unternehmen, die mit ihren Kunden wie mit Bittstellern umspringen.

»Wahrscheinlich hat sich wieder so ein verzweifelter Pendler auf die Gleise geworfen«, hatte ich die Situation mit einem Witz zu entschärfen versucht, als ich Uwe am Bahnhof in Euskirchen abgeholt hatte, um ihn nach Gemünd zu fahren.

Er hatte mit einem unwilligen Knurren geantwortet. Es war ihm äußerst peinlich, mich darum zu bitten, ihn in »der Stadt« abzuholen, zumal ich immer schlechte Witze über seinen klapprigen alten Lada riss, der zu allem Überfluss gerade in der Werkstatt stand.

Uwe war einfach, gradlinig und manchmal etwas schroff. Seine Hände, die Baggerschaufeln alle Ehre gemacht hätten, und seine fast zwei Meter große Statur sorgten von Zeit zu Zeit vor Diskotheken in der Umgebung für die notwendige Disziplin. Dabei reichten meist ein paar gegrunzte Bemerkungen, um allzu überschäumendes Temperament einzudämmen. Ich konnte mich nicht erinnern, dass Uwe jemals wirklich hatte zuschlagen müssen. Das hätte er mit Sicherheit auch verabscheut, denn sein Gemüt war eher das eines Teddybären. Auf Uwe konnte man sich hundertprozentig verlassen, deswegen war es Ehrensache, dass ich ihn zum Spiel seines Sohnes fuhr.

Bereits seit Mechernich fuhren wir nun hinter einem Schwertransport her, was Uwes Laune nicht unbedingt hob, denn Anpfiff war schon in wenigen Minuten. Bisher hatte ich keine Möglichkeit zum Überholen gehabt. Ich fuhr mit meinem Z4 wenige Meter hinter dem Auflieger her und dachte über die Ausmaße der gigantischen Windmühlen nach, die mit diesen Fahrzeugen aus der halben Republik zusammengetragen wurden, um dann die Hügelketten der Eifel zu zieren.

»Mann, Mann, Mann«, setzte Uwe wieder an zu schimpfen, »ob die das jemals schaffen werden, diese Scheiß-Ortsumgehung zu bauen? Die Pläne sind doch mit Sicherheit schon fünfzehn, zwanzig Jahre alt!«

Er hatte recht. Schon vor Jahrzehnten hatte es Pläne gegeben, die an Wahnwitz kaum zu überbieten gewesen waren, etwa die Untertunnelung des gesamten Nationalparks zwischen Mechernich und Roetgen oder eine gigantische Brücke über das Oleftal. Pläne, die jedes Mal einen Sturm der Entrüstung in der Bevölkerung ausgelöst hatten und dann schleunigst wieder in irgendeiner Schublade verschwunden waren. Aus einer solchen wurden sie vor den Wahlen dann immer wieder herausgeholt, wahlweise um der Eifler Bevölkerung zu versprechen, man werde sich um eine Autobahnanbindung kümmern, oder um die jeweiligen politischen Gegner mit der alten Idee der Lächerlichkeit preiszugeben.

»Na ja, vielleicht kann ich ja gleich an der Wallenthaler Höhe überholen«, redete ich beruhigend auf Uwe ein, merkte jedoch, wie sein Unmut von Minute zu Minute wuchs.

»Lass gut sein. Wahrscheinlich haben die Bullen an der Umrichtstation eh wieder einen Blitzer aufgebaut. Ich glaube, die bestellen die Schwertransporte extra, damit man beim Überholen mehr Gas gibt«, knötterte er.

Natürlich baute die Polizei vorzugsweise dort die Radarfallen auf, wo genervte Pendler endlich überholen konnten.

»Scheiß-Biker!«, brüllte Uwe plötzlich und schüttelte mit der Faust in Richtung eines Motorradfahrers, der im Stau an uns vorbeigerollt war. Den Biker juckte das wenig, er quetschte sich, wie üblich, an den Lkws und der Schlange vorbei.

»Ich wundere mich darüber, dass noch kein findiger Architekt auf die Idee gekommen ist, die Turmelemente in Apartments umzubauen. Immerhin erreichen die inzwischen einen Durchmesser von nahezu fünfzehn Metern«, versuchte ich Uwe ein wenig abzulenken. »Ich bin mir sicher, dass es dafür Interessenten gäbe. Ich selbst würde jedenfalls direkt einziehen, allein wegen der gigantischen Aussicht von der Kanzel eines Windrades aus.«

Uwe knurrte kurz, hörte aber immerhin mit dem Fluchen auf. Mit einem Seitenblick registrierte ich, dass sich seine Gesichtszüge geglättet hatten. Offenbar dachte er über ein Leben im Windrad nach.

Ich konzentrierte mich wieder auf den Verkehr. Mein Blick fiel erneut auf das vorausfahrende Gefährt. Irgendetwas an dem Fahrzeug störte mich. Sicher, der Lkw war langsam, aber dennoch schien es mir, dass irgendetwas anders war als sonst. Während ich mit mäßigem Tempo durch Roggendorf rollte, dachte ich weiter darüber nach. Dann fiel es mir auf: Der Schwertransporter hatte keine der üblichen Begleitfahrzeuge mit rot-weißen Markierungen und Hinweistafeln im Schlepptau. Lediglich zwei mit gelben Warnleuchten versehene olivgrüne Pick-ups fuhren vor und hinter dem Lkw, um ihn abzusichern. Das war ungewöhnlich, denn meist wurden die Türme für die Windräder in einem Konvoi von mehreren Fahrzeugen durch die Landschaft geschippert, um die Zahl der Straßensperrungen, die manchmal nötig waren, in Grenzen zu halten. Vielleicht war aber auch einfach nur ein Turmelement schadhaft und sollte hier ausgewechselt werden, sinnierte ich.

Nach einer endlosen Zeit erreichten wir Gemünd. Der Schwertransport versuchte, durch die Ortsdurchfahrt zu kommen, ohne allzu viel Schaden anzurichten. Während Kinder das Schauspiel begeistert verfolgten, schienen die Nerven vieler Autofahrer inzwischen blank zu liegen, wie zorniges Gehupe hinter und vor uns vermuten ließ.

Auf Höhe von Onkel Toms Hütte an der Gemünder Ortseinfahrt musste ich wieder anhalten. Uwe verabschiedete sich und sprang aus dem Fahrzeug, um die restlichen fünfhundert Meter bis zum Nierfelder Sportplatz zu Fuß zu gehen.

Am heutigen Sonntag war es ungewöhnlich warm. Während man vor einer Woche noch schier am Boden festgefroren war, lockten nun die ersten Sonnenstrahlen nach dem langen Winter ins Freie. Der Schnee, der sich beinahe den gesamten Februar und März über hartnäckig gehalten hatte, war in der Zwischenzeit zu einigen kleinen grauen Haufen am Straßenrand zusammengeschmolzen. Ich beschloss, den schönen Nachmittag zu genießen und die wärmende Frühlingssonne für einen After-Eight-Eisbecher bei ›Calchera‹ zu nutzen. Währenddessen könnte ich Christine mal wieder anrufen und fragen, ob sie mich für ein paar Motivproben auf der Hochfläche begleiten würde, oben am Walberhof, schön im Abendlicht. Ich schrieb ihr eine kurze SMS, in der ich sie fragte, ob sie Lust habe, mich heute Abend noch zu treffen.

Christine war die Assistentin des Geschäftsführers der VDI, der »Vogelsang Development Incorporated«, und verfügte über eine atemberaubende Figur, die ich mit so wenig wie möglich Kleidung daran gern in Szene setzte. In ihrer Freizeit ging sie bereitwillig und oft mit mir auf Motivsuche. Ich schätzte ihre ruhige, besonnene Art und ihre Kreativität, und so hatten wir gemeinsam schon eine stattliche Anzahl vorzeigbarer Bilder produziert. Doch auch unsere gemeinsamen Spazierfahrten und Märsche durch die Natur machten einen Teil des Vergnügens aus, das dieses Hobby für uns beide bedeutete.

Obwohl ich Christine schon in den schärfsten Outfits gesehen hatte, die man sich vorstellen konnte, war es zwischen uns doch nie weiter als zu einem Abend mit einer Chipstüte vor dem Fernseher gekommen. Jedes Mal, wenn ich mir gerade ein Herz fasste, schwärmte mir Christine just in diesem Moment vor, wie gut ihr das Leben als Single gefalle und dass es einfach keine brauchbaren Männer in ihrem Umfeld gebe. Nun, das genügte meistens, um einen Vorstoß meinerseits für die kommenden Wochen in den Wind zu schießen. Kein normaler Mann sollte sich an eine blonde Amazone ranmachen, die ihr Leben allein nach allen Regeln der Kunst genoss. Zumindest nicht, wenn man diese Superfrau auch in der Zukunft noch vor die Linse kriegen wollte.

Ich hatte über diesen Gedanken mein gigantisches Eis fast verzehrt, als mein Handy klingelte. Der Klingelton »Lady Marmalade« von Labelle verriet mir, dass es Christine war, die mich zurückrief.

»Esser hier! Wer stört?«

»Blödmann«, kicherte es am anderen Ende.

»Sag, hast du heute schon was vor?«, fragte ich.

»Uh, ein Date?«

»Äh, nein … also, ja«, stammelte ich, bis mich Christine unterbrach.

»Das war ein Witz! Also, was gibt es? Willst du fotografieren gehen?«

»Nein, erst mal nur Motivsuche. Hast du Lust?«

»Soso. Erst störe ich dich, und dann willst du, dass ich mitkomme? Pffft! Pass auf, du hast genau eine Chance. Ich ziehe mich jetzt um. Hol mich in einer Viertelstunde zu Hause ab, dann gehe ich mit – wenn nicht: Auch andere Männer haben schöne Kameras!«

Knapp zwanzig Minuten später klingelte ich in Olef bei Christine, die mir kurz darauf die Tür öffnete. Sie trug ein kariertes Holzfällerhemd, Jeans und Wanderschuhe, und ich konnte nicht umhin, zuzugeben, dass sie selbst in diesen Klamotten über einen unbeschreiblichen Sex-Appeal verfügte.

Wir fuhren über die Panzerstraße vorbei an Hühnerbusch nach Herhahn und Morsbach, und ich hielt auf dem Parkplatz Walberhof, wo ich erst vor ein paar Tagen gewesen war und die Soldaten gesehen hatte. Ich wollte mir das Gelände noch einmal bei Tageslicht ansehen, und vielleicht bemerkte ja auch Christine etwas.

Als ich das Auto abschloss, fiel mein Blick erneut auf die hübsche Blondine. Wieder einmal fragte ich mich, ob sie sich ihrer Wirkung auf Männer wirklich nicht bewusst war oder ob sie, wie ich vermutete, mit dieser Ausstrahlung von selbstsicherer Ignoranz gegenüber allem, was männlich war, kokettierte. Sie repräsentierte einen Typ Model, wie ich ihn gernhatte. Man konnte sie in verschiedensten Szenerien ablichten, sie stellte sich auf jede Situation sofort ein, und die Ausbeute exzellenter Bilder war bei ihr erfreulich hoch. Still und heimlich drückte ich ein paarmal auf den Auslöser, um den Moment einzufangen, während sie die Augen geschlossen hatte und ein paarmal tief durchatmete. Später würde ich mir Gedanken machen, ob dieses Outfit gelungene Bilder für den Tourismusverband bringen könnte, etwa als Fotos für die Bewerbung des Eifelsteigs oder anderer Wanderattraktionen.

Christine öffnete die Augen wieder und schaute in meine Richtung. »Können wir? Ich habe Lust auf ein wenig frische Luft. Wo soll's denn hingehen?«

»Ich wollte mir da drüben diesen alten Hangar mal ansehen, das habe ich schon lange vor. Was meinst du?«

»Gern. Vielleicht finden wir ein altes wertvolles Flugzeug dadrin oder so was.«

Wir liefen ein paar Meter auf eine Halle zu, die bei meinem letzten Besuch bereits mein Interesse geweckt hatte. An den vier blau gestrichenen Eingangstoren angekommen, probierten wir, ob sie sich aufschieben ließen, was erst beim letzten gelang. Vorsichtig traten wir in das Dunkel des Hangars, der von innen wesentlich kleiner wirkte als von außen. Ein paar alte Werkzeugwagen mit offen stehenden Schubladen standen darin herum, ausrangierte Flugzeugteile, ein Haufen alter metallener Fässer mit der Aufschrift »JP-5« und eine Werkbank zeugten von der früheren Nutzung der Halle.

Ich untersuchte das Gerippe einer museumsreifen Propellermaschine, als ich ein Geräusch vernahm.

Mir war sofort klar, dass es mächtigen Ärger bedeuten könnte, hier im Gebäude herumzuschnüffeln, das mit Sicherheit nicht für die Öffentlichkeit so hergerichtet worden war. Lust auf verärgerte Ranger hatte ich wahrlich nicht, also sah ich mich in Windeseile um und suchte nach einem geeigneten Versteck.

Christine, die das Geräusch offenbar ebenfalls gehört hatte, gab mir ein Zeichen und deutete in eine Ecke der Halle, dann hasteten wir so leise wie möglich an einem alten Flugzeugwrack entlang, bis wir zu einer Nische zwischen zwei alten Spinden kamen. Wir duckten uns hastig in den Spalt in der Wand, wobei ich versuchte, Christine mit meiner weiten schwarzen Jacke abzudecken.

Ich versuchte, meine Atmung wieder unter Kontrolle zu bekommen. Dann sah ich auf. Aus der gegenüberliegenden dunklen Ecke der Halle kam ein Mann. Zu meiner Überraschung trug er jedoch weder Wanderkleidung, was auf einen Touristen hingedeutet hätte, noch militärische Uniform. Soweit ich es in der Dunkelheit erkennen konnte, war er in einen dunkelgrauen Anzug gekleidet, als käme er geradewegs aus dem Büro. In der Hand trug er eine schmale lederne Aktentasche. Er bewegte sich mit einer Selbstverständlichkeit durch die Halle, die vermuten ließ, dass er nicht mit schlechtem Gewissen hier herumstöberte – wie wir. Vielmehr schien er regelmäßig ein und aus zu gehen, wie mir auch die Zielstrebigkeit verriet, mit der er auf den Ausgang zulief. Offensichtlich hatte er uns nicht bemerkt. Er verschwand durch dasselbe Tor, durch das wir eben hereingekommen waren.

»Wo kam der her?«, flüsterte Christine, die sich ängstlich an mich drückte. Dabei stieg mir ihr Parfum in die Nase, ein herber, nicht zu blumiger Duft, der hervorragend zu ihr passte. Ich fühlte eine Gänsehaut auf dem Rücken und wünschte mich gemeinsam mit ihr an einen wesentlich gemütlicheren Ort.

»Weiß ich nicht«, gab ich zurück, »lass uns mal nachsehen.« Ohne ihre Antwort abzuwarten, schlich ich in Richtung der Ecke, aus der der Mann gekommen war. Doch so intensiv ich auch suchte, ich konnte keine Tür oder etwas Ähnliches ausmachen.

Ich hielt die Kamera auf Augenhöhe, stellte den Blitz ein und fotografierte blind in die Ecke, in der ich die Tür vermutete. Aber auch das hell erleuchtete Display gab das Geheimnis des urplötzlichen Erscheinens des Mannes nicht preis.

Ich lief zurück zu Christine und bedeutete ihr, wieder mit nach draußen zu gehen. »Keine Ahnung, was das war«, sagte ich, als uns die Sonne draußen empfing. »Eine Tür gibt es jedenfalls nicht. Der Typ scheint sich dadrin versteckt zu haben. Komm, mir ist die Lust auf Motivsuche vergangen. Ich lade dich zum Abendessen in Gemünd ein.«

Wir liefen zum Auto zurück, und ich dachte an den Mann. Wie war er in die Halle gekommen? Hatte er uns wirklich nicht bemerkt? Was hatte er in einem stillgelegten Hangar des ehemaligen belgischen Militärgeländes zu suchen? Seltsam.

***

Am folgenden Tag saß ich in meinem Studio und wertete die Fotos der letzten Tage aus. Durch das Auftauchen des ominösen Fremden in der Halle hatte ich vom Vortag nur die Bilder, die ich beim Aussteigen von Christine gemacht hatte, und die nichtsnutzigen Schüsse in die dunkle Ecke.

Ich holte die Bilder von Christine auf den Monitor. Dadurch, dass ich »aus der Hüfte« abgedrückt hatte, waren nur wenige brauchbare Fotos dabei. Auf einigen fehlten Teile des Kopfes, auf anderen hatte ich die Kamera anscheinend leicht neben sie gehalten. Das war mehr als ärgerlich, denn so war der Nachmittag mit meiner Lieblingsblondine zwar schön gewesen, hatte aber überhaupt keinen Nutzen gehabt.

Ich wollte den Ordner mit den Fotos in den virtuellen Papierkorb schieben, da erregte ein Bild meine Aufmerksamkeit. Christine war nur am Rand zu sehen, doch ein anderes Objekt zog meine Aufmerksamkeit auf sich. Auf dem Foto erkannte ich einen silbernen 5er-BMW mit Siegburger Kennzeichen, den ich exakt von vorn fotografiert hatte und der in einiger Entfernung von uns auf dem Parkplatz der Halle gestanden haben musste. Das war grundsätzlich nicht ungewöhnlich, doch die beiden Personen, die in dem BMW saßen und deren Gesichter man aufgrund der Entfernung nicht erkennen konnte, schienen direkt in mein Objektiv zu gucken. Mir war, als hätte ich das Fahrzeug schon einmal gesehen, doch mir wollte nicht auf Anhieb einfallen, bei welcher Gelegenheit das gewesen war. Ich versuchte, den Ausschnitt mit den Gesichtern heranzuzoomen, und brachte es auf eine erstaunliche Schärfe, als ich alle Möglichkeiten meines Bildbearbeitungsprogrammes ausreizte. Doch keine der beiden schemenhaften Gestalten kam mir bekannt vor.

Gerade als ich den PC herunterfahren wollte, ertönte ein kleiner Gong, der mir ankündigte, dass ich eine neue E-Mail in meinem Postfach finden würde. Ich öffnete neugierig die Mail, als ich den Absender sah: »Bundesamt für Verfassungsschutz, Pressestelle«.

Sehr geehrter Herr Esser,

vielen Dank für Ihre Nachricht, in der Sie uns auf die von Ihnen beobachteten Vorgänge im Nationalpark Eifel unweit der ehemaligen Ordensburg Vogelsang hinweisen.
Die Erklärung des von Ihnen beobachteten Geschehens ist recht einfach und unspektakulär: Durch die Mitarbeiter der mit der Sicherung des ehemaligen Truppenübungsgeländes beauftragten Firma wurde uns vor einigen Tagen mitgeteilt, dass bei einem Streifgang Munitionsrückstände der ehemals auf dem Gelände übenden Truppen aufgefunden wurden. Der Kampfmittelräumdienst war jedoch just zu diesem Zeitpunkt mit der Räumung einer anderen Baustelle beschäftigt. Wir haben uns daher dazu entschlossen, auf unbürokratischem Weg das Entmunitionierungsteam einer in Rheinland-Pfalz ansässigen amerikanischen Militäreinheit zu beauftragen. Durch die akute Dringlichkeit war es nicht möglich, vorher die Presse zu informieren. Auch wollten wir verhindern, dass Unbefugte, durch die Berichterstattung veranlasst, vorab gezielt nach der zurückgelassenen Munition suchen und sich so in Gefahr bringen. Wie Ihnen sicher bekannt sein wird, ist es in der Vergangenheit vorgekommen, dass Zivilisten auf der Jagd nach militärischen Souvenirs die vorgeschriebenen Wege im Nationalpark verlassen und sich so unnötig in Gefahr gebracht haben.

Eine Kopie dieser E-Mail geht auch an den Geschäftsführer des Standortes, Herrn Hirsch, sowie an das zuständige Nationalparkforstamt.

Wir bedanken uns vielmals für Ihre aufmerksame Mitarbeit mit freundlichen Grüßen aus Köln.

Unterschrieben war die E-Mail von einem Mitarbeiter, der sich als Abteilungsleiter »Presse und Bevölkerung« zu erkennen gab.

In meinem Kopf begann es zu rattern. Ich öffnete erneut den vergrößerten Ausschnitt von dem silbernen BMW und seinen Insassen und zoomte schließlich auf das Nummernschild. Ein Siegburger Kennzeichen. Dann plötzlich hatte ich die Erleuchtung: Der Wagen war mir bereits zweimal begegnet. Einmal, als ich die Soldaten bei ihrer nächtlichen Aktion beobachtet hatte. Ein weiteres Mal zusammen mit Christine, als wir die alte Halle besichtigt hatten. Deswegen kam er mir so bekannt vor!

Aber Moment mal … Zum Kreis Siegburg gehörte eine Gemeinde mit dem Namen Rheinbach. Und dort saß niemand Geringeres als das Bundesamt für Verfassungsschutz. Was hatten Mitarbeiter des BfV auf dem Gelände von Vogelsang zu suchen?

Die Sache wurde immer mysteriöser.

5

Xaver war zufrieden. Seine regelmäßigen Besuche auf Vogelsang und die Inspektionen des Tunnels waren seit einiger Zeit reine Formsache geworden, und die amerikanischen Soldaten, die das Tunnelsystem bauten, machten gute Fortschritte. Der Rohbau des Tunnels war fertig, die Verkabelung vorbereitet, und in einem knappen Jahr würde eine hochmoderne Radarüberwachung ihren Dienst auf Vogelsang aufnehmen können.

Die strategischen Überlegungen der NATO bezüglich Vogelsang hatten das Ziel, den gesamten Luftraum zwischen Rhein und Ruhr von der Radarstation auf Vogelsang aus zu überwachen. Einige Jahre später sollte der ehemalige Flugplatz Walberhof zu einem militärischen Flugplatz ausgebaut werden, auf dem die AWACS, im Volksmund »Pillenträger« genannt, stationiert würden. Diese Dinos der Lüfte würden von hier in wenigen Minuten den gesamten westlichen Luftraum überwachen können, und im Falle einer Störung von Osten her lag der Fliegerhorst Nörvenich mit den dort stationierten Jagdflugzeugen in Reichweite, um einen Abfanggürtel in der Luft vor Vogelsang zu platzieren.

Steve McCullon war inzwischen so etwas wie ein Freund für Xaver geworden, zwischen den Männern hatte sich ein intensives Vertrauensverhältnis gebildet – selbst wenn Steve ihn weiterhin mit seinem Decknamen ansprach.

Der heutige Besuch Xavers war jedoch alles andere als Routine. McCullon hatte ihm von einem Zwischenfall wenige Tage zuvor berichtet, der sein Erscheinen erforderlich machte, um eine Einschätzung der Schwere des Vorfalls abzugeben. Das war ungewöhnlich, denn die Amerikaner waren es gewohnt, Schwierigkeiten selbst zu regeln.

Wie üblich parkte Xaver seinen Golf am Adlerhof und lief zu Fuß die rund anderthalb Kilometer bis zum Einstieg in das Tunnelsystem. Auf diese Art und Weise konnte er sichergehen, dass ihm niemand folgte. Sein Auto war ein gewohnter Anblick am Adlerhof, da fast alle Besprechungen des offiziellen Gremiums hier stattfanden. Wie immer würde also niemand Verdacht schöpfen.

Er prüfte, ob ihn ein zufällig daherkommender Wanderer sehen konnte, und als er sicher war, dass dem nicht so war, verschwand er in einem der Hangars, in der sich die gut getarnte Tür zum Tunnel befand. Die Soldaten hatten ganze Arbeit geleistet, das Sicherungssystem war nahezu perfekt. Wenn sich ein Wanderer in die Halle verirren sollte, würde ihn ein als Ranger getarnter Soldat vorsichtig, aber bestimmt darauf hinweisen, dass er in den Gebäuden nichts zu suchen hatte, und wieder auf den Weg zurückführen.

Xavers Idee, größere Ausrüstungsgegenstände als Windradteile auf Schwertransporten getarnt auf das Gelände zu fahren, hatte sich als genial einfach und unauffällig erwiesen. Die Bevölkerung hatte sich an den Anblick überdimensionaler Röhren auf Lkws gewöhnt, seit das Umweltministerium der Windkraft mit seinen Subventionen noch einmal einen deutlichen Schub verliehen hatte, sodass jeder Bauer inzwischen davon träumte, seine Felder in eine Gelddruckmaschine in Form eines Windparks zu verwandeln.

Er öffnete mit seinem Schlüssel eine kleine Metalltür eines als Medizinschrank getarnten Kastens an einer Wand und aktivierte die biometrische Zugangsprüfung. Dazu legte er seinen Daumen auf eine Art Mini-Scanner.

Ein Piepsen signalisierte ihm, dass er befugt sei, einzutreten, und nahezu lautlos glitt eine Stahltür, die man von außen als ein Stück alte Bretterwand wahrnahm, zur Seite und ließ ihn in die dunkle Schleuse eintreten. Wahrhaftig, dieses Team hatte an alles gedacht. Lautlos schloss sich die Tür hinter ihm, und das Licht ging an. Eine zweite Wand vor ihm öffnete sich mit einem leisen Surren und gab den dahinterliegenden hellen Gang frei.

Steve McCullon empfing ihn herzlich. »Xaver, my friend, schön, dich wiederzusehen.« Er schlug ihm auf die Schulter. »Ich hoffe, du hast Kaffeedurst mitgebracht, ich habe mit der letzten Materiallieferung exzellente kubanische Bohnen erhalten.«

Xaver konnte wieder einmal nicht umhin, die Lebensart der Amerikaner zu bewundern. Sicher, sie mussten hier unter Tage leben, doch sie richteten sich das Leben so gemütlich ein, wie es eben ging. Und bei kubanischem Kaffee (er vermutete, dass auch die eine oder andere Zigarre für Steve im Paket gelegen hatte) konnte man sogar die politischen Spannungen zwischen den USA und dem sozialistischen Heimatland Castros vergessen. Politischer Pragmatismus, wie er bestens zu Amerika passte.

Die Mannschaftsräume waren inzwischen mit allen modernen elektronischen Annehmlichkeiten ausgestattet, die man sich vorstellen konnte. Steve führte ihn in sein Büro, das sich nur durch die fehlenden Fenster von einem normalen Arbeitsplatz in einem Kasernengebäude unterschied. Er brühte mit einem hochwertig aussehenden Vollautomaten frischen Kaffee auf, reichte Xaver eine Tasse und nahm sich selbst einen Becher, füllte reichlich Zucker hinein und setzte sich an den Besuchertisch, auf dem neben zwei Aktenordnern auch einige Luftaufnahmen lagen.

»We have a serious problem«, kam McCullon ohne Umschweife zur Sache. »Da ist eine dumme Sache passiert. Heute Morgen habe ich eine Mail bekommen, die von unseren Leuten abgefangen wurde. Letzte Woche hat wohl ein Zivilist eine Kolonne von Militärfahrzeugen gesehen, die zur Halle gefahren sind. Ich weiß auch nicht, warum der sich da rumgetrieben hat. Im Wald, außerhalb der Öffnungszeiten. Na ja, jedenfalls hat er sich erkundigt, was die Soldaten im Wald zu suchen hatten. Blöderweise hat er sich dabei auch an die offiziellen Stellen gewendet, diesen Fassungsschütz – nein … how do you say?«

»Verfassungsschutz?«

»Right, Verfassungsschutz. Also da hat er Fragen gestellt. Ich möchte nicht, dass durch eine Unachtsamkeit meiner Leute das Projekt gestört wird.«

Xaver ließ die Luft aus den Backen entweichen. »Es war richtig, mich zu informieren. Ich werde mich diskret umhören. Wenn irgendjemand seltsame Fragen stellt, dann wird derjenige sicher zuerst das Büro auf Vogelsang anrufen, und dann muss ich nur sicherstellen, dass ich das erfahre. Ich werde die Sekretärin da oben bitten, dass sie mich informiert, wenn so jemand auftaucht. Wie heißt dieser Zivilist, weißt du das?«

Steve wirkte geknickt. »Robert Esser. Er ist Fotograf, haben meine Leute gesagt.«

»Auch das noch!« Xavers gute Laune war – trotz des hervorragenden Kaffees – verflogen. Deswegen stellte er die Tasse etwas heftiger, als es nötig gewesen wäre, auf den Tisch und stand auf. »So etwas darf nicht noch einmal passieren, Steve! Ihr müsst vorsichtiger sein. Solange das Gelände für Zivilisten offen ist, seid ihr unsichtbar, hast du mich verstanden? Passt gefälligst besser auf, damit hier nicht noch mehr ›dumme Sachen‹ passieren!«

Mit diesen Worten verließ er den Besprechungsraum, ohne sich von Steve zu verabschieden. Es gab nicht viel, was er aus tiefster Seele hasste, aber neugierige Zivilisten und unvorsichtige Militärs gehörten definitiv dazu. Wenn das so weiterging, konnte man direkt zum Tag der offenen Tür im Tunnel einladen.

6

Lautes Grölen schallte durch das Tal bei Olef. Oberhalb der Wohnbebauung befand sich eine Wetterhütte, die häufig als Grillplatz genutzt wurde, und von Zeit zu Zeit, so auch heute, hielt dort eine Gruppe von überwiegend kahlköpfigen Männern und einigen wenigen Frauen eine »Versammlung« ab. Es waren Abgesandte der »Kameraden Aachen«, der »Kameraden Düren Land« und der »Nationalen Befreiung Euskirchen«, alles rechtsgerichtete Organisationen, die hier relativ ungestört ihre Treffen veranstalten konnten, obwohl in nicht einmal drei Kilometern Luftlinie die Polizeiwache Schleiden zu finden war. Die Anwohner ringsum hatten anfänglich noch regelmäßig Streifenwagenbesatzungen gerufen, doch nach einigen deutlichen Einschüchterungen durch sogenannte »Absicherungskommandos« hatten auch die selbstbewusstesten Eifler es aufgegeben, etwas gegen die skandierenden Glatzköpfe unternehmen zu wollen.

Heute war das Grölen immerhin weniger aggressiv als sonst: Man feierte den Geburtstag von Olaf Streitmanns, dem Anführer der »Dürener Kameraden«. Der Alkohol floss reichlich, und die ersten Mitglieder hatten sich schon in das Land der Bierseligen abgeschossen, als das Geburtstagskind Andreas Vershoff, den Gründer und Anführer der »Nationalen Befreiung Euskirchen« und Rechtsanwalt aus Düsseldorf, zur Seite nahm.

»Hüür ens, Andreas«, begann er, »üvvermorje senn doch die janze Ministere ald widder op Vochelsang, oder? Sulle mer do nit ens widder jet för Opräjung sorje?«

Andreas Vershoff schüttelte sich. Auch wenn er seit annähernd zwanzig Jahren in der Eifel lebte, der hiesige Dialekt war ihm immer noch unangenehm. In seiner schicken Kanzlei auf der Kö war dergleichen seltener zu hören.

»Nein«, antwortete er, »die haben inzwischen so viel von den Blaumännern da rumlaufen, das macht keinen Spaß mehr.« Er meinte die Sicherheitskräfte des privaten Wachdienstes, die mit Schäferhunden das Gelände durchstreiften und nicht allzu zimperlich waren, wenn sie auf wohlbekannte Gesichter trafen, die regelmäßig auf Vogelsang störten.

Streitmanns runzelte die Stirn. Es gefiel ihm offenbar nicht, wenn Vershoff, der ihm, wie beide wussten, nicht nur rhetorisch weit überlegen war, seine Vorschläge ablehnte.

Vershoff bemerkte den Unwillen Streitmanns. Schon häufiger waren sie aneinandergeraten, weil der Kamerad der Meinung war, er sei zu weich geworden und habe das eigentliche Ziel der Gemeinschaft aus den Augen verloren. Das war natürlich Unsinn. Aber im Gegensatz zu Streitmanns hatte Vershoff so einiges zu verlieren, und außerdem war es klüger, unbeobachtet im Hintergrund zu bleiben, um seine Pläne in die Tat umzusetzen, anstatt alle naslang Konfrontationen mit der Belegschaft von Vogelsang einzugehen. Vershoff beschloss, dass es an der Zeit war, dem ungehobelten Kerl ein für alle Mal klarzumachen, wer hier der Chef im Ring war.

»Kamerad, vergiss nicht unsere Mission. Vogelsang muss wieder deutsch werden. Das ganze Pack, das sich da oben herumtreibt, soll verschwinden. Wozu heißt es denn ›Kameradschaftshäuser‹? Unsere Kameradschaft soll dort ihre Heimat finden. Dazu bedarf es keiner Demonstrationen und Randale-Partys, dazu bedarf es wohlüberlegten Handelns!«

Sichtlich beeindruckt vom plötzlichen Ausbruch Vershoffs verschüttete der andere vor Schreck sein Bier und richtete sich automatisch auf. »Schon gut, ist ja gut, wir halten die Füße still. Keine Alleingänge, keine Aktionen. Und wenn doch, dann natürlich nur in Abstimmung mit der Obrigkeit.«

»So gefällst du mir schon besser«, lobte Vershoff, erhob sich und ging, ohne sich zu verabschieden, zu seinem Wagen. Am Fahrzeug angekommen, nahm er sein Handy aus der Jackentasche und wählte eine Nummer.

»Ja, was gibt's?«

»Streitmanns scheint nachzulassen.«

»Was schlägst du vor?«

»Man sollte ihm auf den Zahn fühlen.«

»Muss das sein? Die Kameraden verehren ihn wie eine heilige Kuh.«

»Aber er wird aufmüpfig.«

»Gib ihm noch ein paar Tage. Vielleicht beruhigt er sich wieder.«

Vershoff seufzte. »Einverstanden.« Dann legte er auf. Telefonate mit seinem Kompagnon versuchte er immer so kurz wie möglich zu halten. Zwar waren die beiden Männer eng befreundet, und Vershoff hatte einen mehr als lukrativen Beratervertrag mit dem Unternehmen seines Kameraden abgeschlossen, doch achteten beide peinlich genau darauf, in der Öffentlichkeit möglichst wenig miteinander in Verbindung gebracht zu werden. Vershoff vertrat in seiner Kanzlei oft rechtsradikale Größen, und diese Tatsache hätte dem guten Ruf seines in der Öffentlichkeit stehenden Geschäftspartners und Freundes sicher nicht gedient. Und das wiederum könnte das Ziel, das sie beide seit einigen Jahren verfolgten, ernsthaft in Gefahr bringen.

7

Stefan hatte es eilig, verdammt eilig. Ungeduldig zerrte er die gelbe Einfahrtskarte aus seiner Brieftasche, die ihn auf das Gelände von Vogelsang einlassen würde, auf dem sich sein Büro und seit einiger Zeit auch sein Apartment befanden.

Der schwere Mercedes rollte nahezu lautlos durch die geöffnete Schranke, ließ dann aber ein heiseres Fauchen hören, als Stefan ihn energisch über die Zufahrt prügelte und dabei alle Geschwindigkeitsbegrenzungen ignorierte. Das war so richtig nach seinem Geschmack, nach Gutsherrenart über »seine« Zufahrt zu preschen.

Ein paar Touristen schimpften über den Raser, der ihre Wanderung störte, doch Stefan ignorierte sie geflissentlich. Sollten sie sich doch zum Teufel scheren.

Stefans Firma hatte vor fünf Jahren das große Los gezogen, als es darum gegangen war, den ehemaligen Truppenübungsplatz an das Land NRW abzutreten. Das wollte dort einen Nationalpark errichten und aus dem Gelände der Nazi-Ordensburg eine Stätte der Kultur und Bildung machen. Bei der Wahl der Firma, die die ganzen Vorhaben koordinieren sollte, war Stefan einfach zur richtigen Zeit am richtigen Ort gewesen und hatte den Auftrag erhalten.

Seitdem ging es nicht nur mit Vogelsang, sondern auch mit seiner Karriere steil bergauf. Viele Politiker versuchten sich zu übertrumpfen, wenn es darum ging, Projekte in Vogelsang zu realisieren. Die Folge: Die Fördergelder flossen reichlich, denn schließlich waren die Vorhaben ebenso pressewirksam wie förderlich für den nächsten Wahlkampf. Heute, in knapp einer Stunde, sollte eine weitere Pressekonferenz stattfinden. Die Staatssekretäre und Referenten der nordrhein-westfälischen Bau-, Umwelt- und Wirtschaftsministerien trafen sich auf Vogelsang, um feierlich zu verkünden, dass die nächsten Projekte, verbunden mit entsprechenden Millionenschecks, nun initiiert werden könnten. Im Vorfeld würde eine Sitzung stattfinden, auf der die Entscheidungen der Gremiumsteilnehmer noch einmal festgeklopft werden würden.

Stefan freute sich besonders auf eine Neuigkeit, die er anlässlich dieses Termins verkünden würde: Ein Investor hatte ihm schon vor geraumer Zeit Pläne vorgelegt, mit denen er einen Hotelkomplex auf Vogelsang zu errichten beabsichtigte, mitten auf der Hochfläche. Stefan würde den Anwesenden glaubhaft machen, dass das Geld für den Abriss des momentan dort stehenden Gebäudes eingespart werden konnte, da das Gebäude umfangreich saniert werden sollte.

Bevor die Gremiumssitzung und im Anschluss daran die Pressekonferenz stattfanden, wollte Stefan dem Wachdienst jedoch nochmals einschärfen, dass er sicherzustellen hatte, dass keine radikalen Naturschützer auf Vogelsang herumliefen und die Veranstaltung mit Bannern und Pfiffen störten. Stefan hasste diese Ökos. Ständig versuchten sie mit dem Totschlagargument, es könnte ein Tier zu Schaden kommen, jegliche Entwicklung auf Vogelsang zu verhindern. Am liebsten hätte er die ganze Mischpoke in einen Bunker eingesperrt. Dort hätten sie sich in Ruhe dem Schutz der gemeinen Kellerassel widmen können.

Und dann war da noch dieser elende Weinrauch, der Stefan gar nicht in den Kram passte. Der Schreibtischtäter aus der Bundesanstalt für Immobilienaufgaben wachte mit Adleraugen darüber, dass die Ausschreibungen korrekt abliefen. Stefan war es ohnehin suspekt, dass dieser Sesselfurzer anscheinend kaum in seinem Ministerium anzutreffen war. Ständig hielt sich dieser Schnüffler auf Vogelsang auf und störte die ansonsten reibungslosen Abläufe.

Er wischte die düsteren Gedanken beiseite und stellte seinen Wagen auf dem Parkplatz gegenüber dem Adlerhof ab. Er stieg aus, nickte einem Gärtner zu und hastete zum Eingang.

Christine Hilgers, seine äußert gut aussehende Assistentin, nahm ihm nach seinem Eintreten in das Gebäude den leichten Mantel ab. »Guten Morgen, Stefan. Bereit für den großen Auftritt?«, begrüßte sie ihn.

»Zumindest bereit für die blutrünstige Meute und jede Menge Presse. Was machen die Ökos? Alles ruhig?«

»Ja, mittlerweile schon, aber der Wachdienst hat vorhin ein paar Jungs von einer radikalen Tierschutzgruppe vom Gelände geschmissen, die gegen die vielen Autos auf Vogelsang protestieren.«

»Mist, das fehlt mir gerade noch! Diese verdammten Öko-Spinner. Die schaffen es noch, dass uns die Fördermittel entzogen werden. Ich hasse das.«

»Ach, Stefan, und dann ist hier noch eine Nachricht vom Verfassungsschutz reingekommen, per E-Mail. Man lässt uns wissen, dass ein Schleidener Bürger angebliche Truppenbewegungen auf Vogelsang wahrgenommen hat und dass es um ein Entmunitionierungskommando mit einem Spezialauftrag ging. Wusstest du was davon?«

Stefan schüttelte den Kopf. Er hatte etliche Male protestiert, doch die Militärs hielten sich einfach an keine Absprachen. Ständig fummelten sie irgendetwas im Nationalpark, und er durfte sich dann bei der Presse herausreden, wenn er wieder nicht informiert worden war.

Er erinnerte sich an die Wanderer, die ihm wütend hinterhergebrüllt hatten, als er eben vorbeigeprescht war. Ob das die Naturschützer gewesen waren? Fast tat es ihm leid, dass er nicht noch absichtlich durch eine Pfütze gefahren war.

»Sind die Vorbereitungen für die Pressekonferenz denn abgeschlossen?«, fragte er.

»Der Büfettservice war schon da, die Mikrofone und Kameras werden gerade im Kartensaal aufgebaut, die ersten Presseleute sind bereits angekommen. Die Mappe mit den Presseerklärungen ist fertig, da fehlen nur noch die Texte der Gremiumsmitglieder, aber die bekommen wir wahrscheinlich erst wieder, wenn die Herrschaften kommen. Das gibt wieder eine Just-in-time-Aktion.«

Christine klang stolz. Sie genoss in Stefans Abwesenheit das Privileg, sich aller Büroangestellten und Aushilfen zu bedienen, wenn ein großer Termin vorbereitet werden musste. Stefan ließ ihr da völlig freie Hand, und sie dankte es ihm mit Loyalität.

Er zückte einen USB-Stick und reichte ihn ihr. »Das muss auch noch in die Pressemappe. Da ist eine etwa dreißigseitige Präsentation drauf. Ich habe noch eine kleine Überraschung für die Presse in der Hinterhand. Das wird ein Knaller, sag ich dir!«

»Worum geht es?«

»Ich habe endlich die Zusage, dass die Hellenthal-Gruppe das Hotel bauen will. Damit lassen sich Arbeitsplätze in Vogelsang realisieren, und wir kriegen vielleicht auch die ganzen Touristen dazu, länger zu bleiben. Ich glaube, nach dem Pressetermin machen wir eine Flasche Schampus auf.«

Stefan musste ein Grinsen unterdrücken. Der Plan mit dem Hotel war ihm gerade recht gekommen. Was konnte ihm Besseres passieren als ein fertiges Hotel, in dem später, wenn Vogelsang seiner wahren Bestimmung zugeführt werden würde, die Führungselite absteigen konnte?

Christine lächelte, nahm den USB-Stick entgegen und steckte ihn in den dafür vorgesehenen Anschluss ihres PCs. Nach ein paar Klicks öffnete sie die Präsentation, die das gigantische Projekt beschrieb. Ein riesiges Hotel in den Gemäuern von Van Dooren, der leer stehenden Kaserne mitten auf Vogelsang. Sie blätterte durch die Pläne.

»Sehe ich das richtig, dass hier in den rechten Trakt unter dem Dachgeschoss eine Spielbank reinsoll?«

»Ja, ist das nicht genial? Ein Treffpunkt für die ganze Familie, sogar mit einer Schießbahn – natürlich nur mit Laserpistolen, und im Kellergeschoss eine Paintball-Anlage. Eben alles, was zu einem angemessenen Unterhaltungsprogramm gehört. Damit sich die Damen und Herren im Anschluss an die Action gut entspannen können, kommt hier«, er deutete auf den Richtung Wollseifen weisenden Teil des Gebäudes, »ein Wellnessbereich mit allem Pipapo hin.«

Christine begann mit dem Ausdrucken der Präsentation und sortierte die Bogen in schmale Schnellhefter ein.

Stefan zog sich indes in sein Büro zurück. Er nahm eine Flasche aus dem Schrank und schüttete sich einen alten Cognac ein, setzte sich in seinen Lederstuhl, legte die Füße auf den Tisch und blickte zum Urftsee hinaus. »Diese alten Nazis«, murmelte er, »wussten schon, wo die Natur schön war.«

Dennoch konnte er nicht richtig entspannen. Vor ein paar Tagen hatte er zufällig herausgefunden, dass Andreas Vershoff eine Affäre mit Ursula Kiefer, der Frau eines Gremiumsmitgliedes, begonnen hatte. Das passte ihm eigentlich so gar nicht in den Kram. Bislang hatten Vershoff, er und Kiefer sehr gut voneinander profitiert, und diese alberne Bettgeschichte könnte sich, wenn Andreas nicht achtgab, zu einem echten Problem auswirken. Wenn Kiefer erfuhr, dass seine Alte mit einem seiner Geschäftspartner vögelte, wäre er sicher nicht erfreut.

Nun, selbst wenn es so weit kommen würde: Dann würde sich sicher eine Lösung finden lassen. Stefan nahm sich vor, Andreas auf das leidige Thema anzusprechen und ihn um Vorsicht zu bitten. Dann fiel ihm ein, dass er noch eine Mappe im Auto liegen gelassen hatte, die an den Anwalt gesendet werden musste. In ihr waren die kommenden Ausschreibungen aufgeführt, die vom Vorstand der VDI noch abzusegnen waren. Bevor die Dokumente offiziell versendet wurden, musste Andreas sie unbedingt durchsehen. Das war doch eine wunderbare Gelegenheit, um diese Liaison dangereuse einmal vorsichtig aufs Tapet zu bringen.

Stefan stand auf, trank seinen Cognac im Stehen aus und machte sich auf den Weg zu seinem Fahrzeug. Er würde schon noch die Zeit bekommen, seinen Wohlstand in Ruhe zu genießen.

Als er sein Büro wenige Minuten später wieder betrat, traf er dort auf Peter Zurholt, einen kleinen gebeugten Mann von etwa sechzig Jahren, der nach seiner jahrelangen Tätigkeit als Zivilangestellter auf Vogelsang eine Vorliebe für den Naturschutz entdeckt hatte und einer Naturschutzorganisation vorstand. Diese Rolle nahm man ihm ohne Weiteres ab. Das vom rauen Eifler Klima gegerbte Gesicht und die verbrauchten Hände ließen bei Stefan die Gedanken an Rumpelstilzchen aufkommen. Nur war Zurholt noch wesentlich unangenehmer.

Nach dem Abzug der Belgier waren die zivilen Angestellten von einer Firma betreut worden, die einen Sozialplan für die

Mitarbeiter des ehemaligen Militärbetriebs ausarbeitete. Viele der Angestellten, die ihre Arbeit verloren hatten, waren jedoch altersbedingt kaum noch zu vermitteln. Zu ihnen gehörte Zurholt.

Um seine schmale Rente aufzubessern, arbeitete er nun tageweise in der zentralen Poststelle von Vogelsang, die für die verschiedenen hier angesiedelten Gesellschaften den Briefverkehr organisierte. So war für die vielen Behördenmitarbeiter, die täglich auf Vogelsang ein und aus gingen, eine gemeinsame Anlaufstelle durch das Postbüro entstanden. Jeder Sachbearbeiter, der aus Brüssel, Aachen, Köln oder Düsseldorf hier auf Vogelsang zu tun hatte, besuchte bei der An- oder Abfahrt das Postbüro, wo neben den Schriftstücken auch der übliche Klatsch und Tratsch zu erhalten war. Wer über die aktuellen Entwicklungen im Gebiet informiert sein wollte, tat gut daran, regelmäßig hier am Malakoff einzulaufen.

Zurholt galt als zuverlässiger, gradliniger, aber auch streitbarer Mitarbeiter des Postbüros. In Sachen Naturschutz hatte er den Ruf, wenig Kompromisse einzugehen – so als wollte er sich bei der Natur für die Dinge entschuldigen, die er ihr vorher angetan hatte, wenn er schon mal den einen oder anderen Kanister Motoröl von den Panzern einfach in den Ausguss gekippt hatte, statt ihn ordentlich zu entsorgen.

Es war zwar durchaus nicht ungewöhnlich, dass Zurholt in das Büro von Stefan kam, aber dass er sich in seinem ledernen Chefstuhl fläzte, war noch nicht vorgekommen.

»Hallo, Herr Zurholt – ist Ihnen schlecht?«, fragte Stefan vorsichtig.

»Na ja, wie man's nimmt, Herr … Hirsch«, antwortete Zurholt. »Sie wissen ja, dass ich in der Poststelle arbeite – aber so wirklich befriedigend ist das ja nicht. Ich meine, von der Arbeit her, das ist absolut okay. Aber wenn ich sehe, wie die Bezahlung da ist, wissen Sie, dann denke ich, da müsste eigentlich mehr bei rumkommen. Sie bekommen ja auch mehr, oder?«

Stefan verschlug es die Sprache. Dieser kleine aufmüpfige Scheißkerl besaß doch tatsächlich die Dreistigkeit, sich in seinen

Schreibtischsessel zu setzen und ihn um eine Gehaltserhöhung zu bitten? Und das noch auf eine so dreiste Weise?

»Raus«, knurrte Stefan. »Sie können sich umgehend Ihre Papiere abholen, und lassen Sie sich hier nie wieder blicken.«

»Hoho, immer ruhig mit den jungen Pferden«, antwortete Zurholt.

Die selbstgefällige sichere Haltung, die dieser Mann mit einem Mal ausstrahlte, irritierte Stefan.

Zurholt blickte ihn fast mitleidig an. »Sehr geehrter Herr Hirsch, ich hatte eigentlich vor, lediglich fünfzigtausend Euro von Ihnen einzustreichen«, sagte er ruhig, »aber mein Preis hat sich eben verdoppelt.«

Stefan beschlich das Gefühl, dass der Alte entweder getrunken hatte oder dass er ihn veralbern wollte. »Herr Zurholt«, sagte er mit mühsam unterdrückter Wut, »wenn Sie nicht sofort mein Büro verlassen, rufe ich den Sicherheitsdienst. Ich habe wirklich Besseres zu tun, als mich mit einem dreisten Flegel wie Ihnen rumzuärgern. Also sehen Sie zu, dass Sie Land gewinnen! Das ist mein letzter freundlicher Satz, den ich an Sie richte.«

»Oh, da bin ich aber sicher, dass Sie noch ganz viele freundliche Worte für mich finden, denn gerade ist mein Preis wieder gestiegen. Sehr geehrter Herr Hirsch – oder sollte ich lieber ›Herr von Hasselt‹ sagen?«

Stefan wurde bleich. Sein Herz setzte für einen Moment aus, um dann in doppeltem Tempo in seiner Brust zu schlagen.

»Also, bleiben wir der Einfachheit halber bei ›von Hasselt‹«, entschloss sich Zurholt mit einem Lächeln. »Ich bin in den Besitz von Unterlagen gelangt, die höchst interessant sind. Wie Sie wissen, ist die Poststelle hier auf Vogelsang der zentrale Anlaufpunkt für alle Sendungen, die von außen kommen. Eigentlich wollte ich dort nur arbeiten, um zu sehen, ob irgendwelche Schweinereien gegen den Naturschutz geplant sind. Aber dann waren Sie ja so freundlich, auch Ihre private Wohnung hier einzurichten, um näher an Ihrer Arbeitsstätte zu sein. Das war für mich ein unverhoffter Glücksfall. So habe ich in den letzten Monaten viele Ihrer privaten Briefe in die Hände bekommen, und ich bin sicher, dass sich die Öffentlichkeit für einige davon interessieren wird.«

Stefan überlegte fieberhaft, welche Briefe Zurholt meinen könnte. Sicher, er hatte eine Zeit lang eine Affäre mit einer jungen Dame aus dem Bauministerium gehabt. Laura hatte ihm irgendwann auch einen langen Brief geschickt. Dieses Schreiben war voller kleiner erotischer Anzüglichkeiten gewesen, aber das wäre kein Skandal geworden, selbst wenn es öffentlich geworden wäre – es hätte höchstens Laura, die verheiratet war, in die Bredouille bringen können.

Die Ausschreibungen fielen ihm ein, die er Vershoff regelmäßig zuschickte. Doch daran war nichts Illegales, zumindest nicht, wenn man die Interna nicht kannte. Ausgeschlossen, dass Zurholt daraus etwas stricken konnte.

»Ich sehe, Sie denken nach, lieber Herr von Hasselt.« Zurholt lehnte sich genüsslich in den Sessel, während Stefan, ohne es zu merken, auf einen seiner Besucherstühle gesunken war. »Ist Ihnen nicht gut? Soll ich Ihnen einen Kaffee holen lassen?«

Zum Teufel, woher wusste Zurholt von dem alten Namen? Stefan war zwar bekannt, dass seine Eltern irgendwann gegen Ende des Zweiten Weltkrieges Pässe von einem deutschen Ehepaar, das in die Staaten emigrieren wollte, gekauft hatten, um deren Identität anzunehmen – doch wie konnte diese Information an Zurholt gelangt sein?

Stefan konnte sich keinen Reim darauf machen, und die Wut schnürte ihm die Kehle zu. »Woher …«, stammelte er, »wissen Sie –«

»Schnauze!«, brüllte Zurholt unvermittelt los, und jede Gemütlichkeit war aus seinem Gesicht verschwunden. »Sie dummes Arschloch haben mich lange genug schikaniert. Wenn Sie wollen, dass niemand erfährt«, er hatte seinen Ton wieder auf Zimmerlautstärke gesenkt, »wer Sie wirklich sind, wenn Sie wollen, dass niemand die wahre Geschichte der von Hasselts erfährt, dann werden Sie jetzt brav zahlen. Ich dachte an eine Einmalzahlung von, sagen wir, einhunderttausend Euro. Dafür händige ich Ihnen die Originale der Unterlagen aus, die Ihnen das Genick brechen könnten. Weiterhin werden Sie mir eine Stelle als Pressereferent hier auf Vogelsang besorgen. Ich glaube, Sie verstehen mich.«

»Moment!« Stefan begann, wieder klar zu denken. »Welche Informationen haben Sie denn schon, die so viel Geld wert sein könnten? Gut, Sie wissen, dass meine Familie nach dem Krieg einen anderen Namen angenommen hat. Na und? Das haben viele gemacht, da die deutschen Familiennamen nach dem Krieg nichts mehr wert waren. Und nun? Ich könnte sowieso nichts dafür. Mir kann noch nicht mal jemand nachweisen, dass ich davon wusste. Also, womit wollen Sie mich erpressen?«

Zurholt grinste breit. »Ich vergaß, sehr geehrter Herr von Hasselt«, spuckte er den Namen Stefans aus, »Ihnen mein Beileid auszusprechen. Ihre Mutter ist, soweit ich weiß, vor ein paar Wochen verstorben.«

Stefan dachte nach. Seine Mutter hatte in der Tat nach den Weihnachtsfeiertagen des vergangenen Jahres das Zeitliche gesegnet, doch es war unwahrscheinlich, dass Zurholt sie gekannt hatte. Sie hatte ihre letzten Tage im Gemünder Altenheim verbracht, jener schönen Seniorenresidenz oberhalb der Urft, und er konnte sich nicht vorstellen, dass Zurholt … Auf der anderen Seite, es war die Eifel, und irgendwie kannte hier jeder jeden um zwei Ecken. Aber was hatte der Name von Hasselt mit dem Tod seiner Mutter zu tun?

Zurholt griff in das Innenfutter seiner Jacke und zog ein einzelnes Blatt Papier heraus. »Hier, Herr von Hasselt, ist eine Kopie eines Schreibens, das ich – Sie werden verzeihen – natürlich nicht im Original bei mir habe. Selbiges ist an einem sicheren Ort. Sollte Ihre Zahlung nicht innerhalb einer Woche erfolgen, werde ich die Unterlagen an die Presse weiterleiten.«

Stefan griff nach dem Blatt, das Zurholt ihm nun reichte, und erblasste erneut. Unverkennbar war es die Handschrift seiner Mutter, die auf dem Bogen zu lesen war, jene schöne, edle, wie gedruckt wirkende Schrift, auf die seine Mutter immer so stolz gewesen war.

Du weißt, dass wir den Namen »Hirsch« nach dem Krieg angenommen haben, zu unserem eigenen Schutze, und dein Vater hat dir immer erzählt, dass er ein deutsches Ehepaar, das nach Amerika auswandern wollte, mit diesem Namen fand, das uns auf den Ausweisbildern ähnlich sah und uns die Papiere verkaufte. Es waren die letzten Tage des Krieges, und wir mussten schnell handeln, damit wir für die Zeit vorsorgen konnten, die nach dem Niedergang des Deutschen Reiches sicher kommen würde. An den Endsieg, den uns der Führer und seine Männer versprochen hatten, glaubten wir nicht mehr. Damals handelten viele ähnlich wie wir. Niemand konnte einschätzen, wie die Alliierten nach dem Krieg mit ehemaligen NS-Mitgliedern umgehen würden, und dein Vater war, wie du weißt, dem Propagandaminister Goebbels direkt unterstellt.
Die Geschichte, die wir dir immer erzählt haben, ist jedoch nicht die ganze Wahrheit. Doch wir waren, wie du erkennen wirst, mein Sohn, verzweifelt und suchten nach einer Lösung, die unser Überleben sichern würde. Daher griffen wir nach dem einzigen Strohhalm, den wir finden konnten.
Das Ehepaar Hirsch, das dein Vater für uns aufspürte, wollte nicht nach Amerika gehen. Es waren Gefangene, die in das KZ Auschwitz überstellt worden waren, in dem dein Vater arbeitete, wie so viele damals. Ihr Name lautete ›Hersch‹. Sie waren Juden.

Stefan begann zu zittern und ließ das Blatt sinken.

»Sehen Sie? Wenn Sie brav zahlen, bekommen Sie sogar noch den Original-Abschiedsbrief Ihrer Mutter zu lesen«, spottete Zurholt. »Da steht noch viel mehr drin, was Sie interessieren wird, mein Lieber, glauben Sie mir das. Sie werden das Geld besorgen, und Sie werden es an mich übergeben. Sind wir uns da einig? Oder wollen Sie wirklich, dass die Öffentlichkeit erfährt, dass Ihr Vater ein Handlanger von Joseph Goebbels war und seinen feinen deutschen Namen einem jüdischen Gefangenenpaar gestohlen hat?«

Stefan schüttelte den Kopf. Er würde einen Weg finden müssen, um zu verhindern, dass Zurholt diese Informationen veröffentlichte – im Zweifelsfall würde er die geforderte Summe bezahlen. Alles andere würde sich dann schon finden.

»Sie werden das Geld bekommen«, antwortete er mit belegter Stimme, »nach dem Wochenende. Kommen Sie am Montagabend um achtzehn Uhr zur Pumpstation an der Victor-Neels-Brücke.«

8

Der heutige Freitag war einer der Großaufgebotstage, an denen die VDI den Aufsichtsrat zusammenrief. Ein- bis zweimal im Quartal kamen Abteilungsleiter, Fachbereichsleiter und Experten der verschiedenen beteiligten Ministerien zusammen, um über die Zukunft dieses Standortes zu beraten. So auch an diesem Freitagvormittag. Auf dem Parkplatz reihten sich wie immer Dienstlimousine an Dienstlimousine, und die Chauffeure der Herrschaften wetteiferten darum, den besten Parkplatz zur Präsentation ihrer Fahrzeuge zu ergattern. Ein Marktplatz der Eitelkeiten, wie überall, wo es nach Geld roch.

Es galt bei dem Treffen, nicht nur die besten Entwicklungspläne zu schmieden, sondern auch zu betonen, dass die Entwicklung vom eigenen Ministerium natürlich besonders unterstützt wurde, und dass bei diesem überregionalen, ja europaweit bedeutsamen Projekt auch der eigene Name eine Rolle spielte. Dabei waren es natürlich nicht die Minister selbst, die sich bei den Sitzungen sehen ließen, sondern ihre Staatssekretäre und Referenten. »Schaulaufen der zweiten Reihe« titelte Christine Hilgers in ihrer typischen Eifler Respektlosigkeit gern spöttisch die Damen und Herren, die nach einem kurzen Blick auf den Urftsee eilig in die Konferenzräume des Adlerhofs verschwanden. Dort galt es, den ganzen Tag bei Schnittchen, regionalen Suppen, rheinischem Döppekooche und hin und wieder dem einen oder andern Landbier die strategische Ausrichtung Vogelsangs zu bestimmen.

Der Vorraum, in dem das Büfett aufgebaut worden war, zog auch die Journalisten an wie der Mist die Fliegen. Schließlich lockerte das Landbier denjenigen, die sonst nur staubige Büroräume ihr Eigen nannten, schon mal die Zunge, und manches Projekt war so in der Öffentlichkeit diskutiert worden, lange bevor es hatte vorgestellt werden sollen.

Besonders hektisch wurde debattiert, seit die Landtagswahl vor ein paar Jahren eine Änderung der politischen Richtung im Land gebracht hatte. Die Ministerien waren neu verteilt worden – ein Umstand, der hin und wieder zu Kurswechseln führte. Christine wusste, es war einfacher, einem neuen Minister die Meinung des Referenten erst einmal als die einzig logische unterzujubeln. War der Minister schon ein paar Jahre im Amt, schwand der Einfluss der Referenten und Sekretäre, und sie warteten auf die nächste Chance.

Beim heutigen Termin ging es um eine beachtliche Summe, die von den beteiligten Ministerien in Aussicht gestellt worden war: Infrastrukturänderungen und weitere Projekte sollten genehmigt werden, ein Etat von fünfundzwanzig Millionen Euro stand zur Verteilung bereit. Die Gelder kamen aus EU-Fördertöpfen, von Bund und Land, und längst hatten nur noch Eingeweihte eine Ahnung davon, wie die Subventionen über das Gelände geschoben wurden. Dafür gab es umso mehr Begehrlichkeiten.

»Meine sehr verehrte Frau von Dreier«, begrüßte Stefan Hirsch die weibliche Abgesandte der Runde zuerst, »geschätzte Herren. Ich begrüße Sie erneut hier auf Vogelsang zu einem der wohl interessantesten Termine seit Langem. Wir haben heute darüber zu entscheiden, ob die wesentlichen touristischen Anlaufpunkte, also der Malakoff als Eintrittszone, die Zugangsschranke zum Gelände und das Restaurant im Adlerhof, finanziert und gebaut werden sollen oder ob wir die Sanierung der Infrastruktur, also der Heizungsanlagen in den einzelnen Gebäuden und der Strom- und Wasserinstallationen, vorziehen. Frau Hilgers«, er lächelte Christine zu, »hat eine Mappe zusammengestellt, die bei dieser Entscheidung behilflich sein soll.«

Christine verteilte die Dokumentenstapel an die Teilnehmer. Aus dem Augenwinkel sah sie, wie Stefan die Mienen der einzelnen Personen studierte. Wie zu erwarten, verdüsterte sich das Gesicht von Jörg Schmidt, dem Mitarbeiter des Umweltministeriums, der weder der einen noch der anderen Variante viel abgewinnen konnte. Wäre es nach ihm gegangen, hätte man eine biologische Station auf Vogelsang eingerichtet, und die ganzen

Touristen hätten zum Nürburgring oder ins Phantasialand fahren sollen.

Friedrich Rot und Heiner Musmann vom Kreis Euskirchen, beides Eifler Urgewächse, studierten in erster Linie die Höhe der Fördergelder, die in die Region fließen sollten, und dachten dabei an die Arbeitsplätze, die bei der Sanierung so oder so geschaffen würden – egal, in welcher Reihenfolge die Projekte umgesetzt wurden.

Klaus Kiefer hatte noch konkretere Interessen. Straßen kümmerten ihn weniger, aber wenn Geld in die auf dem Gelände existierenden Gebäude gesteckt wurde, konnte das seiner Schreinerei nur zugutekommen. Um sicherzustellen, dass sein Anteil an Aufträgen konstant hoch blieb und ihn gut versorgte, hatte er Stefan vor einiger Zeit nicht nur zu einem luxuriösen Wochenende in seiner mallorquinischen Finca eingeladen, sondern auch noch dessen Privatwohnung mit maßgefertigten Möbeln ausgestattet. Stefan hatte Christine gegenüber Stein und Bein geschworen, dass das alles ganz freundschaftlich und ohne Hintergedanken abgelaufen war und dass er die Möbel aus seiner Wohnung natürlich aus eigener Tasche bezahlt hatte, aber irgendwie missfiel ihr die Vorstellung, dass der Chef einer großen Handwerkerfirma in einem Gremium saß, dass die Aufträge unter anderem direkt an ihn verteilte. Wie sie mittlerweile in Erfahrung gebracht hatte, war dies jedoch gängige Praxis, und zwar nicht nur in Vogelsang, und als sie Stefan einmal vorsichtig darauf angesprochen hatte, hatte er nicht gerade freundlich reagiert.

Helga von Dreier, Abteilungsleiterin im Bauministerium, hatte ihre Prioritäten ebenfalls längst gesetzt und in den letzten Sitzungen lautstark verteidigt. Die Gebäude hatten für sie absoluten Vorrang, damit endlich Nutzer auf dem Gebiet einziehen konnten. Straßen interessierten Frau von Dreier nur insofern, als ihr Dienstwagen sie befahren musste und sie in dieser Zeit versuchte, möglichst erschütterungsfrei ein Verdauungsschläfchen auf dem Rücksitz zu machen.

Thomas Weinrauch, der streitlustige Vertreter der Bundesanstalt für Immobilienaufgaben, war am schwersten einzuschätzen. Er war bekannt für seine kritischen Fragen, die eigentlich sicher geglaubte Entscheidungen immer noch zum Einsturz bringen konnten. Christine hatte ihn in der Zwischenzeit auch einmal privat getroffen und flirtete immer ein wenig mit ihm. Sie fand ihn nett – und er sah auch ganz passabel aus. Er war es, der nun das Wort erhob.

»Sehr geschätzte Damen, meine Herren«, begann er, »es ist nun schon eine ganze Zeit her, dass wir zusammengesessen haben, und ich denke, wir sind uns alle einig: Wenn wir jetzt unter der Beobachtung der Presse hohe Fördergelder in die Hand nehmen, müssen wir dies mit Bedacht tun.«

Zustimmendes Gemurmel setzte ein.

»Wir sind uns auch einig darüber«, fuhr er fort, »dass die Projekte, die wir hier priorisieren, eine deutliche Außenwirkung haben müssen.«

»Klar! Und es gibt viel Radau, und die Tiere bleiben auf der Strecke«, unterbrach ihn Schmidt aufgebracht. »Es läuft doch wieder so wie immer. Ihr entscheidet hier ausschließlich über Baumaßnahmen, und wie sieht es mit naturverträglicher Wegegestaltung aus? In den Unterlagen ist hierzu kein Wort zu lesen.«

»Nun regen Sie sich doch nicht so auf, für Ihre Fledermäuschen werden wir schon ein Astloch finden«, spottete Helga von Dreier, die Schmidt selbst im Sitzen mindestens um einen Kopf überragte und über die Ausstrahlung einer kapitalen Bulldogge verfügte. Ihre Stimme, eher die eines Bierkutschers denn einer Dame, ließ den Beamten des Umweltministeriums merklich kleiner werden. »Schmidtchen, Sie wissen doch: Je mehr wir bauen, desto mehr Dachstühle gibt es, und da können sich Ihre Tierchen einnisten. Es reicht doch, dass uns dieser Zurholt hier ständig die Hölle heißmacht mit seinen überzogenen Naturschutzforderungen! Demnächst will er noch eine Krötenbrücke über den Urftsee. Aus dessen Brettern vor dem Kopf könnten wir schon einen wunderschönen Bauzaun für den Adlerhof machen.«

Die anderen Teilnehmer der Konferenz verfolgten mit voyeuristischem Interesse die Streitereien zwischen Dreier und

Schmidt. Die Kräfte waren ungleich verteilt, eine Bulldogge gegen einen Pinscher, und es war klar, wer den Kampf gewinnen würde.

»Es geht um Ihre Neubauten, Frau von Dreier«, konterte Schmidt. »Ich kann mir vorstellen, dass ich für den Wegebau stimme, wenn wir damit verhindern, dass diese Touristen kreuz und quer über das Gelände trampeln.«

»Meine liebe Kollegin, mein lieber Kollege«, meldete sich Weinrauch nochmals zu Wort. »Es geht doch nicht um Bauen oder Nichtbauen, es geht hier darum, die Gelder, die zum Bau verwendet werden, möglichst effektiv einzusetzen. Wir werden seit Jahren dafür angegriffen, dass wir hier Sitzung um Sitzung abhalten, ohne dass die Bevölkerung ein eindeutiges Ergebnis mitbekommt. Die Leute schimpfen schon, dass die Fördergelder für unsere Marathon-Sitzungen verschwendet würden und am Ende nichts vor Ort hängen bleibe. Ich bin der Meinung, wir sollten die Straßen nur provisorisch herrichten. Wenn die Gebäude saniert sind, können die Nutzer einziehen, und dann kommt auch Miete rein, von der wir die Straßen und das Gelände ausbessern können. Das lässt sich nach außen am besten verkaufen.«

Alle bis auf Schmidt klopften zustimmend auf den Tisch. Selbiger lehnte sich zurück, verschränkte die Arme vor der schmächtigen Brust und schmollte. Es war nahezu das gleiche Bild wie bei all den Besprechungen zuvor, doch allein hatte er kaum eine Chance gegen die Kollegen.

Er tat Christine irgendwie ein bisschen leid, denn tief in ihrem Innersten sympathisierte sie mit der Idee, der Natur hier wesentlich mehr Raum zu geben. Sie würde Schmidt bei Gelegenheit darauf ansprechen. Natürlich, mit Naturschutzprojekten konnte man nicht so brillieren wie mit aufwendigen Bauten, aber schließlich war das hier ja auch ein National- und kein Vergnügungspark.

Noch hatte Stefan nicht mit seiner Überraschung aufgewartet. Sie hatten sich vorher abgesprochen, dass sie die Unterlagen zum geplanten Hotelbau erst verteilen würde, wenn die anderen

Projekte diskutiert und abgestimmt wären, und so stand sie jetzt auf und teilte die Präsentation aus, während Stefan das Wort erhob.

»Meine Damen, meine Herren, ich habe am Ende unserer Tagesordnung noch ein brandaktuelles Anliegen. Wie wir eben kurz umrissen haben, wollen wir ja den Erhalt der Gebäude vorrangig vor der Sanierung der Straßen behandeln. Da passt es hervorragend, dass mich gestern ein Investor verständigt hat, er sei durch die Entscheidungsgremien seiner Firmengruppe autorisiert, die Vorverträge zum Bau eines großen Hotels auf Vogelsang mit uns zu unterzeichnen. Frau Hilgers teilt Ihnen gerade eine Präsentation aus, auf der die wichtigsten Fakten zusammengefasst sind.«

Die nächsten fünf Minuten waren die Teilnehmer mit der Lektüre der Unterlagen beschäftigt, man hätte eine Stecknadel fallen hören können. Stefan freute sich sichtlich, dass ihm die Überraschung gelungen war, denn er zwinkerte Christine kokett zu.

Es war Schmidt, der sich zuerst meldete. »Das ist eine Unverschämtheit!«, polterte er los. »Uns erst in der Sitzung diese Unterlagen zu geben! Hier soll so ein gigantisches Projekt durch die Hintertür entschieden werden? Nicht mit mir, meine Herren! Sie können sich darauf verlassen, dass ich das zu verhindern wissen werde.«

Erschrocken sahen ihn die anderen Mitglieder des Gremiums an. Zum Teil hatten sie die Unterlagen überflogen, zum Teil noch nicht alle Seiten studiert.

»Jetzt hab ich die Faxen aber dicke!«, donnerte Frau von Dreier. »Lassen Sie uns gefälligst erst mal die Unterlagen lesen! Sie immer mit Ihrer dämlichen Ich-bin-gegen-alles-Haltung. Es war wirklich ein Fehler, Sie überhaupt hier teilnehmen zu lassen.«

Während Schmidt puterrot anlief und anfing, wie ein Karpfen mit dem Kiefer zu klappen, lehnte sich von Dreier zurück und brummte, wesentlich leiser: »Ist doch wahr. Das musste mal gesagt werden.«

Einige der Teilnehmer drehten sich diskret zur Seite oder täuschten einen Hustenanfall vor, um nicht beim Lachen erwischt zu werden. Insgeheim schien jeder diese Abfuhr, die Frau von Dreier dem armen Schmidt gerade erteilt hatte, zu genießen.

Schmidt selbst war offenbar noch damit beschäftigt, sich die passenden Worte für eine Antwort zurechtzulegen, doch wie meistens war er der rhetorisch bestens gerüsteten Helga von Dreier hilflos ausgeliefert.

Nach weiteren zwei Minuten legten auch die letzten Teilnehmer die Präsentation auf den Tisch und blickten Stefan erwartungsvoll an, der seinen Auftritt sichtlich genoss, wie Christine bemerkte.

»Sie sehen«, begann er, »dass schon Vorverhandlungen geführt wurden, um dieses Projekt überhaupt auf seine Realisierbarkeit zu prüfen. Wir würden heute gern mit diesen Unterlagen an die Presse gehen, um zu verkünden, dass sich private Firmen auf Vogelsang einsetzen.«

Schmidt sprang auf, wobei sein Stuhl nach hinten kippte, und brüllte: »Das reicht! Ich werde sofort meinen Minister davon in Kenntnis setzen.« Er machte auf dem Absatz kehrt und verließ den Raum, wobei er die Schiebetür mit Schwung zuzog – was wesentlich weniger eindrucksvoll wirkte, als er es wohl beabsichtigt hatte. Noch einige Sekunden lang hörte man ihn laut auf dem Gang fluchen, während er in Richtung seines Dienstwagens lief und schon heftig in sein Handy plärrte.

Helga von Dreier war es, die nun das Wort wieder ergriff. »Tja, den wären wir los. Dann können wir ja jetzt wie Erwachsene diskutieren. Meine Damen, meine Herren, ich kann natürlich noch nichts Abschließendes zu diesen Planungen sagen, aber ich entdecke einige sehr interessante Aspekte. Erstens: Privates Kapital unterstützt die Fördergelder, die in das Gelände fließen – ein Ziel, das wir uns selbst gesteckt haben. Zweitens: Wir haben hier die Chance, ein Projekt zu realisieren, das dieser Region neue Beschäftigungsverhältnisse bringt, was wichtig ist, nachdem durch den Wegfall des Truppenübungsplatzes so viele

Zivilarbeitsplätze weggefallen sind. Drittens: Ich habe gesehen, dass unter dem Vorplatz der Kaserne, also in den dort vorhandenen Kellergewölben, ein Parkhaus eingeplant ist. Das gefällt mir besonders gut, wir könnten viele zusätzliche Parkplätze schaffen, ohne Fläche versiegeln zu müssen. Wenn der Kollege Schmidt nachgedacht hätte, hätte er das vielleicht auch verstanden. Also, liebe Kollegen, ich kann auf den ersten Blick nur sagen: Klasse gemacht, Herr Hirsch, weiter so. Ich jedenfalls freue mich auf den Pressetermin im Anschluss.«

Allgemeines Raunen machte sich im Raum breit. Während die einen darüber diskutierten, ob ein Hotel, wie es in den Plänen skizziert wurde, von der Öffentlichkeit angenommen werden würde, fingen die anderen schon an, die Effekte, die ein solches Projekt in Vogelsang auslösen könnte, zu durchdenken.

Christine musste schmunzeln. Der Coup war Stefan wirklich gelungen. Das Projekt roch nach Zustimmung, nach Anerkennung – mit diesem Vorhaben konnte man nach außen zeigen, dass sich in Vogelsang etwas tat. Die anderen Tagesordnungspunkte verschwanden Stück für Stück in der Bedeutungslosigkeit. Nach nur zwei Stunden war die Sitzung beendet.

Gemeinsam begaben sich die Teilnehmer, angeregt über das Hotelprojekt debattierend, in das Kaminzimmer, in dem ein kleines Büfett mit Monschauer Senfsuppe, Mettwurst und Eifler Landbier aufgebaut war. Wie immer verdrängte die massige Helga von Dreier alle anderen von der Auslage, und erst als ihr vollgeladener Teller ihren ungeheuren Appetit zu stillen versprach und sie sich vorsichtshalber zwei Flaschen Bier geordert hatte, duldete sie Tischgesellschaft.

Christine schüttelte sich angesichts dieses Verhaltens. Von Dreier war für sie der Antityp einer Frau. Massig, fleischig, machtbesessen und mit dem Charme einer russischen Dampfwalze ausgestattet. Christine kannte niemanden, der Helga von Dreier jemals ernsthaft Paroli geboten hätte. Sie fragte sich, wie eine solche Frau wohl mit ihrem Chef, dem Bundesminister für Verkehr, Bau und Stadtentwicklung, zusammenarbeitete. Entweder ließ sich der genauso unterbuttern wie die anderen

Herrschaften, oder von Dreier fuhr exakt dessen Linie und redete ihm nach dem Mund.

Wenn man so sein musste, um Macht zu haben, wollte Christine lieber darauf verzichten. Doch natürlich wusste sie, dass ihr andere Mittel zur Verfügung standen, mit denen sie durchaus erfolgreich kämpfte.

Viel früher als sonst schlich sich Stefan aus dem Raum. Vermutlich hatte er noch ein wichtiges Telefonat zu erledigen. Erfolge musste man kommunizieren, das sagte er immer, und Christine wusste, gerade hatte er einen Sieg erster Klasse errungen. Aber wen er wohl informierte? Wer war so wichtig, dass er von Stefan persönlich über die neuesten Entwicklungen in Kenntnis gesetzt wurde? Die Gesellschaft hatte sich einstimmig für das Hotelprojekt ausgesprochen – einstimmig deshalb, weil Schmidt nach seinem fulminanten Abgang nicht mehr aufgetaucht war. Glücklicherweise war das Gremium auch abstimmungsfähig, ohne vollzählig zu sein.

Sie sah, dass Stefan, als er sich an der dicken von Dreier vorbeidrückte, die ihren Teller nun zum dritten Mal belud, fast mit Kiefer zusammenstieß, der ebenfalls mit einem Handy am Ohr auf dem Weg nach draußen war.

Sie fragte sich, ob einer von den beiden wohl derjenige war, der von Zeit zu Zeit verfrüht Informationen an die Presse rausgab. Schon häufiger war es geschehen, dass irgendein Gremiumsmitglied der VDI, so schien es, den Medienvertretern vertrauliche Informationen zugespielt hatte. Doch alle Bemühungen, das Leck zu finden, waren bisher fehlgeschlagen. Seltsam, dachte Christine und nahm sich vor, die Augen in nächster Zeit offen zu halten.

***

»Ja bitte?« Winter vermied es grundsätzlich, sich mit seinem Namen am Telefon zu melden. Wer seine Nummer kannte, wusste ohnehin, dass nur er an den Apparat ging.

»Ich bin's. Ich muss kurz mit dir sprechen. Passt es?«

»Moment, ich habe noch einen Mitarbeiter im Büro.« Er hielt offensichtlich die Muschel zu, gab ein paar knappe unverständliche Anweisungen und war dann wieder am Hörer. »Schieß los, was gibt's?«

Xaver sah sich vorsichtig um. Es war niemand zu sehen, er konnte frei sprechen. »Eben war doch die Sitzung der VDI, in der die Verteilung der Fördergelder besprochen wurde.«

»Ja, ich weiß. Es ging doch da um die Frage, ob man erst Wege bauen oder die Gebäude sanieren soll.«

»Exakt, aber deshalb rufe ich nicht an. Diese Entscheidungen laufen in die richtige Richtung. Die Wege werden hintangestellt, erst mal sollen die Gebäude instand gesetzt werden. Aber es gibt einen Investor, der ein gigantisches Hotel hier errichten will. Das könnte durchaus interessant für uns sein.«

»Auf jeden Fall. Kannst du mir Daten von dem geplanten Hotel zukommen lassen?«

»Klar. Auf jeden Fall soll dafür das Gebäude Van Dooren genommen werden, schön zentral gelegen und als ehemaliges Offiziersquartier ideal geeignet. Ich schlage vor, den Tunnel dort anzuschließen. Dann hätten wir eine vollständige unterirdische Verbindung vom Drohnentor bis zu Van Dooren.«

»Ich werde das durchdenken, versprochen. Sorg nur auf jeden Fall dafür, dass die die Finger von der Straße lassen. Ein Projekt, bei dem die Straßendecke aufgenommen wird, könnte den Tunnelausbau nachhaltig behindern. Wenn es Schwierigkeiten gibt, melde dich.«

Xaver beendete das Gespräch und ging zurück in den Kartensaal, wo nun wieder alle Teilnehmer bis auf den geflüchteten Schmidt versammelt waren. Er stellte sich neben Helga von Dreier und begann ein Gespräch mit ihr. Je mehr Mitglieder von dem Hotelprojekt begeistert waren, desto besser wurden seine Chancen, auch die Sanierung der anderen Gebäude unter Dach und Fach zu bekommen.

9

Ich wartete mit den anderen Fotografen und Journalisten geduldig auf das Ende der Gremiumssitzung und bediente mich dabei an den Schnittchen, die man uns liebenswerterweise hingestellt hatte. Zwar war ich nicht bei einer Zeitung angestellt, doch hatte mir die Fotografentätigkeit einen Presseausweis beschert. Zahlreiche Reporter waren erschienen, sogar der WDR hatte sich mit Wolfram Buchheimer eingefunden, und vom Kölner Tagblatt lief mir KGB über den Weg. Die Stimmung war aufgeheizt, denn aus irgendeiner Quelle war durchgesickert, dass Stefan Hirsch, der Geschäftsführer von Vogelsang, eine Sensation verkünden würde.

Als die Gremiumsmitglieder das Forum betraten, ließen die Wortfetzen, die zur versammelten Journaille durchdrangen, darauf schließen, dass die Sitzung tatsächlich etwas Neues gebracht hatte.

Stefan Hirsch trat an das Rednerpult, während sich die anderen Herrschaften im Halbkreis hinter ihm aufstellten.

»Meine sehr verehrten Damen und Herren«, begann er, »ich freue mich, Sie heute hier begrüßen zu dürfen. Ihr Warten wird belohnt werden, denn ich habe – bei aller Bescheidenheit – eine Ankündigung epochalen Ausmaßes für die VDI und den Vogelsang zu machen.«

Ein Raunen ging durch die Journalistenmeute. Ich fing einen Blick von Christine auf, die sich neben dem Geschäftsführer der VDI aufgestellt hatte, und sie zwinkerte mir kokett zu. Na, das versprach ja tatsächlich ein vielversprechender Nachmittag zu werden.

Hirsch stellte kurz die Teilnehmer der vorangegangenen Versammlung vor und schilderte den Journalisten die Tagesordnung. »Ich darf verkünden, dass alle Punkte auf dem Programm im Vorfeld zu dieser Pressekonferenz intensiv diskutiert und einstimmig entschieden wurden. Wir haben uns darauf geeinigt, der Sanierung der Gebäude einen zeitlichen Vorzug vor der Straßensanierung zu geben.« Dann kam Hirsch zum Eingemachten. »Ein bedeutender Finanzinvestor hat seine Absicht erklärt, auf Vogelsang ein großes Hotel zu bauen, das dem Tourismus in unserer Region sicher sehr guttun wird. Dieses Projekt steckt noch in den Kinderschuhen, aber wir möchten Sie bitten, schon frühzeitig darüber in Ihren jeweiligen Medien zu berichten, da wir dieses Projekt gemeinsam mit der Region entwickeln wollen. Ein ausführliches Dossier wird Ihnen meine Assistentin Frau Hilgers später austeilen. Bitte, stellen Sie Ihre Fragen!«

Ein Stimmengewirr entbrannte, aus dem nur die erfahrensten und lautesten Reporter herauszuhören waren.

»Welchen Umfang hat das Projekt?«

»Wer ist der Investor, warum nennt er seinen Namen nicht?«

»Wie viele Betten hat das Hotel?«

»Wird eine neue Zufahrt gebaut?«

»Stimmt es, dass ein Spielkasino entstehen soll?«

»Werden die anderen Hotels in der Umgebung pleitegehen?«

Hirsch lächelte bemüht und sammelte die Fragen zunächst, um sie dann in Form eines kleinen Vortrags abzuarbeiten.

»Wir haben die Idee schon länger verfolgt«, begann er, »aber es mussten im Vorfeld zahlreiche Untersuchungen abgeschlossen werden, um die Investoren davon zu überzeugen, dass Vogelsang genau der richtige Ort für dieses Projekt ist. Wir glauben nicht, dass die Hotelbranche in der nahen und mittleren Region hier Schaden nimmt, eher das Gegenteil wird der Fall sein. Ja, ein Kasino ist eine Option – nicht mehr und nicht weniger. Generell möchten wir natürlich möglichst behutsam in die Natur eingreifen, deshalb wollen wir auch im Bestand bauen.« Er machte eine kurze Pause. »Meine Damen und Herren, ich schlage vor, jetzt, wo das Projekt bekannt ist, werden wir zu diesem Thema noch einen separaten Pressetermin anberaumen, bei dem wir dann auch die Firma vorstellen, die das Projekt entwickeln wird.«

Die ersten Reporter verließen bereits den Raum, um die Neuigkeit sofort an ihre Redaktionen weiterzugeben, während sich andere auf die Vertreter der Ministerien stürzten, um sie zu diesem Vorhaben abzufragen.

Nach einer guten halben Stunde war das Spektakel vorbei. Die Ministeriumsmitarbeiter waren wieder in ihre Fahrzeuge gestiegen, um zurück nach Düsseldorf oder wohin auch immer zu fahren.

Ich verließ den Konferenzraum und machte mich auf den Weg nach draußen. Ich hatte Christine beim Hinausgehen darum gebeten, mir den Projektentwurf des Hotels per Mail zuzuschicken, was sie mir gern gewährte. Nun wollte ich im Anschluss an die lange Konferenz noch ein paar stimmungsvolle Bilder vom Adlerhof auf die Urfttalsperre machen. Zwar hatte ich dieses Motiv schon x-mal abgelichtet, doch faszinierte mich dieser Ausblick immer wieder.

In der Nähe eines massiven Holzpfeilers der Wandelhalle baute ich mein Stativ auf, als ich feststellte, dass irgendjemand in meiner Nähe telefonierte. In einer windgeschützten Ecke sah ich Stefan Hirsch, der mich offensichtlich nicht bemerkt hatte. Meiner Neugier folgend, drückte ich mich in die Nische, die der massive Holzpfeiler auf der Seite zum Urftsee ausbildete, und lauschte dem Telefonat.

Ich hörte Stefan Hirsch sagen: »Ich bin's. Ich habe doch versprochen, Bescheid zu geben, wie die Entscheidungen gefallen sind.«

Es entstand eine kurze Pause, in der wohl der andere Gesprächsteilnehmer etwas sagte.

»Na, was denkst du? Wir haben freie Bahn. Die Presse hat es auch ganz gut aufgenommen. Ich werde gleich morgen früh die Ausschreibung fertigstellen lassen und dann an die üblichen Adressen schicken. Mit der Auswahl werden wir das schon deichseln, wie immer.«

Wieder wurde es still. Dann: »Fünfzehn Millionen, auf mehrere Tranchen aufgeteilt? Ja klar, wie sonst auch. Also, ich werde die Firmen in Frankreich, Spanien, der Schweiz, England und Deutschland kontaktieren.«

Ich blieb mucksmäuschenstill. Wovon redete er da?

»Abgabe in drei Monaten, Projekte laufen zwei Jahre, Zwischenrechnungen wie üblich. Und wir teilen. Das ist aber noch nicht alles, mein Lieber. Ich habe dir doch von den Plänen erzählt, die diese Firma aus Düsseldorf hatte, hier ein Hotel zu errichten. Gestern habe ich die Vorverträge unterzeichnet, gerade wurde es den Gremien vorgestellt. Danach war Pressekonferenz, und morgen werden die Blätter voll davon sein.«

Ich schluckte. Die Vorverträge waren bereits unterzeichnet? Aber warum sprach Hirsch denn dann von Kinderschuhen, in denen das Projekt angeblich steckte?

»Na hör mal, die Kameraden müssen ja auch irgendwo wohnen, meinst du nicht? Und so eine oberste Etage mit Ausblick auf den Urftsee, da gäbe es doch schlechtere Möglichkeiten ... Ja klar. Wir kommen unserem Ziel immer näher, mein Freund.«

Ich war mir ziemlich sicher, dass ich gerade ein Gespräch belauscht hatte, das mit Sicherheit nicht für meine Ohren bestimmt gewesen war. Hatte Hirsch einen Ausschreibungsdeal gemacht? Wenn ja, mit wem? Und wie passten die Soldaten, von denen Hirsch gesprochen hatte, da hinein?

Ich hatte das Gefühl, vor einem riesigen Haufen winziger Mosaiksplitter zu sitzen, ohne die geringste Ahnung, wie das fertige Bild aussehen könnte. Aber dass hier etwas nicht mit rechten Dingen zuging, dessen war ich mir mittlerweile sicher.

10

Zurholt trank seinen Kaffee aus. Er hatte sich einen Plan zurechtgelegt, damit Hirsch ihn nicht übertölpeln konnte. Für den Abtransport des Geldes hatte er in einer Nische im Betonsockel der Victor-Neels-Brücke einen schwarzen Aktenkoffer zurechtgelegt. Dort befand sich auch seine Lebensversicherung: eine Heckler & Koch USP .45 Auto, wie sie manche Jäger zur Jagd für den Fangschuss benutzen.

Sollte Hirsch irgendwelche Schwierigkeiten machen, würde er diesem Lackaffen die Pistole zeigen. Er schätzte Hirsch als Feigling ein, der sich schon vom puren Anblick der Waffe beeindrucken ließe. Doch auch für den Fall, dass er schießen müsste, hatte er sich eine glaubhafte Notwehr-Story überlegt.

Es war jetzt siebzehn Uhr, noch eine Stunde bis zur geplanten Übergabe. Zurholt saß in seinem Büro und sah die Post durch. Wieder waren zahlreiche Angebote für eine Baumaßnahme dabei. Es fiel ihm schon seit geraumer Zeit auf, dass sich anscheinend nur bestimmte Handwerks- und Planungsfirmen bei jeder nur denkbaren Ausschreibung bewarben – offensichtlich war mit Vogelsang gutes Geld zu verdienen. Klar: Hier winkten Mittel von Bund und Land, und die öffentliche Hand zahlte recht solide. Regierungen gingen nicht pleite – auch wenn es derzeit so aussah, als könnten einige südeuropäische Länder irgendwann einmal die Ausnahme bilden.

Zurholt hatte die Umschläge mit den Angeboten bislang immer wieder ordnungsgemäß zugeklebt und ihrem jeweiligen Bestimmungsort zukommen lassen, obwohl sie ihm schon lange verdächtig vorkamen. Irgendwann würde er einmal prüfen, ob bei diesen Ausschreibungen alles mit rechten Dingen zuging. Vielleicht ließen sich ja hier auch noch ein paar Euro dazuverdienen? Er könnte ja die Preise notieren und dann die Konkurrenten gegeneinander ausspielen. Nicht dass ihn jemals ein übertriebener Rechtschaffenheitssinn gequält hätte, doch durch seine Erfahrungen beim Ministerium für Staatssicherheit der DDR hatte er gelernt, zunächst einmal jede Information auf ihre Verwertbarkeit zu prüfen. Sollten sie doch auf Vogelsang bauen, was und wie sie wollten – solange er ein dickes Stück vom Kuchen abbekam, würde er großzügig über eventuelle Gefahren für das eine oder andere Pflänzlein hinwegsehen, Umweltliebe hin oder her – selbst wenn er nach außen hin gern den Vorzeigeöko mimte. Aber so hatten sie wenigstens Respekt vor ihm.

Zurholt schloss die Schublade seines kleinen Schreibtischs auf, schob die Hand ganz nach hinten in die Lade und entnahm den Brief von Helene von Hasselt. Hirsch hatte erstaunlich schnell reagiert und die Summe bedingungslos akzeptiert. Gut, er würde das Geld erst besorgen müssen, das war logisch. Aber wenn er so schnell einen solchen Betrag aufbringen konnte, war es dann ein Zeichen, dass er mit einer Erpressung gerechnet hatte? Oder hatte sich dieser Schnösel am Vogelsang-Geschäft so vollgesogen, dass ihm hunderttausend Euro nichts ausmachten und eventuell noch mehr zu holen war? Für diesen Fall war es besser, wenn Zurholt den Brief noch eine Weile behalten würde. Er schob den Umschlag wieder in die Schublade, schloss sie ab und lehnte sich in seinem Stuhl zurück. Ein Blick in seine leere Tasse animierte ihn, frischen Kaffee zu kochen.

Während die Kaffeemaschine in seinem Büro ein heiseres Röcheln erzeugte und mit viel Dampf und nervendem Gekreisch braune Flüssigkeit produzierte, schweiften seine Gedanken ab. Bald würde auch er einen Schnitt machen. Endlich aus der Verliererecke kommen und die Sorgen vergessen. Das einzig Ärgerliche war, dass er noch eine Weile in der kalten Eifel bleiben musste. Bevor er im feinen Sand liegen würde, musste er genug Material sammeln, um seine Erpressungen auch aus dem Ausland vornehmen zu können. Vor seinem inneren Auge zogen Palmenstrände vorbei, er sah sich mit hübschen jungen Damen schäkern, schmeckte förmlich schon die bunten, süßen Drinks, hörte das Meer rauschen …

Mit einem letzten Spucken zeigte die Kaffeemaschine an, dass sie ihr Werk vollendet hatte und der Kaffee fertig war. Zurholt schüttete sich eine Tasse ein und beobachtete die Putzfrau, wie sie die Papierkörbe der Büros ausleerte. Ihm fiel eine Szene aus dem Film »Wall Street« ein, in dem Michael Douglas darüber referierte, was ihn, den Firmenmogul, wohl von einem Penner an der Straßenecke unterschied. Zurholt überlegte, dass es nicht nur das Schicksal war, das die Grenzen zwischen Erfolglosen und Erfolgreichen markierte. Wenn diese Putzfrau die Papierkörbe intensiver durchsuchen würde, so wie er das tat, hätte sie vielleicht auch schon das eine oder andere Brieflein gefunden, aus dem sie hätte Profit schlagen können.

Ein Blick auf die Uhr signalisierte ihm, dass es Zeit war, aufzubrechen. Er schloss die Bürotür hinter sich und machte sich auf den Weg zum Übergabeort.

Nach wenigen Schritten passierte er das Transitgebäude und grüßte Rudolf Schreiner, den Geschäftsführer des Euskirchener Roten Kreuzes. Schreiner fand wieder einmal kein Ende bei der Arbeit und verbrachte jede freie Minute auf dem Gelände, um das Gebäude herzurichten. Dieser Mann war für Zurholt ein Phänomen. Er arbeitete Tag und Nacht und ging vollkommen in der Aufgabe auf, Jugendliche und Erwachsene von der Idee des selbstlosen Helfens zu begeistern. Offensichtlich mit Erfolg, denn die Teilnehmerzahlen der Seminare in diesem Gebäude, so hatte Zurholt bei der Postdurchsicht registriert, stiegen stetig.

Rudolf Schreiner rief ihn zu sich heran. »Kannste mir ma jrad mit anpacken?«, kam er ohne Umschweife zur Sache. Seine freundliche, einnehmende Art ließ keinen Widerspruch zu, und so half Zurholt Schreiner, eine schwere Kiste von dem geländegängigen Dreiachser zu heben, der vor dem Transitgebäude geparkt war.

Still und heimlich bewunderte Zurholt die Energie des Mannes, der auch das Rotkreuz-Museum mit einem kleinen Team durchgesetzt und eingerichtet hatte. Manchmal hätte er auch gern etwas von der unerschöpflichen Energie gehabt.

»Sag mal«, fragte Zurholt, »wie schaffst du das eigentlich, hier ständig unterwegs zu sein und so viel zu organisieren? Ich frage mich das schon lange. Du bist ja auch nicht mehr der Allerjüngste, oder?«

»Quatsch. Mer is esu alt, wie dat mer sich föhlt. Un isch hann jo jenoch Helfere he erömrenne, die mit do draanpacke. Jenau wie du grad!«

Zurholt versuchte, den Sinn der Worte zu entschlüsseln. Zwar lebte er jetzt schon einige Jahre in der Eifel, doch diesen kernigen Dialekt konnte er immer noch nicht verstehen.

Schreiner merkte wohl, dass seine Botschaft nicht vollständig bei seinem Gegenüber angekommen war, denn er grunzte leise und erklärte auf bemühtem Hochdeutsch: »Man ist so alt, wie man sich fühlt. Und wir sind ja immer ein Team. Jeder hilft. So wie du gerade.«

Zurholt nickte. Das war wohl einer der Gründe, warum er in der Eifel nie richtig angekommen war. Er hatte gelernt, immer alles allein zu machen, nie einem anderen zu vertrauen, denn hinter jedem freundlichen Wort hätte auch immer der Versuch stecken können, etwas über ihn in Erfahrung zu bringen. Hier in der Region hatte man aber seit jeher zusammenhalten müssen, ob es gegen irgendwelche fremden Herrschaften war, später gegen die Besatzer oder heute wahlweise gegen den Kreistag in Euskirchen, die Bezirksregierung in Köln oder gegen die Düsseldorfer Landesregierung. Die Eifler waren zwar schwierig, aber solidarisch gegen Bedrohungen von außen.

Na, wie dem auch sei, er würde sich nicht mehr lange Mühe geben müssen, sich zu akklimatisieren, denn mit dem Geld und seinem Wissen würde er sich bald absetzen – nach Florida vielleicht, irgendwohin jedenfalls in die Wärme.

Er verabschiedete sich von Schreiner. Dieser nickte und wandte sich wieder seiner Arbeit zu, die er unterbrochen hatte. So einfach war das. Kommen, grüßen, helfen, reden, vergessen.

Zurholt ging langsam einen schmalen Pfad abseits des Hauptweges entlang zum See. Diese Wege führten hier überall durch das Gelände, und er kannte nahezu jeden Winkel. Nach einigen Metern kam er am Fackelträger vorbei, einer Symbolfigur der Nazis etwas abseits der Hauptgebäude. Hier trafen sich von Zeit zu Zeit die Rechtsradikalen. Ihre »Versammlungen« wurden aber Gott sei Dank fast immer schon nach kurzer Zeit vom aufmerksamen Wachpersonal beendet.

Hinter der Statue führte der schmale Trampelpfad, der an dieser Stelle fast zugewachsen war, parallel der Zufahrt zur Victor-Neels-Brücke den Berg hinunter. Der Weg endete kurz vor einem kleinen Gebäude, einer Pumpstation. Von hier aus wurden die Abwässer von Vogelsang mit Hochdruck unter dem See hindurch zur Gemünder Kläranlage gepumpt.

Er erinnerte sich, dass die Stadt Schleiden, die Immobilienverwaltung des Bundes und der Kreis aktuell in eine heftige Diskussion verstrickt waren, wer für die Sanierung der Kanalisation in Vogelsang aufkommen sollte. Niemand wusste bisher, wie intensiv Vogelsang einmal genutzt werden würde, und so wusste auch niemand, wie der Kanal zu dimensionieren war – und natürlich gab es keinen, der freiwillig die Rechnung bezahlen wollte.

Manchmal bedauerte Zurholt ein wenig, dass ihm all diese exklusiven Informationen bald nicht mehr zugänglich sein würden. Doch dann tröstete er sich mit der Aussicht auf Palmenstrände, und das gab ihm wieder Auftrieb.

Er erreichte die Pumpstation und ging weiter zum Sockel der Brücke, wo er den Aktenkoffer und die Waffe versteckt hatte. Er holte die Pistole aus dem Gepäckstück und verbarg sie in einem Mauervorsprung, sodass er im Bedarfsfall schnell auf sie zurückgreifen konnte. Den Aktenkoffer stellte er mit aufgeklapptem Deckel auf den Boden, damit er nur noch den Umschlag entnehmen und das Geld hineinlegen musste. Danach setzte er sich auf einen Holzklotz oberhalb des Brückenfußes. Von hier aus hatte er einen guten Blick über das Gelände.

***

Stefan hatte den asphaltierten Weg gewählt und kam vom Schwimmbad aus den Hang hinunter. Auf seinem Rücken trug er einen kleinen olivgrünen Leinenrucksack.

Als die Männer aufeinandertrafen, verzichteten sie auf jede Begrüßung.

»Wo ist der Brief?«

»Erst das Geld, mein Lieber. Hunderttausend Euro, wie vereinbart.«

Mit ruhiger Hand zog Stefan Hirsch den Rucksack vom Rücken und öffnete ihn. Er enthielt außer einem Umschlag mit ordentlich geschnittenem Zeitungspapier darin ein angenehm kaltes Stück Stahl, eine Wehrmachtspistole, die er ursprünglich als Erinnerung an seinen Vater aufgehoben hatte.

Seine Entscheidung war schon am Freitag gefallen, als Zurholt bei ihm im Büro erschienen und seine unverschämten Forderungen gestellt hatte. Die Erpressung gefährdete seine Ziele auf Vogelsang. Nicht auszudenken, wenn in diesem entscheidenden Stadium der sorgsam ausgedachte Plan ins Wanken geriet, nur weil diese Made von Zurholt ihre Nase zu tief in seine Angelegenheiten steckte.

Nicht mehr lange, und er würde seinen ihm mittlerweile verhassten Namen ablegen können und mit seinen Getreuen wieder zu alter Größe aufsteigen. Unwillkürlich nahm er Haltung an. Ja, seine Fähigkeit, andere Menschen zu begeistern, würde ihm wieder zu Hilfe kommen, wenn es galt, die Kameraden zum Arbeitseinsatz auf Vogelsang zu rufen.

»Es ist mir eine Freude, mit Ihnen Geschäfte zu machen, Herr von Hasselt«, spottete Zurholt und hielt die Hand auf.

Stefan spürte, wie kalte Wut in ihm aufstieg. »Den Brief«, antwortete er knapp.

»Zeigen Sie mir das Geld, und ich gebe Ihnen den Brief.«

Stefan griff in den Rucksack und beobachtete, wie sich Zurholts Miene von gieriger Freude zu fassungslosem Entsetzen wandelte. Als er den Mund vor Schreck öffnete, stieß ihm Stefan den Lauf der Pistole zwischen die Zähne und drückte ab. Mit einer Mischung aus Faszination und Ekel beobachtete er, wie in Sekundenbruchteilen der Hinterkopf Zurholts förmlich zerplatzte und sich eine Mischung aus Blut und grauer Hirnmasse auf dem Boden hinter Zurholt ausbreitete. Zurholts Körper zuckte kurz, sank dann in sich zusammen und rollte mit einem leicht scharrenden Geräusch ein Stück den Hang hinunter.

Stefan wunderte sich, wie leicht es ihm gefallen war, abzudrücken. Ein Gefühl der Befriedigung durchflutete seinen Körper, so als hätte er eine große Ungerechtigkeit beseitigt. In der Nähe flog, aufgeschreckt durch den Schuss, ein Schwarm Vögel auf.

Stefan packte die Leiche Zurholts an der Jacke und zerrte sie unter den Brückenpfeiler. Hier konnten sich Füchse und anderes Getier über dieses Stück Scheiße hermachen. Auf diese Weise, dachte Stefan, ist dieser dämliche Kerl wenigstens einmal in seinem Leben zu etwas nutze.

Ein letztes Mal sah er sich um, ob ihn wirklich niemand beobachtet hatte, doch alles um ihn herum war ruhig. Er küsste den Lauf der Waffe, wischte sie vorsichtshalber noch einmal an seiner Jacke ab und murmelte: »Danke, Papa.« Dann warf er die Pistole in hohem Bogen in die Urft. Er hob den Koffer auf, den Zurholt neben sich gestellt hatte, und warf einen flüchtigen Blick hinein. Erwartungsgemäß enthielt er den Umschlag, in dem wohl der Brief steckte, der Stefan beinahe so viel Geld und Zurholt das Leben gekostet hatte. Er ließ den Kofferdeckel zuschnappen und ging zurück zum Adlerhof, ohne sich noch einmal umzudrehen.

11

Es war eine seltsame kleine Gruppe, die in einem unauffälligen Mercedes neueren Baujahrs vor der Zugangsschranke des Vogelsang-Geländes hielt. Der Fahrer Hanno von Berling, ein Mittsechziger mit grau meliertem Haar in einem tadellos sitzenden Anzug, ließ die Scheibe hinuntergleiten und zog ein Parkticket aus dem Automaten, wobei eine edle goldene Uhr an seinem Handgelenk sichtbar wurde. Am kleinen Finger der linken Hand prangte ein beeindruckender Siegelring.

Sein Beifahrer, Friedhelm Träuer, musste etwa im gleichen Alter sein. Im Gegensatz zu dem schlanken von Berling war Träuer füllig, seine Jeans schien schon bessere Tage gesehen zu haben, und sein Rollkragenpullover passte nicht recht zu dem graubraun karierten Jackett mit den ledernen Ärmelschonern.

Auf der Rückbank schließlich saßen Olaf Streitmanns und Johannes Drechsler, beide mit akkurat gestutzter Frisur, glatt rasiert und mit Tarnfleckhosen bekleidet, darüber schwarze Sweatshirts mit weißen Schriftzügen einer bekannten Modemarke, die in der rechten Szene seit Jahren als Berufskleidung galt. Die Limousine rollte über die lange Zufahrt, passierte den Torbogen, bog kurz dahinter ab und kam schließlich auf einem kleinen Parkplatz hinter dem Malakoff-Gebäude zum Stehen. Die beiden im Fond sitzenden Männer sprangen aus dem Fahrzeug und hielten Fahrer und Beifahrer die Tür auf. Fast unmerklich schlugen sie die Hacken zusammen, was ihnen einen missbilligenden Blick eintrug. »Unauffällig, habe ich gesagt«, raunte von Berling Streitmanns zu.

Das seltsame Quartett überquerte den Parkplatz und verschwand hinter einer schweren Eisentür, die in einen alten Gebäudetrakt führte, den Vershoff unter der Hand als Beraterbüro gemietet hatte. Um diese Zeit hatten die Touristen das Gelände schon verlassen. Drechsler klopfte beinahe behutsam an der Tür von Vershoffs Büro, und nach einer Aufforderung traten sie ein.

Vershoff, der an seinem Schreibtisch gesessen hatte, stand auf. Von Berling ging auf ihn zu, und sie begrüßten sich herzlich wie alte Freunde. Träuer, Streitmanns und Drechsler standen etwas verloren herum und schwiegen.

Vershoff schloss die Tür von innen ab. »Es ist nicht nötig, dass uns irgendjemand stört, der zufällig hier herumstreunt«, sagte er. Dann lief er durch das Büro und stellte sich neben das Bücherregal, das vor der hinteren Wand stand. Er schob ein Bild zur Seite, das auf Augenhöhe neben dem Regal angebracht war. Ein Zahlenfeld kam zum Vorschein. Vershoff drückte auf ein paar Tasten, dann verschwand ein Teil des Bücherregals nahezu geräuschlos in der Wand.

Drechsler, der zum ersten Mal in Vershoffs Büro war, konnte sein Erstaunen nicht verbergen. »Geil, ey«, entfuhr es ihm, wobei er eine Reihe ungepflegter Zähne zeigte.

Von Berling sah, dass Vershoff sich schüttelte. Er wusste, der Anwalt hatte lieber mit den Führungsleuten von seinem Kaliber zu tun – Gentlemen mit Geld und Kultur, die sich zu benehmen wussten. Doch leider brauchte es auch Leute wie diesen Drechsler, tumbe Mitläufer, die mit Alkohol und lauter Musik für die gemeinsame Sache zu begeistern waren, die Befehle befolgten, ohne zu hinterfragen. Wer sonst hätte die Drecksarbeit machen sollen?

Vershoff ging vor in den kleinen Raum, der sich hinter der Regalwand auftat. Hier hatte er sich ein Zimmer mit Blick auf das Urfttal eingerichtet, mit einem kleinen Schreibtisch, auf dem ein Laptop stand, und einer Sitzgruppe, auf der von Berling und Vershoff nun Platz nahmen. An den Wänden hingen Führerbilder und eine Karte des Großdeutschen Reiches.

Träuer bedeutete den beiden jüngeren Männern, neben der Tür stehen zu bleiben, und nahm zwei Gläser und eine Cognacflasche aus einem in die Wand eingelassenen Schrank. Wortlos schenkte er von Berling und Vershoff ein, stellte die Flasche auf den Tisch und gesellte sich zu den beiden Handlangern.

»Mein lieber Hanno«, begann Vershoff zuckersüß, »es freut mich, dir mitteilen zu können, dass wir unserem Ziel näher kommen. Derzeit gelingt es uns, viele Projekte hier auf dem Gelände zu platzieren, die unserem eigentlichen Ziel dienlich sind. Vogelsang wird mit staatlichen Geldern saniert. Es besteht aber keine Einigkeit darüber, wer hier letzten Endes das Sagen hat. Ich bin sicher, wir werden in absehbarer Zeit zum Zuge kommen.«

»Dieses Stadtratsmitglied – wie heißt er gleich? Fichte?«

»Kiefer.«

»Genau. Läuft er in der Spur? Warum ist er nicht dabei heute?«

»Er spurt, solange Geld fließt. Ich halte es jedoch nicht für sinnvoll, ihn zu viel wissen zu lassen. Aber verlass dich darauf, den habe ich im Griff.«

Von Berling nickte. »Was ist mit den Naturschützern? Machen die Probleme? Ich habe so was in der Zeitung gelesen.«

Selbst wenn er nur selten in die Eifel kam, war er wie immer bestens informiert. Normalerweise saß von Berling im fernen Dresden und steuerte die Geschicke der braunen Szene von dort aus. Nur hin und wieder ließ er sich hier blicken, um sich vom Fortgang der Dinge zu überzeugen. Außerdem genoss er die katzbuckelnde Haltung, die der ansonsten so überhebliche Vershoff dann immer einnahm. In von Berling, das wussten sie beide, hatte der Anwalt einen Förderer gefunden, der ausreichend finanzielle Mittel besaß, um am Tag X ein entsprechendes Gebot für das Gelände der Ordensburg abzugeben. Und das machte ihn wichtig, selbst für einen so eingebildeten und aufgeblasenen Fatzke wie Vershoff.

»Diese Naturspinner überlassen Sie mal ruhig uns«, meldete sich Drechsler aus dem Hintergrund zu Wort und schob demonstrativ die Ärmel hoch. Ein über und über tätowierter Unterarm, auf dem Hakenkreuze, SS-Runen und ein großer Thor-Hammer zu sehen waren, kam zum Vorschein. Drechsler ballte eine Faust und tat so, als würde er einem unsichtbaren Gegenüber einen Schlag verpassen. »Denen werden wir schon Beine machen!«

Von Berling kniff die Augen zusammen und fixierte Vershoff.

»Hat dich einer um deine Meinung gefragt?«, richtete dieser das Wort an Drechsler.

»Ich, ich dachte –«

»Du sollst die Fresse halten und nicht denken! Und wenn dir deine Haut lieb ist, solltest du uns besser nie wieder unterbrechen.« Vershoff erhob sich und ging langsam und bedrohlich auf Drechsler zu, der offensichtlich nicht wusste, wo er hinblicken sollte. »Haben wir uns verstanden?«

Der Angesprochene nickte und senkte beschämt den Kopf.

Vershoff wandte sich an Streitmanns. »Olaf, was soll ich davon halten? Erst schleppst du hier irgendwelche Hansel an, und dann unterbrechen die noch Herrn von Berling und mich beim Gespräch? Die Auswahl deiner Leute scheint mir in letzter Zeit nicht mehr so glücklich. Die Gruppe, die vor zwei Wochen von der Polizei von Vogelsang gejagt wurde, das waren doch auch Leute von dir, oder?«

Streitmanns nickte betreten. »Ja, leider. Aber ich kann nicht auf jeden Einzelnen aufpassen. Was soll ich denn machen?«

»Damit eines klar ist: Du bringst mir keinen mehr hier hoch, den du vorher nicht auf Herz und Nieren, vor allem aber auf die gängigen Benimmregeln überprüft hast, ist das klar? Und du persönlich haftest mir für jeden deiner Leute, die hier oben aufkreuzen – verstanden?«

Streitmanns nickte betreten.

Von Berling musste schmunzeln. Er wusste, das war eine Machtdemonstration, mit der Vershoff seinem Gast klarmachen wollte, wer hier das Sagen hatte. »Dann wäre das ja geklärt«, sagte er ruhig, hob das Glas und prostete seinem Gegenüber zu.

Vershoff kam zurück zu der kleinen Sitzgruppe, griff ebenfalls zu seinem Glas und erhob es. »Auf das Gelingen der neuen Ordensburg«, sagte er leise.

Ein Klacken erklang. Irgendjemand hatte schon wieder die Hacken zusammengeschlagen.

»Ist denn das die Möglichkeit?« Von Berling wechselte unvermittelt den Ton und wandte sich direkt an Streitmanns. »Haben Sie das nicht im Griff, Sie Schwachkopf? Erst auf dem Parkplatz und jetzt hier! Wann begreift ihr Idioten eigentlich, dass wir hier nicht offen auftreten können, wenn wir die Sache nicht gefährden wollen? Kamerad«, er wandte sich an Vershoff, »ich setze mein volles Vertrauen in dich, dass du es schaffst, diese Horde von Vollpfosten auf Linie zu bringen!«

Streitmanns war merklich unwohl in seiner Haut. Mit jammernder Stimme sagte er: »Herr von Berling, ich versichere Ihnen, das kommt nicht wieder vor!«

»Allerdings«, unterbrach ihn Vershoff schroff. »Raus mit euch. Alle drei.« Dann wandte er sich wieder dem älteren Mann zu und sagte mit aalglatter Stimme: »So, und nun will ich Ihnen, lieber Herr von Berling, die aktuellen Ausbaupläne für die Ordensburg zeigen.«

***

Der Abend war weit fortgeschritten, als die Limousine den Adlerhof wieder verließ. Vershoff war unzufrieden. Zwar liefen alle Gremienentscheidungen im Moment so, wie er das wollte, doch hatte von Berling keinen Zweifel daran gelassen, dass sich das »Projekt Ordensburg« für seinen Geschmack viel zu langsam entwickelte. Er zahle dem Anwalt schließlich ein stattliches Gehalt auf ein Schweizer Konto, da werde er wohl ein bisschen mehr Engagement erwarten können, hatte er spitzzüngig angemerkt. Zum Glück waren sie zu diesem Zeitpunkt der Diskussion allein gewesen. So gab es immerhin keine Zeugen für den Anpfiff, den Vershoff sich abgeholt hatte.

Aber unabhängig von dem suboptimalen Ausgang des Treffens, den er selbst zu verantworten hatte: Das Verhalten der Kameraden war etwas, wofür sich Vershoff zutiefst schämte. Das musste Folgen für Streitmanns haben, ihn so vor dem Älteren bloßzustellen.

Er drückte eine Kurzwahltaste seines Handys. Die Stimme, die nach nur einmal Klingeln am anderen Ende erklang, ließ ihn frösteln. Obwohl er wusste, dass ihm »der Schläger«, wie sie ihn nannten, treu ergeben war, wollte er einem wie ihm lieber nicht im Dunkeln begegnen.

»Ja?«

»Streitmanns. Er braucht eine Abreibung.«

»Wie viel?«

»Zieh ihn ein bis zwei Wochen aus dem Verkehr.«

Vershoff konnte den anderen lächeln hören.

»In Ordnung. Sieg Heil.«

Er legte auf. Wenn Streitmanns so lange verschwinden würde, bis Vershoff die wichtigsten Abstimmungen im Gremium zu ihren Gunsten entschieden hatte, würde er eindeutig besser schlafen. Gut, dass es Leute gab, die sich für einen die Hände schmutzig machten.

Er steckte das Handy in die Tasche. Den Rest des Abends würde er in trauter Zweisamkeit mit Ursula verbringen, deren Mann sowieso nie Zeit für sie hatte. Das war sehr viel amüsanter als politische Demonstrationen in Vogelsang oder aus der Reihe tanzende Kameraden.

12

Ich war zufrieden. Das Wetter, die wichtigste Komponente für aufregende Landschaftsfotos, spielte mit. Es war ein trockener Mittwoch, und einige wenige weiße Wolken sorgten dafür, dass das Licht nicht allzu hart war.

Ich hatte mich schon am frühen Morgen aufgemacht, um einen weiteren Versuch zu starten, äsendes Rotwild in einer meiner Fotografien festzuhalten. Später würden die ersten sangesfrohen Wanderer das Wetter wieder nutzen, um den Eifelsteig und seine zahlreichen Nebenwege zu bewandern. Ich hasste diese Plagegeister wie die Pest. Wie oft schon hatten sie friedlich dösendes Wild verschreckt, bevor ich meine Bilder im Kasten hatte. Und wie oft hatte ich ein Model in letzter Sekunde mit einer Decke umhüllen können, bevor so ein Haufen Kniebundhosen tragender Trampel um die Ecke bog.

Heute hatte ich schon früh in der Nähe des Adlerhofs ein Rudel Rotwild beobachtet, das offenbar auf dem Weg zum Urftsee war, um dort das klare, frische Wasser zu genießen. Seit einer halben Stunde schlich ich diesem Rudel hinterher, die Kamera im Anschlag, und hatte schon einige Bilder auf meinem Chip verewigt. Längst nicht alle dieser Fotos würden auch bearbeitet und archiviert werden, doch seit die digitale Technik in die Fotografie Einzug gehalten hatte, war es kein Problem mehr, wenn ich Hunderte von Aufnahmen machen musste, um eine Handvoll wirklich guter Motive zu erhalten. Einige davon würden später unter anderem im Büro von Ludwig Bachmann, dem Leiter der Nationalparkforstverwaltung, an der Wand hängen.

Die Tiere hatten mich anscheinend nicht bemerkt, als ich ihnen leise und in respektvollem Abstand gefolgt war. Jetzt duckte ich mich oberhalb des Pumpenhauses neben der Victor-Neels-Brücke in den Bewuchs, um noch ein paar letzte Fotos vom trinkenden Wild zu schießen. Doch das Rudel traute sich nicht recht an das Wasser heran, die Tiere witterten immer wieder und zogen schließlich ab, ohne zu trinken. Frustrierend. Ich wollte nachsehen, ob sich ein Camper illegal am Urftsee niedergelassen hatte. Das passierte in letzter Zeit häufiger. In diesem Fall würde ich sofort der Forstverwaltung Bescheid geben – das war einer der Kompromisse, die ich mit Ludwig Bachmann ausgehandelt hatte. Dafür hatte ich die Erlaubnis erhalten, das Wild auch abseits der offiziellen Wege zu fotografieren.

Als ich zum Ufer hinabging, stieg mir ein süßer Geruch in die Nase. Verwesung. Ich vermutete einen verendeten Kadaver, vielleicht ein Hase oder ein Fuchs. Doch als mein Blick auf den Flussabschnitt unmittelbar unterhalb der Brücke fiel, drehte sich mein Magen spontan auf links. Ich lehnte mich an den nächsten Baum und platzierte mein Frühstück daneben auf dem Boden.

Direkt am Ufer, durch den rekordverdächtig niedrigen Wasserstand halb auf dem Trockenen, sah ich einen Menschen. Vielmehr das, was einmal einer gewesen sein musste. Der ekelhafte Gestank ging eindeutig von dem aufgedunsenen Körper aus, der da reglos am Ufer lag. Dies tat er, so viel Ahnung hatte ich von diversen Sonntagabenden in guter alter »Tatort«-Tradition, sicher nicht erst seit gestern.

Angesichts des äußerst unappetitlichen Anblicks wandte ich mich zur Seite und kramte nach meinem Handy, innig hoffend, dass ich hier draußen Empfang haben würde. Ich wählte wie in Trance zunächst die Nummer von der Rotkreuzwache in Vogelsang, dann von der Schleidener Polizei. Nachdem ich dem Beamten meine Position übermittelt hatte, rief ich KGB an, der für schnelle Informationen immer ein offenes Ohr hatte. Zuerst hing ich in der Warteschleife fest. Aber dann, nach gefühlten Stunden, ging er endlich ran.

»Kölner Tagblatt, Berners?«

»KGB, das – das glaubste einfach nit.«

»Komm, wer is denn da, he? Et is noch früh!«

»Hier, am Urftsee, direkt an der Victor-Neels-Brücke, da liegt einer. Robert ist hier, Robert Esser!«

»Ah, Robert. Sach ma, wat is los? Ich weiß, Campen im

Nationalpark is verboten, aber sooo schlimm is dat jetzt auch nich, dat ich dafür da rausfahre.«

»Quatsch, Camper. Der is tot, mausetot und stinkt wie ’ne Müllkippe im Hochsommer.«

»Oh Herr, er riecht schon«, witzelte der Redakteur, aber da ich ihn bisher noch nie auf den Arm genommen hatte, sagte er: »Is jut, Jung, bleib da, ich komme. Bin eh noch in Schleiden. Hast du die Trachtengruppe angerufen?«

»Ja, klar – die vom Roten Kreuz sind schon da, denen habe ich als Erstes Bescheid gesagt, weil die ja so ein komisches Gefährt haben, mit dem die bis ans Ufer fahren können.«

In der Tat kamen die ersten Rotkreuzler schon den Hang heruntergestiefelt. Wenig später waren auch die Sirenen der Polizeifahrzeuge zu hören, die von Vogelsang und von der anderen Seite des Urftsees an die Brücke heranfuhren. Das Blaulicht in Verbindung mit dem weichen Morgenlicht ergab eine eigenartige Stimmung, und ich drückte aus Reflex automatisch auf den Auslöser meiner Kamera, ohne sie vor die Augen zu nehmen.

Der erste der Polizisten, der in raschem Tempo den Weg herunterkam, war Polizeihauptkommissar Heinrich Bieskolla. Er war ein gemütlicher vollschlanker Mann in den späten Fünfzigern, der in seinem Leben schon viel erlebt hatte, seinen Humor jedoch nie verlor. Wir kannten uns schon seit einigen Jahren. Bieskolla, dessen Name zu Unrecht auf eine östlichere Herkunft schließen ließ, interessierte sich für Fotografie und hatte schon einige von meinen Ausstellungen besucht. Dabei waren wir häufiger ins Fachsimpeln, nicht nur über das Fotografieren, sondern auch über sonstige gemeinsame Interessen, geraten.

»Moin, Robert«, grunzte er freundlich, doch es war ihm anzumerken, dass die frühe Stunde und der unerfreuliche Anlass ihm auf den Magen schlugen. »Wat häste dann do aanjestallt, Jung?«, versuchte er zu scherzen.

»Mensch, Jupp, ich wollt doch nur ein paar Tiere fotografieren, und dann liegt da plötzlich einer rum! Bin ja kein Profi, aber es sieht so aus, als wär der schon länger da.«

Bieskolla kratzte sich nachdenklich den Kopf. »Könnte sein.

Aber können die Selbstmörder sich nicht ordentlich in 'nen Sarg legen und die Sauerei verhindern? Wer macht das denn jetzt wieder weg hier? Und wenn wir nicht schwer aufpassen, kommen die von der Wasserbehörde und sagen noch, wir hätten die Urft verunreinigt. Wie auch immer. Vermutlich kein Selbstmord. Oder habt ihr in der Nähe eine Pistole oder so wat gesehen? Alles absuchen auf jeden Fall!«

Ich trat ebenfalls näher heran. Die Leiche war kein schöner Anblick. Der gesamte Hinterkopf war irgendwie abhandengekommen, und die vorderen Zähne fehlten, so als sei an dieser nicht dafür vorgesehenen Stelle etwas in den Kopf eingedrungen, das dort nicht hingehörte.

»Na, dann rufen wir mal die Kollegen, hm?«, seufzte Bieskolla und holte sein Handy aus der Jackentasche. Er telefonierte einige Minuten, und ich bekam nur ein paar Wortfetzen mit: Mordkommission, Leichenfund, fehlender Schädelteil, Verwesung.

Als er aufgelegt hatte, kam er zurück und stellte sich wieder zu mir. »So, das ist eindeutig ein Fall für die Kollegen aus Bonn. Pia!« Er rief eine junge Kollegin zu sich, die mit ihm angekommen war. »Hör mal, erledigst du bitte schon mal die Absperrung und den ganzen Kram? Ich hab die Bonner schon angerufen. Sollen die sich um die Sauerei hier kümmern.«

Die Angesprochene nickte, und wenige Minuten später spannte sich im Halbkreis um die Stelle, an der der Tote lag, ein Absperrband, das nur einen einzigen Weg zum Leichnam übrig ließ. Der Tatort sollte auf diese Weise möglichst unberührt bleiben.

Ich fragte Bieskolla, ob er mich noch brauche, denn der Gestank, den die Leiche ausströmte, war mehr als penetrant.

Er antwortete: »Nee, kannst eigentlich heimgehen. Ich weiß ja, wo du wohnst. Komm aber bitte heute Mittag auf die Wache, damit ich deine Aussage aufnehmen kann. Ich denke mal, die Kollegen von der Mordkommission wollen die möglichst bald haben.«

Ich war froh, den Ort verlassen zu können. Als ich mein Fahrzeug wieder erreicht hatte, setzte ich mich, bevor ich losfuhr, ein paar Minuten auf den Fahrersitz und beschwor noch einmal die Bilder vom Fluss hoch. Wie mochte die Leiche dorthin gekommen sein? Im Nationalpark herrschte Wegegebot, und unterhalb der Victor-Neels-Brücke hatte eigentlich niemand etwas zu suchen. Wer war der Tote? Ich würde Heinrich danach fragen, wenn ich später auf die Wache fuhr.

Etwa zwei Stunden später fand ich mich in Bieskollas Büro ein, um noch einmal in aller Ausführlichkeit das wenige zu Protokoll zu geben, was ich gesehen hatte. Die Prozedur, zu der Heinrich einen jungen Polizeibeamten hinzuzog, der in der Bedienung des PCs offensichtlich fitter war als er selbst, dauerte etwa eine halbe Stunde. Danach entließ er den jungen Kollegen und wandte sich erneut mir zu. »Das will mir einfach nicht in den Kopf. Wer kommt in unsere schöne Eifel, um einen harmlosen Typen von der Postverteilerstelle in Vogelsang zu erschießen?«, fragte er mich.

»Seid ihr sicher, dass die Geldbörse in der Jackentasche dem Toten gehört hat?«

»Klar, wem denn sonst. Und bei Zurholt zu Hause hat auch keiner aufgemacht.«

»Heinrich, ich weiß es nicht. Aber warte mal, den Namen habe ich schon mal gehört. Zurholt, Zurholt … war der nicht im Umweltschutz aktiv?«

»Ja, aber das ist beileibe ja noch kein Grund, ihm den Schädel wegzublasen.«

»Auch wieder wahr. Weiß man denn etwas über sein Privatleben?«

»Unauffällig. Ist nach der Wende aus dem Osten hergekommen, hat lange gebraucht, um Fuß zu fassen. Gehörte zum Zivilpersonal in Vogelsang und ist dann nach dem Abzug der Belgier als Postverteiler bei der Vogelsang-Gesellschaft gelandet. Wird als zurückhaltend, unauffällig beschrieben. Kollegen hatten die Vermutung, dass er schon mal ihre Schreibtische ausspioniert hat. Ob das stimmt, konnte aber keiner mit Bestimmtheit sagen. Er war wohl nicht gerade kontaktfreudig, und du weißt ja, wie der Eifler allgemein auf so jemanden reagiert.«

»Hm. Ob er sich mit den Rechtsradikalen angelegt hat?«

»Du meinst, er könnte sie da beim Feiern gestört haben? Dafür spricht, dass die Leiche nicht weit vom Fackelträger weg liegt.«

Der Fackelträger war eine Statue, die wenige Meter oberhalb des Platzes stand, an dem Zurholt gefunden worden war. Hier war vor langer Zeit eine Art überdimensionaler Altar von der Größe eines kleinen Hauses geschaffen worden, auf dessen Dach man ein Feuer brennen lassen konnte. Auf der Frontseite war die Abbildung eines Läufers, der eine wehende Fackel vor sich hertrug. Die Nazis hatten auf diesem Platz einst wohl Sonnenwendfeiern stattfinden lassen wollen, und auch heute versuchten immer wieder einige Ausreißer, dort zu feiern. Regelmäßig rückte der Wachdienst aus, um die rechtsradikalen Feierwütigen vom Gelände zu vertreiben.

»In letzter Zeit haben wir aber außer ein paar vereinzelten Hobbynazis, die immer wieder am Fackelträger grillen wollen, keine echten Probleme mit den rechten Brüdern gehabt. Und die, die hier in der Gegend ihr Unwesen treiben, sind eher friedlich grölende und saufende Rabauken. Von denen geht doch keine Gefahr aus. Es ist unwahrscheinlich, dass es zu so einem brutalen Zusammenstoß gekommen ist, dass Zurholt sein Leben lassen musste. Aber wie heißt es doch so schön: Wir ermitteln in alle Richtungen.«

13

Die Akten auf Christine Hilgers Schreibtisch waren sauber aufgeschichtet. Sie wertete Ausschreibungen aus, eine Arbeit, die ihr Spaß machte.

Natürlich wurde sie sowohl wegen ihres Aussehens als auch wegen ihres Wissens bezüglich der Aufträge von den Handwerkern, die auf Vogelsang arbeiteten, umgarnt. Mehr als einmal hatten die Meister sie auf einen Kaffee oder sogar ein Abendessen eingeladen – Einladungen, die sie immer lachend ausschlug. Aber nicht nur die Handwerker, auch die Besucher aus den politischen Gremien, die regelmäßig auf Vogelsang tagten, hatten schon einmal durchblicken lassen, dass sie Christine nicht von der Bettkante stoßen würden. Das freute sie – immerhin hatte sie die magische Schallmauer der dreißig nun schon seit ein paar Jahren überschritten. Natürlich, eine Frau mit ihrem Aussehen hätte sich die Männer aussuchen können, doch sie wurde nie das Gefühl los, dass es den Typen, die sie kennenlernte, letzten Endes nur um eine kurzfristige Eroberung ging. Christine war sich jedoch zu schade, die Trophäe eines Mannes zu werden, der sie dann stolz beim nächsten Skat- oder Kegelabend herumzeigte. Und so hatte es sich ergeben, dass Christine immer noch Single war und ihr Privatleben und den Büroalltag strikt voneinander trennte.

Nur mit einem der »Kollegen« hatte sie eine etwas nähere Bekanntschaft geschlossen. Thomas Weinrauch, ein Mitarbeiter der Bundesanstalt für Immobilienaufgaben, hatte sie ein paarmal zum Essen eingeladen, und sie hatte sich mehr als geschmeichelt gefühlt, dass dieser distinguierte Herr sie nach allen Regeln der Kunst umgarnt hatte. Entgegen aller Vernunft hatte sie ihn sogar einmal mit nach Hause genommen, und bei einem netten Glas Wein war man sich etwas nähergekommen. Thomas hatte ihre Bilder bewundert, die Robert von ihr geschossen und die sie in ihrer kleinen Wohnung aufgehängt hatte, und sie hatte ihm versprochen, ihm bei Gelegenheit eines davon zu schenken.

Nicht zum ersten Mal verglich Christine nun die Angebote der Firmen miteinander, die sich diesmal um die Aufträge, die in Vogelsang zu vergeben waren, beworben hatten. Das Verfahren war so gelaufen wie die letzten Male auch: Stefan hatte ihr gesagt, welche Firmen sie anschreiben und in welchen Fachblättern sie die Ausschreibung veröffentlichen sollte. Die Internetanzeigen hatte Stefan selbst erledigt, da war er eigen. Und wieder, wie einige Male zuvor auch, hatten sich anscheinend nur die Firmen beworben, die schon einmal hier tätig geworden waren. Natürlich, es waren Unternehmen, die mit dem Thema »Vogelsang« schon seit einigen Jahren vertraut waren, doch irgendetwas an dieser Ausschreibungspraxis widersprach Christines Gefühl für Gerechtigkeit.

Der Zweifel, der anfangs nur ganz im Hintergrund aufgepoppt war, hatte im Laufe der letzten Monate angefangen, an ihr zu nagen. Schließlich hatte sie sich zu einer Fortbildung in EU-Ausschreibungsrecht angemeldet, worüber Stefan, der sonst immer so nette und freundliche Stefan, sehr erbost gewesen war. Ganz entgegen seiner Art hatte er behauptet, dieses Seminar sei zum Fenster hinausgeschmissenes Geld, schließlich habe die Vogelsang-Entwicklungsgesellschaft wichtigere Aufgaben zu erledigen, als eine einfache Mitarbeiterin zu einer Ausschreibungsjuristin zu machen.

Christine, die natürlich viel mehr war als eine »einfache Mitarbeiterin«, hatte zunächst gezögert, ob sie die Fortbildung wirklich machen sollte, doch sich dann entschieden, dass sie es versuchen wolle. Vielleicht konnte sie Stefan ja im Nachhinein davon überzeugen, dass er ihr noch mehr Aufgaben mit der entsprechenden Verantwortung übertragen konnte und dass sie vielleicht irgendwann auch einmal eine bessere Bezahlung für ihre Arbeit verdiente. Sie buchte den Kurs heimlich, bezahlte ihn selbst und nahm sich an den betreffenden Tagen, an denen das Seminar stattfand, Urlaub.

Nach dem Kurs war Christines Verunsicherung jedoch noch gewachsen. Sie hatte die verbindlichen Regeln für die europaweite Ausschreibung von Projekten mit Fördermittelfinanzierung kennengelernt und erfahren, dass diese keineswegs mit dem übereinstimmten, was Stefan in Vogelsang praktizierte. Da Christine den Sachen gern auf den Grund ging, hatte sie die letzten Ausschreibungen immer wieder angesehen und festgestellt, dass der Aufsichtsrat, der über die Vergabe der Angebote entschied, nur einen Teil der abgegebenen Offerten erhielt. Die Vorauswahl traf Stefan selbst – und Christine wurde das Gefühl nicht los, dass etwas an dieser Vergabepraxis zum Himmel stank.

***

Als Stefan an diesem Donnerstagvormittag sein Büro betrat, suchte er als Erstes nach einer Kopfschmerztablette. Er fand eine Aspirin im Schreibtischfach, schluckte sie und spülte mit einem Glas eiskalten Leitungswassers nach. Dann ließ er sich kaltes Wasser über die Hände laufen und fuhr sich mit den nassen Händen über das Gesicht. Er hätte den Cognac weglassen sollen gestern Abend. Doch der Frust hatte ihn an den Schrank getrieben, in dem er die Spirituosen aufbewahrte, und einem Cognac war der nächste gefolgt, bis er mitten in der Nacht mit dem Kopf auf dem Tisch eingeschlafen war.

Der Brief, den Zurholt aus seiner Post gefischt hatte, der Brief, in dem Helene von Hasselt die Wahrheit über seine Familie verkündete, war nicht in dem Aktenkoffer gewesen, den Stefan Zurholt abgenommen hatte. Das hatte er aber blöderweise erst gestern Abend gemerkt. Seinen Frust hatte er anschließend in einer halben Flasche Hochprozentigem ertränkt.

Zu einem mordsmäßigen Brummschädel, der sich anfühlte wie ein stundenlang bearbeiteter Punchingball, gesellte sich jetzt auch noch ein ziehender Schmerz im Rücken von der ungewohnten Schlafhaltung mit dem Kopf auf dem Tisch. Stefan fühlte sich um Jahre gealtert. Er setzte sich an seinen Schreibtisch, auf dem schon die ersten Briefe lagen.

Er widmete sich den frisch eingetroffenen Angeboten. Sorgfältig sortierte er die Firmen aus, die er dem Vorstand vorlegen wollte. Die anderen Bewerber ließ er verschlossen in den Aktenvernichter gleiten.

Er erschrak, als sich die Bürotür öffnete und Christine im Zimmer stand.

Wie Stefan bemerkte, erfasste sie mit einem Blick, dass er die Umschläge, die sie ihm eben erst auf den Tisch gelegt hatte, in den Schredder steckte. Die Angebote.

Christine ließ sich mit ausdrucksloser Miene auf den Besucherstuhl sinken. »Stefan, was machst du da?«

»Mach dir keine Sorgen. Ich habe die Sachen alle eingescannt. Nichts kommt weg, aber in letzter Zeit schnüffeln hier einfach zu viele Leute herum. Da ist die elektronische Variante doch viel sicherer, oder?«

Er beobachtete Christine. Glaubte sie ihm? Sie nickte geistesabwesend. Er konnte nur hoffen, dass sie ihm seine Geschichte abgekauft hatte.

***

»Wenn du dich nicht konzentrierst, wird das nix!«

Ich war seit mehr als einer Stunde damit zugange, ein neues Bewerbungsfoto für Christine zu machen, doch entgegen ihrer sonstigen Gewohnheit strahlte sie heute nicht die gewohnt gute Laune aus, die sie auf den Fotos so sympathisch erscheinen ließ. Ich dachte, es sei an der Zeit, eine Pause einzulegen, und ging in die Küche, um zwei Kaffee zuzubereiten.

Als ich das Studio wieder betrat, starrte Christine mit leerem Blick aus dem Fenster. Sie fixierte einen unsichtbaren Punkt im Garten. Irgendetwas war los, das spürte ich. Doch mir fehlte die Phantasie, um darauf zu kommen, was es wohl war. Eine unglückliche Liebschaft? Ich wollte nicht zu aufdringlich erscheinen, also setzte ich mich verkehrt herum auf einen Stuhl und schwieg sie an.

Es mochten wohl so ein oder zwei Minuten vergangen sein, als es unvermittelt aus ihr herausbrach: »Sag mal, Robert, glaubst du, auf Vogelsang geht es mit rechten Dingen zu?«

Ich zuckte zusammen. Was meinte sie? Glaubte sie etwa an … Geister? Dafür war sie eigentlich viel zu realistisch.

»Robert, ich habe Probleme mit meinem Chef. Sieh mal, ich habe da was herausgefunden und weiß nicht, wie ich mich verhalten soll. Ich glaube aber, die Sache stinkt, und ich habe Angst. Wenn das herauskommt, bin ich am Ende mit dran.«

»Bleib mal ruhig«, antwortete ich, ohne eine Ahnung zu haben, wovon sie sprach, »erst mal bist du eine Angestellte, die auf Anweisung handelt. Außerdem kann ich ja bezeugen, dass du dich direkt an mich gewandt hast, als dir etwas aufgefallen ist. Aber bevor du das – was auch immer es sein mag – nicht hieb- und stichfest beweisen kannst, solltest du vorsichtig sein. Nicht dass es eine ganz einfache und logische Erklärung für … na ja, diese ›Sache‹, von der du da sprichst, gibt und du dir nur unnötig Ärger einhandelst. Wenn du möchtest, kannst du mir aber erzählen, worum es geht. Vielleicht kann ich helfen. Du weißt, ich bin verschwiegen.«

Sie nickte. Dann sagte sie plötzlich: »Ich glaube, mein Chef schummelt bei der Vergabe von Aufträgen. Ich habe ihn dabei beobachtet, wie er Angebote durch den Schredder gejagt hat. Und als ich mir dann mal ein paar der Ausschreibungen angesehen habe, fiel mir auf, dass es immer dieselben Firmen sind, die in Vogelsang beauftragt werden.«

Mir fiel das Telefonat ein, das Stefan Hirsch nach der Pressekonferenz am vergangenen Freitag geführt und das ich belauscht hatte. Es hatte so geklungen, als würde er mit irgendjemandem gemeinsame Sache machen. Und er hatte von fünfzehn Millionen gesprochen. Puh. Das klang nicht gut. Auf Vogelsang wurden gigantische Geldbeträge hin- und hergeschoben. Ich hatte oft das Gefühl, je größer die Zahlen wurden, desto schneller wurden Entscheidungen getroffen. Vielleicht verleitete der ständige Umgang mit so horrenden Summen dazu, den Weg des Geldes zu eigenen Gunsten zu beeinflussen.

»Druck mir mal ein paar Sachen aus, und wir gucken zusammen mit einem guten Freund von mir drüber, der ist Anwalt für Wirtschaftsstrafsachen – kann aber auch die Klappe halten.«

»Das würdest du für mich tun?« Die Erleichterung in Christines Stimme war unüberhörbar.

»Ja klar, das tu ich gern für dich. Aber sieh zu, dass dich niemand erwischt, wenn du Dokumente ausdruckst oder kopierst, die verräterisch sind. Wenn was dran ist an deiner Vermutung, solltest du wirklich vorsichtig sein.« Christine war eine intelligente Frau, und ich hatte ein wenig Sorge, dass ihre Intelligenz ihr gefährlich werden konnte. Wenn es stimmte, was sie befürchtete, musste sie auf der Hut sein. »Wem hast du sonst noch davon erzählt?«

»Noch niemandem.«

»In Ordnung. Gibt es irgendjemanden da oben, dem du vertraust?«

Christine schluckte. »Thomas Weinrauch.«

»Okay, dein Einverständnis vorausgesetzt, werde ich mit ihm das Gespräch suchen. Ich denke, der kennt sich in diesen Dingen besser aus als ich. Tu mir aber einen Gefallen, ja? Pass auf dich auf!«

***

»Soso, du hast es also nicht lassen können.«

Christine fuhr herum. Sie hatte Stefan nicht kommen hören, und nun stand er direkt hinter ihr und hatte ganz offensichtlich die Tabelle gesehen, in der sie die Angebote auf ihrem PC verglich. Sie verfluchte sich innerlich. Sie hätte nicht noch einmal zurück ins Büro kommen sollen, nachdem sie mit Robert gesprochen hatte, sondern bis morgen warten. Aber sie hatte unbedingt die benötigten Unterlagen besorgen wollen, die sie brauchte, um den Fall zu untersuchen. Und jetzt bekam sie die Quittung für ihre Neugier. Stefan war noch einmal ins Büro gekommen. So ein verdammter Mist!

»Ach, Stefan, hallo, ich … ich –«

»Schnauze!«, brüllte er sie an. »Ich habe dir etliche Male gesagt, du sollst deine hübsche Nase aus meinen Angelegenheiten heraushalten. Jetzt kann ich auch nichts mehr für dich tun.«

Ein anderer Mann kam in den Raum. »Ich habe dir gleich gesagt, dass dieses Flittchen nur Probleme macht.«

Wer war das? Christine dachte nach. Es kam ihr so vor, als wäre ihr der Mann schon einmal begegnet, aber sie konnte sich einfach nicht daran erinnern, wo und in welchem Zusammenhang.

Stefan packte sie unsanft am Arm und zerrte sie aus dem Stuhl. »Mach jetzt keinen Fehler, Mädchen«, sagte er drohend, und sie erkannte, dass er ein Messer in der Hand hielt.

Ihr wurde eiskalt. Stefan, dieser immer nette, höfliche, zuvorkommende Stefan, zeigte plötzlich einen mörderischen Blick, jeder warme Glanz war aus seinen Augen verschwunden. Reflexartig berechnete sie ihre Chance zu entkommen, doch wusste sie nur zu gut, dass Stefan ihr körperlich überlegen war. Außerdem stand auch noch der andere Kerl im Raum, und gegen beide Männer hatte sie keine Chance. Also fügte sie sich und beschloss, egal, was sie nun mit ihr vorhatten, jede Gelegenheit zur Flucht zu nutzen.

Stefan schob sie vor sich her durch den Flur zwischen den Büros. Es war schon nach Feierabend, und die anderen Räume waren nahezu alle verlassen. Brigitte Buchen, eine Kollegin von Christine, hatte sicher wieder einen Kopfhörer mit lauter Musik im Büro auf. Sie wünschte, sie hätte Brigitte darum gebeten, diese Kopfhörer nicht zu tragen, doch in Anbetracht der teilweise langweiligen Arbeiten, die sie ihr übertrug, hatte sie sie gewähren lassen.

Stefan ging mit ihr durch den Flur bis ins angrenzende Besprechungszimmer. Hier trafen sich der Vorstand und Abordnungen der Ministerien regelmäßig zu ihren Gremiumssitzungen, doch jetzt war der Raum leer. Schließlich bogen die Männer mit ihr in die ehemalige Küche der Offiziersbar ab. Von hier führte eine kleine unscheinbare Holztür nach draußen, auf einen schmalen Pfad hinunter zu den Hundertschaftshäusern.

»Was hast du vor?«, fragte Christine, ohne wirklich daran zu glauben, dass Stefan ihr dies verraten würde.

»Maul halten!«, kommandierte er. »Geh einfach weiter. Du

dumme Pute hättest dir lieber weiter die Nägel lackieren sollen!«

Christine fühlte, wie ihr Wut und Angst die Kehle zuschnürten. Sie verstand nicht, dass sie sich in Stefan so getäuscht hatte.

Bei den Hundertschaftshäusern angekommen, zog er einen Schlüssel aus der Tasche. Er schloss eine schwere Stahltür an der Seite des Gebäudes auf, stieß Christine hinein und schaltete eine Taschenlampe ein, die er aus der Sakkotasche gezaubert hatte. Das Messer hatte er weggesteckt. Offenbar war er sich seiner Sache sicher.

Christine erschauderte. Sie war noch nie in diesem Teil der Anlage gewesen. Im herumirrenden Kegel der Taschenlampe sah sie, dass sie sich im Bunkergeschoss befanden. Außer nackten Leitungen an der Wand war hier nichts. Sie stolperten durch einen langen Flur. Im hinteren Bereich befand sich eine weitere Tür, zu der Stefan sie zerrte. Dahinter verbarg sich ein Raum, der früher wohl einmal als Werkstatt gedient haben musste, doch außer ein paar Stühlen und einem alten Tisch war auch hier nichts mehr aus der Zeit der Belgier zurückgeblieben.

Der andere wartete offenbar vor der Tür, er war nicht zu sehen.

»Setz dich hierhin«, befahl Stefan.

Christine ahnte, dass die Chance zu fliehen verpasst war.

»Du hättest die Sache auf sich beruhen lassen sollen«, sagte Stefan nachdenklich und schien ihr mit der Lampe direkt ins Gesicht, sodass sie geblendet war. »Du hast es zu weit getrieben, Christine. Schade. Was für eine Verschwendung.« Er drehte sich um und ging zur Tür. »Ach ja, du kennst dich hier ja recht gut aus, dann weißt du auch, dass es vollkommen sinnlos sein dürfte, zu schreien«, sagte er im Hinausgehen.

Als die Tür zuschlug, überrollte Christine eine Welle der Panik. »Ruhig bleiben«, sprach sie laut vor sich hin, »denk nach, Mädel, denk nach!«

Ihr Handy hatte sie in der Hektik im Büro liegen lassen, aber hier unten hätte sie wahrscheinlich ohnehin keinen Empfang gehabt. Dieser Teil Vogelsangs war noch vollkommen unbeplant.

Hier kam nie jemand her. Wenn nicht irgendwer erfuhr, dass sie hier war, dann … Die Angst schnürte ihr erneut die Kehle zu. Sie hoffte inständig, dass Stefan, wenn er sie schon am Leben gelassen hatte, so viel Herz haben würde, jemandem zu verraten, wo sie war. Ob er jemanden mit ihrer Entführung erpressen wollte? Kaum vorstellbar. Niemand aus ihrem Umfeld hätte die Mittel für Lösegeld gehabt. Sie verwarf den Gedanken. Anscheinend war sie Stefan wirklich bei seinen krummen Geschäften zu nahe gekommen. Aber was wollte er mit ihr machen? Was blieb ihm für eine Möglichkeit, wenn er nicht überführt werden wollte?

Er musste sie zum Schweigen bringen.

14

Ich trank nachdenklich an der schwarze Brühe, die in meiner großen Tasse schwappte, und versuchte, mich zu konzentrieren. Das fiel mir nicht leicht, denn es war immerhin fünf Uhr morgens, und ich hatte fast zehn Stunden mit nur wenigen Minuten Pause an meinem Computer gesessen und recherchiert.

Allmählich verdichtete sich das Bild. Also nahm ich mein Telefon und wählte die Nummer von KGB.

»Robert, wenn du jetzt nicht mit der Nachricht kommst, dass der Papst eine Frau ist, bringe ich dich um.«

»Quatsch nicht, beweg dich zu mir, ich glaube, das wird sogar dich beeindrucken, was ich herausgefunden habe. Ich mach dir auch frischen Kaffee, aber das hier musst du einfach sehen!«

Ich legte auf. Ich wusste, dass KGB, dem der Ruf als Trüffelschwein für politische Sauereien vorauseilte, in wenigen Minuten bei mir sein würde. Während ich eine neue Kanne Kaffee aufsetzte, fiel mir ein, dass ich noch schnell duschen könnte. Das würde vielleicht auch meine Müdigkeit vertreiben. Zehn Minuten später klingelte es an der Tür.

»Komm rein, KGB, der Kaffee ist fertig«, begrüßte ich den Journalisten.

»Robert, ich warne dich, wenn –«

»He, du kennst mich – ich würde dich nicht wegen einer Bagatelle aus deinem weichen Bettchen holen. Aber das hier musst du mit eigenen Augen sehen.«

Ich schenkte zwei Tassen Kaffee ein und reichte eine davon weiter.

»Moment, ich brauch erst mal eine Zigarette«, knurrte KGB und öffnete die Terrassentür. Das war typisch für ihn: Ich platzte fast vor Aufregung, und KGB musste erst mal rauchen. Der hatte echt die Ruhe weg.

»So, dann erzähl mal«, begann er, als er die Zigarette geraucht hatte, »was so wichtig ist, dass du dich in die Lebensgefahr begibst, mich aus dem Schlaf zu reißen.«

Er ließ seinen Blick über die Wände meines Studios gleiten, und ich beobachtete, wie sich von Sekunde zu Sekunde der müde Gesichtsausdruck verabschiedete und KGB alle Antennen auf Empfang drehte.

Ich erzählte ihm von Christine und ihrem Verdacht, dass in Vogelsang schmutzige Geschäfte gemacht wurden. »Sie glaubt, dass Stefan Hirsch, ihr Vorgesetzter, die Ausschreibungen so manipuliert, dass nur die von ihm präferierten Unternehmen die Aufträge ergattern. Interessanterweise sind die Firmen, die das Gremium beauftragt, nicht gerade die günstigsten in der Region. Es ist davon auszugehen, dass Hirsch für seine ›Schützenhilfe‹ einen kleinen Obolus abbekommt.«

Ich ging zu einer Wand, auf die ich verschiedene Firmennamen auf mehrere Lagen nebeneinandergeklebtes Packpapier geschrieben und mit Pfeilen miteinander verbunden hatte. »Die Befürchtungen von Christine könnten also tatsächlich begründet sein – und es geht noch weiter. Es ist nicht nur so, dass Hirsch ein paar Euro für die gemauschelte Auftragsvergabe einsackt, oh nein. Sieh mal: Ich habe den Namen eines Mannes als Geschäftsführer verschiedener Firmen recherchieren können, die in Vogelsang schon häufig aktiv geworden sind: Andreas Vershoff. Es ist wirklich auffällig, in jedem zweiten Unternehmen, das von der VDI beauftragt wurde, taucht früher oder später sein Name auf.«

KGB pfiff durch die Zähne. »Hm, das stinkt in der Tat zum Himmel.«

»Fand ich auch. Ich habe dann über die Homepage der Handelskammer einfach mal nach den Firmen recherchiert, die Christine mir nannte – und was soll ich sagen? Entweder hockt Andreas Vershoff im Aufsichtsrat oder ist indirekt beteiligt, über diese Holding hier, die ›International Military Conversion Project Development‹ in Luxemburg, kurz IMCPD. Das ist ein Unternehmen, das sich auf die Umnutzung von stillgelegtem Militärgelände spezialisiert hat.« Ich tippte auf der Tapete auf einen

Punkt, an dem die meisten Pfeile zusammenliefen. »Und jetzt kommt der Knaller: Rate mal, wer in dieser Holding außerdem einen Aufsichtsratsposten hat und über seine Geschäftsanteile satte Gewinne abzieht?«

KGB folgte meinem Finger und bekam große Augen. Ich zeigte auf einen Pfeil, der zu einem Kreis führte, über dem »Stadtrat« stand. Innerhalb dieses Kreises hing eine Visitenkarte. »Schreinerei Kiefer – Ihr Spezialist für anspruchsvolle Bauschreinerei«, stand darauf. Ein weiterer Pfeil führte zur VDI, der Vogelsang-Gesellschaft, und durch diese hindurch weiter zu einer anderen Visitenkarte mit der Aufschrift »Hirsch. Architekten und Planer«.

»Wenn ich das jetzt mal weiterdenke«, sagte KGB und kratzte sich am Kopf, »dann schieben die da oben also gewaltige Aufträge hin und her. Jeder verdient daran. Und die VDI wird geschädigt.«

»Besonders pikant wird das Ganze dadurch, dass auf Vogelsang Millionensummen aus den Fördertöpfen der EU landen. Das erschwert außerdem die Kontrolle. Bei der Vielzahl von Projekten, die da oben gleichzeitig angegangen werden, kann ja keiner mehr den vollen Überblick behalten. Theoretisch wäre es möglich, dass ein mächtiger Teil der Fördermittel, die aus Brüssel kommen, direkt und nahezu ohne Umwege auf privaten Konten landet. Es ist wirklich eine Schweinerei! Da schlagen sich ein paar Leute mächtig den Bauch voll, und alle anderen wundern sich, warum auf Vogelsang so wenig von dem Geld zu sehen ist, das angeblich in die Region fließt.«

»Du meinst, es geht hier um Betrug?«

»Ja, von gigantischem Ausmaß. Mir ist allerdings noch nicht klar, wer da mit wem zusammenarbeitet.«

KGB nahm sich einen Stuhl und setzte sich. »Wieso ist das noch nie jemandem aufgefallen?«

»Vermutlich weil noch nie jemand so genau hingeschaut hat. Die, die kontrollieren könnten, sind immer nur für einen kleinen Teil zuständig. Und wenn man die Gelder nur geschickt genug hin- und herschiebt, kann ich mir vorstellen, dass die Sache nie auffallen würde.«

»Wie sicher ist das alles? Wenn davon auch nur ein Bruchteil nachzuweisen ist, gibt das den Skandal des Jahrhunderts«, sinnierte er, »das wird dicker als die Nürburg-Papiere. Wenn das aber in sich zusammenbricht, sind wir schlimmer dran als Kujau.«

»Nun, das alles ist so sicher wie die Informationen aus dem Internet, die ich ausgedruckt habe«, sagte ich und deutete auf einen Stapel Papier auf meinem Schreibtisch. »Das sind natürlich keine Originalunterlagen. Uns bleibt aber immer noch die Aussage von Christine.«

KGB sah mich nachdenklich an. »Glaubst du, Hirsch oder Vershoff ahnen, dass wir das herausgefunden haben?«

Ich schüttelte den Kopf. »Glaube ich nicht. Die fühlen sich ziemlich sicher bei dem, was sie da tun. Da fällt mir übrigens noch was ein. Während des Gesprächs mit Christine, als sie mir von ihren Beobachtungen erzählt hat, konnte ich mir noch nicht vorstellen, dass es einfach nur darum geht, Firmen bevorzugt zum Zuge kommen zu lassen. Ich habe Christine bei unserem Treffen gefragt, ob es schon öfter Projekte gegeben hat, die über Fördermittel abgewickelt und bereits abgerechnet wurden.«

»Nun, irgendwer muss ja die Infrastruktur da oben bezahlt haben. Büros, Wege, Sicherheitsvorkehrungen, Telefon und Heizung – wenn ich mich richtig erinnere, haben die Belgier quasi leer stehende Gebäude übergeben.«

»Exakt, jeder Bleistift, der angeschafft wurde, musste vorher quasi bewilligt werden. Dafür wurden Förderanträge bei verschiedenen Institutionen gestellt. Das erklärt auch, warum da oben lange scheinbar nichts voranging. Bevor die Leute arbeiten konnten, mussten sie die ganzen Gelder bewilligt bekommen, um überhaupt Ausschreibungen vornehmen zu können. Ich habe mal gehört, dass die Mitarbeiter auf Vogelsang am Anfang oft nicht wussten, ob sie im nächsten Monat noch Arbeit haben würden, weil irgendein Bewilligungsbescheid bei irgendeinem Sachbearbeiter in irgendeinem Ministerium oder in Brüssel noch nicht unterschrieben war. So gesehen ein Wunder, wie viel sich doch getan hat. Wie dem auch sei – die Schreinerei von Kiefer hat damals den Zuschlag erhalten, die Möblierung des Büros von Hirsch auf Vogelsang vorzunehmen – für sage und schreibe fünfzigtausend Euro. Kennst du das Büro von Hirsch?«

KGB nickte. »Ja, kenne ich. Wirkt nicht sehr teuer. Eher wie aus dem ganz normalen Möbelhaus.«

»Eben«, fuhr ich fort. »Ich war vor ein paar Monaten mal da, um die Genehmigungen für meine Fotoprojekte auf Vogelsang einzuholen, und der Schreibtisch von Hirsch ist eindeutig kein Einzelstück vom Schreiner. Als ich den Preis für den Auftrag hörte, kam mir das ziemlich spanisch vor. Ich hielt das aber alles zunächst für das übliche Gerede. Erst als ich mit Christine darüber sprach, wurde mir klar, dass da was dran sein könnte.«

KGB stellte sich an die Wand und fuhr die einzelnen Linien nach, während er zusammenfasste: »Wir haben also Stefan Hirsch, der die Fäden auf Vogelsang zieht. Er manipuliert Ausschreibungsergebnisse so, dass immer dieselben Firmen die Zuschläge erhalten – Firmen, die über ein paar Ecken Andreas Vershoff gehören. Du weißt, wen Vershoff in der Regel vertritt?«

Ich überlegte. »Nein. Sollte ich?«

»Neonazis.«

»Scheiße.«

»Allerdings. Nur will mir einfach nicht in den Kopf, warum Stefan Hirsch mit Andreas Vershoff gemeinsame Sache machen sollte. Hirsch kann doch kein Interesse daran haben, mit diesem Nazi-Anwalt in Verbindung gebracht zu werden. Was ich mir aber vorstellen kann, ist, dass das Geld so gelockt hat, dass Hirsch über die politische Gesinnung seines Geschäftspartners großzügig hinwegsehen kann. Ich würde zu gern wissen, wie weit die Herren gehen, um ihr System zu erhalten. Deine Christine könnte auf jeden Fall in Gefahr sein. Wir sollten versuchen, sie zu schützen. Kannst du sie herholen?«

»Klar. Am besten unter einem Vorwand. Ich will ja nicht die Flöhe husten hören, aber falls die vielleicht doch Verdacht schöpfen und ihr Handy abhören …« Ich nahm mein Telefon und wählte ihre Nummer. Es klingelte, doch Christine nahm das Gespräch nicht entgegen. Nach dem unvermeidlichen Piepton besprach ich ihre Sprachmailbox. »Schätzchen, hier ist Robert. Ich habe da einen interessanten Auftrag reinbekommen. Meld dich doch bitte mal bei mir. Es eilt allerdings ein wenig.«

***

»Weinrauch?«

»Hier ist Esser, Robert Esser aus Gemünd. Der Fotograf. Wir kennen uns von Vogelsang, außerdem haben wir eine gemeinsame Bekannte, Christine Hilgers.«

»Ah, guten Tag, Herr Esser. Was kann ich für Sie tun?«

»Herr Weinrauch, ich denke, wir sollten uns treffen. Ich weiß, dass Sie vonseiten der Bundesanstalt für Immobilienaufgaben in den Vogelsang-Gremien sitzen, und Christine hat mir da von einer Sache berichtet, die ziemlich viel Staub aufwirbeln könnte.«

»Sind Sie von der Presse?«

»Nein, ich bin weder von der Presse, noch werde ich von der Presse bezahlt. Ich bin einfach ein Freund von Christine, der nicht möchte, dass ihr etwas passiert.«

»Worum geht es, Herr Esser?«

»Das möchte ich ungern am Telefon besprechen.«

»Dann sollten wir uns treffen. In einer halben Stunde im McDonald's in Weilerswist – wissen Sie, wo der ist?«

»Ja klar.«

»Ich gehe davon aus, Sie kommen allein?«

Bevor ich antworten konnte, hatte er bereits aufgelegt.

Ich stieg in den Z4 und fuhr zügig, aber auf etwaige Blitzer achtend über Kommern und Euskirchen nach Weilerswist. In dem riesigen neuen Gewerbegebiet gab es eines dieser unsäglichen amerikanischen Fast-Food-Restaurants. Ihr einziger Vorteil war, dass man in der Öffentlichkeit vollkommen ungestört reden konnte, denn die Lautstärke darin hätte jede Abhöreinrichtung kapitulieren lassen.

Weinrauch saß bereits an einem Tisch, als ich das Lokal betrat. Ich holte mir einen Kaffee, setzte mich ihm gegenüber und erzählte ihm von den Verdächtigungen, die Christine geäußert hatte. Weinrauch schwieg, während ich sprach, doch ich war mir sicher, dass seine dösig wirkende Haltung täuschte. Ich hielt ihn für hoch konzentriert.

Als ich die wesentlichen Fakten berichtet hatte, lehnte er sich nach vorn. »Herr Esser, ich will ehrlich sein. Hirsch scheint in der Tat ein falsches Spiel zu spielen. Wenn das, was Fräulein Hilgers beobachtet hat und Sie mir berichten, Tatsachen sind, dann machen sich hier ein paar Herren ganz gewaltig die Taschen voll. Und es wird Zeit, das Spiel zu beenden. Aber«, er nahm einen Schluck von seiner Cola, »wir können das Ganze nur unter der Hand machen. Stellen Sie sich vor, Herr Esser, es kommt raus, dass ausgerechnet der Geschäftsführer von Vogelsang massiv Geld unterschlagen hat – wissen Sie, was dann passiert? Dann tut sich auf Vogelsang gar nichts mehr, für Jahre! Und damit schaden wir dem Projekt mehr, als wir ihm durch die Aufdeckung der Straftat nützen. Nein, wir müssen anders vorgehen. Erst einmal muss ich irgendwie an die Unterlagen kommen, die beweisen, dass Hirsch wirklich Gelder abzweigt. Und dann müssen wir verhindern, dass er weitermacht.«

»Was ist mit der Polizei?«

»Ich denke, bevor wir die einschalten, sollten wir erst ein paar stichhaltige Beweise in der Hand haben. Aber dann unbedingt.«

***

»Herr Hirsch, ich hoffe, Sie haben eine gute Erklärung dafür«, donnerte Weinrauch los.

Er hatte Stefan Hirsch direkt nach seinem Gespräch mit Esser angerufen und für den frühen Freitagnachmittag in sein Bonner Büro bestellt – nicht nur, um Macht zu demonstrieren, sondern auch, weil er sich hier jederzeit Hilfe organisieren konnte, wenn Hirsch unangenehm werden würde.

Hirsch war seiner Bitte, nach Bonn zu kommen, sofort gefolgt, zumal ihn vermutlich die Neugier getrieben hatte. Weinrauch hatte orakelt, es gebe interessante Neuigkeiten zum gemeinsamen

Projekt Vogelsang. Mit einem so hitzigen Empfang hatte er aber bestimmt nicht gerechnet.

»Herr Weinrauch, ich bitte Sie, das sind doch nichts als Spinnereien einer untervögelten Sekretärin!«, versuchte er den Kopf aus der Schlinge zu ziehen, was Weinrauch jedoch nur ein müdes Lächeln abrang. »Sie wissen doch seit Jahren, wie ich arbeite, und wir haben schon so viele Sitzungen zusammen erlebt.«

»Das ist ein bisschen sehr dünn als Antwort auf die Frage, ob Sie Ausschreibungen manipulieren, Herr Hirsch.«

Weinrauch hatte nicht lange herumgefackelt, er hatte Stefan auf den Kopf zugesagt, dass dieser Ausschreibungen zu seinem eigenen Vorteil manipuliere, und dass man Unterlagen erhalten habe, die das bewiesen. Er hatte Stefan so auf dem kalten Fuß erwischt, dass dieser prompt in die Falle getappt war und nun versuchte, sich rauszureden.

»Herr Weinrauch, Sie wissen doch selbst am besten, wenn wir uns akribisch an jedes Detail der Ausschreibungs- und Vergabeordnung halten, haben wir in zehn Jahren noch keinen einzigen Stein auf Vogelsang verbaut!«

»Es ist ein Unterschied, ob ich ein paar Kleinaufträge so ausschreibe, dass regionale Handwerker den Zuschlag bekommen, oder ob ich Ausschreibungsbetrug im großen Stil betreibe!« Er baute sich vor Hirsch auf, der in seinem Stuhl immer kleiner wurde. Ganz offensichtlich sah der Mann von der VDI seine Felle wegschwimmen.

Weinrauch hingegen hatte Oberwasser. Er hatte mit einer wesentlich härteren Nuss gerechnet, die er hätte knacken müssen. Hirsch war nahezu wachsweich.

»Hören Sie gut zu, Herr Hirsch. Ich will zum jetzigen Zeitpunkt keinen Skandal auf Vogelsang. Unnötige Presse können wir uns sparen. Ich schlage vor, dass Sie sich selbst aus dem Verkehr ziehen, bevor die Luft für Sie zu dünn wird. Nehmen Sie einen unauffälligen Posten in Sachsen an – ich habe da eine Immobilie zu verwalten, ebenfalls eine ehemalige Kaserne. Sie werden sich innerhalb der nächsten zwei Tage bei mir dorthin bewerben und Ihre Kollegen von Ihrem Weggang informieren.

Dann nehmen Sie Ihren Resturlaub. Ich will Sie in zwei Wochen nicht mehr in Vogelsang sehen, haben Sie mich verstanden?«

Weinrauch hatte seine Lautstärke langsam gesteigert, er hielt einen wohlkalkulierten Wutausbruch der Situation angemessen.

Hirsch nickte betreten. »Ich gebe Ihnen morgen Bescheid«, flüsterte er fast, stand auf und verließ das Büro.

***

Den gesamten Freitagnachmittag fuhr Hirsch ziellos durch die Gegend. Seine schöne glänzende Welt um ihn herum löste sich auf. Die Karriere, die er sich erträumt hatte, drohte zu platzen, nur weil dieser Lackaffe von Weinrauch ihn loswerden wollte. Es musste eine Lösung für sein Problem geben – er konnte sich doch nicht einfach so nach Sachsen zwangsversetzen lassen und alles aufgeben, was er sich hier aufgebaut hatte! Mal abgesehen von dem ganzen Geld, das er verlieren würde – was würde aus dem Plan werden, den er und Andreas verfolgten?

Am Ortseingang von Gemünd fiel ihm ein Autozubehörgeschäft auf. Einer vagen Eingebung folgend, bog er über die Bahngleise ab, parkte vor dem Laden und erstand einen Satz Schraubenschlüssel. Er hatte einen Plan gefasst.

Während er seine Fahrt fortsetzte, überlegte er, ob er sein Vorhaben mit Andreas diskutieren sollte. Schließlich entschied er sich jedoch dagegen. Sein Kamerad war zwar ein guter Berater, doch bei dem, was Stefan vorhatte, würde jeder Mitwisser zu einer Gefahr werden. Dennoch: Er musste seinen Freund warnen, dass ihr perfekt ausgearbeitetes Geschäftsmodell in Gefahr geraten war.

Von seinem Handy aus rief er Vershoff an.

»Ja?«

»Wir müssen uns kurz treffen. Es gibt Probleme.«

»Wenn du Mist gebaut hast, musst du dich selbst darum kümmern.«

»Aber –«

»Kein Aber. Wir treffen uns am Sonntagvormittag in meinem

Büro in Simmerath. Bis dahin hast du das Problem gelöst. Ende der Durchsage.«

»Das ist …« Stefan horchte in die Leitung hinein, doch der Anwalt hatte bereits aufgelegt.

Schön, wenn Vershoff das so haben wollte, würde er das Problem lösen. Bis Sonntag. Das ließ sich einrichten.

Stefan hielt seine Parkkarte vor die Durchfahrtsschranke zum Vogelsang-Gelände, fuhr die lange Zufahrt bis zu seinem Büro hinauf und stellte das Fahrzeug ab. An diesem Abend sollte eine erneute Gremiumssitzung stattfinden, in der über die weitere Nutzung der leer stehenden Gebäude in Vogelsang gesprochen wurde, die würde ihm gelegen kommen. Thomas Weinrauch würde an dieser Sitzung ebenfalls teilnehmen und seinen Wagen wie immer auf dem kleinen unbeobachteten Parkplatz zwischen der Burgschänke und dem ehemaligen Offizierskasino parken. Dass Weinrauch abends das eine oder andere Bier trinken würde, davon war auszugehen, denn es handelte sich um ein informelles Treffen der Ministerialbeamten, auf dem in lockerer Runde Pläne für Vogelsang diskutiert wurden, abseits des Presserummels.

Eine ideale Ausgangslage, wie Stefan fand.

15

Ich machte mich früh auf den Weg. Wie Heinrich Bieskolla mir gesagt hatte, hatte die Spurensicherung den Tatort analysiert und war zu dem Ergebnis gekommen, dass das Opfer, das ich gefunden hatte, offensichtlich erschossen worden war. Eine Waffe hatte man ebenfalls in einer Nische des Brückenpfeilers gefunden, und man ging davon aus, dass der Fundort identisch mit dem Tatort war.

Ich wollte noch einmal an den Ort zurück, wo ich die Leiche gefunden hatte, ohne genau zu wissen, warum. Diesmal parkte ich mein Fahrzeug am Schwimmbad, schulterte eine kleine Spiegelreflexkamera und ging den asphaltierten Weg hinunter zur Brücke. Ich stieg den steilen Hang hinab zu der Stelle, wo der Tote gelegen hatte. Was mochte Zurholt hier gewollt haben? Mit wem hatte er sich ausgerechnet hier verabredet?

Das Absperrband, das die Polizisten gespannt hatten, war zerrissen und flatterte lose im Wind. Ich fotografierte die Szenerie, die jetzt, am frühen Morgen, erst recht etwas Unheimliches an sich hatte.

Als ich mich zum Gehen wandte, stieß ich mit meinem Fuß gegen einen Stein, der den Hang hinunterrollte. Reflexartig sah ich auf die Stelle, wo der Stein gelegen hatte, und entdeckte direkt daneben, halb von Blättern und Dreck verdeckt, einen Schlüssel. Ich nahm ihn an mich. Er war recht einfach und billig gemacht. Da er keine Rostspuren trug, also noch nicht lange hier lag, konnte er Zurholt gehört haben. Wie ein Schließfachschlüssel sah er nicht aus, dafür war er zu einfach. Eher ein Schrank- oder ein Schubladenschlüssel. Ich würde versuchen, an Zurholts Arbeitsplatz zu kommen.

Vom Schwimmbad aus fuhr ich den Hang hoch bis zum sogenannten Malakoff, dem wuchtigen Eingangsgebäude von Vogelsang, das den Besucher schon weit vor dem eigentlichen Gelände zu beeindrucken versuchte. Ich hatte irgendwann einmal mitbekommen, dass hier die Poststelle war.

Zaghaft klopfte ich an die Tür, an der tatsächlich ein kleines Emaille-Schild darauf hinwies, dass hier die Post sortiert und verteilt werde. Niemand antwortete. Das war nicht weiter verwunderlich – es war Samstag, und da hatte die Briefverteilstelle auf dem Adlerhof geschlossen, wie einem neben der Tür befestigten Hinweisschild zu entnehmen war.

Vorsichtig drückte ich die Türklinke hinunter, und zu meiner großen Überraschung war die Tür unverschlossen. Seltsam. Ob eine Putzfrau nach der Reinigung vergessen hatte abzuschließen? Ich erinnerte mich, einmal mit einem Mitarbeiter des Sicherheitsdienstes ein paar Räume besichtigt zu haben. Der Mann erzählte mir damals, dass durch das Fehlen eines einheitlichen Schließsystems jeder Rundgang zu einem Gepäckmarsch würde, so viele verschiedene Schlüssel habe man mitzunehmen. Vielleicht war deswegen mit der Zeit eine gewisse Nachlässigkeit eingekehrt.

Der Raum hinter der Tür war etwa vier mal fünf Meter groß, es befanden sich insgesamt drei Schreibtische darin, auf zweien davon standen Monitore, die jedoch ausgeschaltet waren. Der dritte Schreibtisch schien unbenutzt zu sein, hier waren Zeitschriften in mehreren Stapeln deponiert.

Ich blickte zurück durch auf den Flur und horchte. Nichts zu hören. Rasch steckte ich den Schlüssel in das Schloss der mir am nächsten stehenden Schreibtischschublade und versuchte ihn umzudrehen.

Nichts.

Ich horchte erneut. Noch immer kein Geräusch. Wenn mich jemand hier überraschen würde, wie ich mich an den Schreibtischen zu schaffen machte, würde es garantiert unangenehm werden. Ich hastete zum zweiten Schreibtisch, steckte den Schlüssel in das Schubladenschloss – und mit einem leisen Schnappen sprang die Lade auf.

Sie enthielt die üblichen Büroutensilien: einen großen Locher, einen Tacker, mehrere Stifte, Briefmarken, Büroklammern, drei Ein-Euro-Münzen und eine Visitenkarte von einem Büroartikel-Händler aus Schleiden.

Ich schob die Gegenstände zur Seite und steckte meine Hand tief in die Schublade. Da, ganz hinten, ertastete ich etwas. Papier. Ich zog es heraus. Ein verschlossener brauner DIN-A4-Umschlag erschien. Ich nahm ihn an mich, steckte ihn unter meine Jacke und schloss die Schublade wieder. Nichts wie weg hier.

Zu Hause angekommen, ging ich direkt in die Küche, setzte mich an den Tisch und öffnete den Umschlag. Er enthielt einen altertümlich anmutenden, handschriftlich verfassten Text auf dem Briefpapier des evangelischen Altenwohnheims in Gemünd.

Mein geliebter Junge,

nun, da du diesen Brief in Händen hältst, ist es an der Zeit für mich zu gehen, doch ich will diese Welt nicht verlassen, ohne dass ich die Schuld, an der ich auch ohne mein aktives Zutun teilhabe, zwar nicht gesühnt, aber doch zumindest gestanden habe.
Was du nun lesen wirst, wird für dich mit großer Sicherheit ein Schock sein, doch ich kann nicht mehr anders, als endlich reinen Tisch zu machen, bevor ich vor meinen Schöpfer trete. Solange dein Vater lebte, mein geliebter Sohn, durfte ich über die Vorkommnisse, die sich gegen Ende des Krieges abspielten, nicht reden. Doch dein Vater ist seit vielen Jahren nicht mehr unter uns, und endlich finde ich die Kraft, dir die Wahrheit zu sagen.

Dein Vater, mein Sohn, war ein rechtschaffener Soldat und ein Vorbild für seine Kameraden. Er hat immer treu dem Führer und seinem Land gedient. In den letzten Tagen des Krieges mussten wir jedoch erfahren, dass die Kapitulation kurz bevorstand, und dass viele der Kameraden deines Vaters, Offiziere von Rang und Namen, von Amerikanern, Russen, Briten und Franzosen bereits gefangen genommen und zum Teil kaltblütig liquidiert worden waren. Wir mussten fliehen, zunächst nach Österreich, bis das Schlimmste überstanden war. Wir wären mit unserem rechtschaffenen deutschen Namen wohl nicht über die Grenze gekommen, und auch nach dem Krieg hätte uns »von Hasselt«

sicher in die Gefangenschaft bei den Amerikanern gebracht. Dein Vater wäre in den Nürnberger Prozessen für seine Ideale verurteilt und womöglich hingerichtet worden.

Du weißt, dass wir den Namen »Hirsch« nach dem Krieg angenommen haben, zu unserem eigenen Schutze, und dein Vater hat dir immer erzählt, dass er ein deutsches Ehepaar, das nach Amerika auswandern wollte, mit diesem Namen fand, das uns auf den Ausweisbildern ähnlich sah und uns die Papiere verkaufte. Es waren die letzten Tage des Krieges, und wir mussten schnell handeln, damit wir für die Zeit vorsorgen konnten, die nach dem Niedergang des Deutschen Reiches sicher kommen würde. An den Endsieg, den uns der Führer und seine Männer versprochen hatten, glaubten wir nicht mehr. Damals handelten viele ähnlich wie wir. Niemand konnte einschätzen, wie die Alliierten nach dem Krieg mit ehemaligen NS-Mitgliedern umgehen würden, und dein Vater war, wie du weißt, dem Propagandaminister Goebbels direkt unterstellt.
Die Geschichte, die wir dir immer erzählt haben, ist jedoch nicht die ganze Wahrheit. Doch wir waren, wie du erkennen wirst, mein Sohn, verzweifelt und suchten nach einer Lösung, die unser Überleben sichern würde. Daher griffen wir nach dem einzigen Strohhalm, den wir finden konnten.
Das Ehepaar Hirsch, das dein Vater für uns aufspürte, wollte nicht nach Amerika gehen. Es waren Gefangene, die in das KZ Auschwitz überstellt worden waren, in dem dein Vater arbeitete, wie so viele damals. Ihr Name lautete »Hersch«. Sie waren Juden.

Vermutlich wirst du dich nun fragen, warum wir ausgerechnet einen jüdischen Namen annehmen mussten. Nun, die guten deutschen Namen waren, als die Kapitulation bevorstand, zu gefährlich. Und wie sollten wir auch an ein Paar, das uns ähnlich sah, kommen und ihm die Pässe abnehmen? Das Ehepaar Hersch war ohnehin dem Tod geweiht. In diesen Tagen wurden viele der verräterischen Juden in groß angelegten Aktionen

vergast, um zumindest das Aussterben der niederen Rasse zu gewährleisten, wenn der Krieg doch schon verloren war. Der Tod der Herschs diente einem höheren Zweck, denn mit Hilfe ihrer Identitäten konnten wir über die Grenze fliehen.
Gemeinsam mit einem Kameraden hat dein Vater die Herschs damals getötet. Er war immer ein vorsichtiger Mensch, lieber Stefan, und er hätte mich unnötig in Gefahr gebracht, wenn er sich durch Mitwisser erpressbar gemacht hätte. Deshalb musste dein Vater seinen Kameraden ebenfalls beiseiteschaffen.
Glaub mir, mein Junge, insbesondere die Tötung seines Freundes hat deinen Vater lange nicht ruhig schlafen lassen. Mache ihm keinen Vorwurf, er hat stets die hehrsten deutschen Ziele verfolgt. Nach der Kapitulation blieben wir einige Jahre in Österreich, lebten unter falscher Identität als jüdisches Paar in der Nähe von Salzburg auf dem Land. Dein Vater hat sich in dieser Zeit schwere Vorwürfe gemacht, ob er uns zumuten könne, einen jüdischen Namen zu tragen. Als wir 1951 dann wieder zurück nach Deutschland kamen, beantragten wir eine Namensänderung von »Hersch« in »Hirsch«. Seitdem leben wir unter diesem Namen.

Mein Junge, ich weiß nicht, ob es richtig ist, dass ich dir die Wahrheit erzähle. Dein richtiger Name ist Stefan von Hasselt. Trage ihn mit Stolz. Dein Vater war SS-Sturmbannführer Hermann von Hasselt, über den du einiges herausfinden kannst, wenn du in den alten Akten stöberst, die noch auf Vogelsang vorhanden sind. Er war ein guter Nazi, ein vorbildlicher Deutscher, und er hat stets unser Bestes im Sinn gehabt. Ich habe in all den Jahren gelernt, das gewöhnliche Leben, das dein Vater für uns ausgesucht hat, zu leben, ohne den Ruhm, der uns eigentlich hätte zuteilwerden sollen.
Du musst dir nun selbst ein Bild von deinem Vater und mir machen. Ich hoffe, du kannst uns irgendwann verzeihen.

Deine dich liebende Mutter
Helene von Hasselt

Zitternd legte ich das Schreiben aus der Hand. Ein erstklassiger Skandal braute sich da gerade vor meinen Augen zusammen. Ausgerechnet der bis dato untadelige Stefan Hirsch war der Nachkomme einer SS-Größe? Die zu allem Überfluss ein jüdisches Paar ermordet hatte, um an deren Pässe und Identitäten zu gelangen und den Alliierten so durch die Lappen zu gehen? Und ebendieser Stefan Hirsch machte gemeinsame Sache mit Andreas Vershoff, der mit seiner Kanzlei vor allem Rechtsradikale vertrat? Ich wagte mir nicht vorzustellen, was passieren würde, wenn das ans Licht kam.

Plötzlich ergab auch das Telefonat Sinn, das ich belauscht hatte. Hirsch hatte garantiert mit Vershoff gesprochen und ihm von den neuen Plänen, auf Vogelsang ein Hotel zu errichten, erzählt. Aber was war ihr gemeinsames Ziel, von dem er geredet hatte? Und wieso hatte Hirsch von Kameraden gefaselt? Ein ungutes Gefühl machte sich in mir breit. Welcher schmutzigen Sache war ich da auf der Spur?

Ich musste mit KGB sprechen. Er hatte jahrelang die Geschichte verschiedener Nazi-Größen untersucht. Vielleicht konnte er sich einen Reim auf diesen Brief machen. Ich beschloss, die Unterlagen zunächst einzuscannen. Dann hatte ich immer eine Kopie greifbar, auch wenn ich sie im Anschluss zur Polizei bringen würde – denn diesen Fund durfte ich Bieskolla keine Sekunde vorenthalten.

Während der Scanner leise ratterte, rief ich KGB an und erzählte ihm von meiner Entdeckung. Nachdem er seine erste Sprachlosigkeit überwunden hatte, sicherte er mir zu, mich gleich auf der Polizeiwache zu treffen und den Brief selbst in Augenschein zu nehmen.

Ich überlegte weiter. Wenn Stefan Hirsch tatsächlich der Spross eines Alt-Nazis war, dann war die Frage, ob er das wusste. Aus dem Brief ging hervor, dass er zwar wissen musste, dass Hirsch nicht sein richtiger Name war, doch wie er an diesen Namen geraten war, hatte er allem Anschein nach nicht gewusst – ansonsten hätte es für die Mutter ja keinen Grund gegeben, sich auf dem Sterbebett von ihrer grauenhaften Schuld freizusprechen.

Ob Zurholt ihn mit seinem Wissen erpresst hatte? Aber wie war er in den Besitz dieses Schreibens gekommen? Ob er in der Post von Hirsch gestöbert hatte? Seine Arbeit in der Poststelle hatte ihm mit Sicherheit Gelegenheit genug dazu geboten.

Die Lampe des Scanners zeigte mir an, dass die Dokumente digitalisiert waren, und so nahm ich die Papiere, steckte sie zurück in die Umschläge und machte mich auf den Weg zur Polizei.

***

»Kommt rein, Männer!«

Bieskolla war bester Laune. Die Damen und Herren von der Bonner Mordkommission hatten neben seinem Büro ein größeres Besprechungszimmer in Beschlag genommen, um den Mord an Zurholt zu untersuchen, und endlich war mal »so richtig Leben in der Bude«, wie er sich ausdrückte. Er ließ uns Kaffee und Wasser bringen und setzte sich hinter seinen Schreibtisch.

KGB und ich nahmen auf der anderen Seite des Tisches auf den Besucherstühlen Platz. Bevor ich jedoch beginnen konnte, zu erzählen, sagte Bieskolla: »Es gibt was Neues über die Leiche am Urftsee, diesen Zurholt. Wir haben die Waffe identifiziert, die in der Nähe gefunden wurde. Es handelt sich um eine Heckler & Koch Kaliber 45. Und jetzt kommt der Knaller: Es ist ganz eindeutig nicht die Tatwaffe.«

Unsere fragenden Gesichter schienen ihn zu amüsieren.

»Das Geschoss, das die Gerichtsmedizin aus Zurholt herausgeholt hat, entstammt einer älteren Waffe, vermutlich Zweiter Weltkrieg. Genaueres wird noch bekannt gegeben. Nun aber zu der anderen Waffe. Die Heckler & Koch wird von Jägern schon mal für den Fangschuss genutzt. Aber das Verwunderliche ist, sie war registriert. Zurholt war Mitglied in einem Sportschützenverein, und die Pistole war auf seinen Namen zugelassen. Jetzt frage ich: Wenn der Mann schon bewaffnet an der Neels-Brücke rumlief, was hat er da gemacht? Er muss ja anscheinend gewusst haben, dass es da gefährlich sein könnte.«

Ich unterbrach ihn. »Das könnte passen.« Ich überreichte ihm den Briefumschlag, den ich in Zurholts Schreibtisch gefunden hatte. »Zurholt hatte das Material für einen handfesten Skandal in der Hand.«

Bieskolla nahm die Seiten an sich, überflog das erste Blatt und reichte es auf dessen Bitte auch an KGB weiter. »Aber davon will ich noch nix in der Zeitung lesen, okay?«

KGB nickte und las ebenfalls.

Schweigen senkte sich über den Raum. Eine dicke Fliege stieß wieder und wieder gegen das Fensterglas, während ich wartete. Aus dem Nebenraum hörte ich gedämpfte Stimmen. Nach wenigen Minuten ließen Bieskolla und KGB fast zeitgleich die Hände mit den Kopien sinken und sahen sich an.

»Scheiße«, murmelte Bieskolla.

»Absolut«, entgegnete KGB.

Ich schwieg.

»Nun, da muss ich auf jeden Fall die Kollegen vom Morddezernat hinzuziehen. Das ist ganz klar Material für die.« Er griff zum Telefon, wählte eine Nummer und bat die abnehmende Person, kurz in sein Büro zu kommen.

Wenige Sekunden später klopfte es. Ein hochgewachsener Mittvierziger betrat den Raum und stellte sich als Kriminalhauptkommissar Werner Frank vor. Bieskolla übernahm es, KGB und mich vorzustellen, wobei mir das Stirnrunzeln von Frank nicht entging, als dieser registrierte, dass ein Journalist anwesend war.

»Keine Angst, Werner, für KGB lege ich die Hand ins Feuer. Hier auf dem Land ist das alles ein bisschen anders als bei euch in Bonn. Hier arbeiten wir erstklassig zusammen.«

Frank setzte sich, bediente sich ebenfalls am Kaffee und lehnte sich zurück. »Und, was kann ich für Sie tun, meine Herren?«

Bieskolla ergriff das Wort. »Die beiden haben Unterlagen bei Zurholt, nun, sagen wir – gefunden, die im Zusammenhang mit dem Mord an ihm hochinteressant sind.« Bieskolla schob Frank die Blätter hin und gab eine kurze Zusammenfassung des Inhalts ab.

»In der Tat, das ist interessant.« Er wandte sich an mich. »Wie, sagten Sie, sind Sie an – ach, ist ja auch egal. Diese Unterlagen stammen aus dem Büro von Zurholt?«

Ich nickte.

»Dann gibt es aus meiner Sicht nur eine logische Konsequenz: Zurholt ist diesem Hirsch mit seinem Wissen zu nahe gekommen.«

Das ergab durchaus Sinn. Ich nickte bedächtig.

Frank machte Anstalten aufzustehen. »Meine Herren, ich darf mich herzlich bei Ihnen bedanken. Ich bitte Sie allerdings, über Ihre Erkenntnisse Stillschweigen zu bewahren, um unsere Ermittlungen nicht zu gefährden.« Er nahm die Blätter an sich, erhob sich und reichte uns der Reihe nach die Hand. Er versprach KGB, ihn direkt nach Abschluss der Ermittlungen Bescheid zu geben, damit dieser das Material zu einem Artikel verarbeiten könne.

Als er die Tür hinter sich geschlossen hatte, meinte Bieskolla entschuldigend: »Seht es ihm nach, Jungs, er ist nicht von hier.«

»Was wird er als Nächstes unternehmen?«

»Nun«, überlegte Bieskolla, »ich gehe davon aus, dass Herr Hirsch gleich Besuch bekommen wird, und dann werden wir ihm mal ein paar Fragen bezüglich seiner Vergangenheit und seinem Kontakt zu diesem Zurholt stellen. Und sicher werden wir auch fragen, ob er mal eine alte Wehrmachtspistole oder etwas Ähnliches besessen hat.«

Ich konnte mir fast nicht vorstellen, dass der schmächtige Hirsch etwas mit dem Tod Zurholts zu tun haben sollte – andererseits war der Skandal, den er zu befürchten hatte, schon gewaltig – insbesondere dann, wenn er, wie ich vermutete, etwas mit den Neonazis zu tun hatte, die Vershoff in seiner Rolle als Anwalt in diversen Fällen vor Gericht vertrat. Was die wohl sagen würden, wenn herauskam, dass Stefan Hirschs Name vom jüdischen »Hersch« abstammte?

»Es gibt da noch etwas, was ich dir erzählen muss, Heinrich«, begann ich und eröffnete ihm dann Stück für Stück, was ich vermutete: dass Hirsch und Vershoff Fördergelder abzwackten und die Ausschreibungen auf dem Vogelsang manipulierten.

Dass auch die Schreinerei Kiefer an dem Betrug beteiligt war, vielleicht sogar noch weitere lokale Handwerksbetriebe. Dass sich doch verdächtig häufig ein Bezug zu der rechtsradikalen Szene herstellen ließ. Und dass Christine gerade dabei war, einige der Unterlagen sicherzustellen, die den Geschäftsführer der VDI belasteten und die Schweinereien nachwiesen.

Heinrich Bieskolla war sichtlich beeindruckt. »Das ist wirklich ein starkes Stück, lieber Robert.«

»Die verfolgen irgendeinen Plan – welchen, weiß ich aber noch nicht«, sagte ich.

»Weiß deine Christine vielleicht mehr?«, wollte KGB wissen.

»Ich weiß es nicht – ich habe sie seit Donnerstagnachmittag nicht mehr erreichen können.«

»Seltsam«, brummte KGB.

»Könnte der Brief, mit dem Zurholt Hirsch erpresst hat, denn gefälscht sein?«, wollte Bieskolla wissen.

Ich nickte entschlossen. »Das finde ich heraus.«

»Gut. Und ich werde die Kollegen vom Wirtschaftsdezernat dazuholen«, sagte Bieskolla. »Also dann: Ran an die Arbeit!«

KGB und ich verabschiedeten uns vor der Wache. Er wollte nachforschen, wer der Kamerad des alten von Hasselt gewesen war, den der erschossen hatte, wie es im Brief seiner Frau erwähnt wurde.

Ich selbst setzte mich ins Auto und nahm den Weg über Olef nach Gemünd, bog dort rechts ab in Richtung Kall und direkt danach links auf den Dürener Berg. Von dieser Straße ging nach wenigen hundert Metern ein Stichweg links steil den Hang hinunter. Hier lag ein großes modernes Altenheim, das vor einiger Zeit grundsaniert worden war. Der Blick aus den Zimmern der hangabwärts wohnenden Senioren war gigantisch. Man sah unten die Urft dahinplätschern, und der Blick folgte dem Tal bis weit nach Malsbenden hinein. Von einigen Zimmern aus konnte man sogar den Turm des Adlerhofs in Vogelsang sehen.

An der Rezeption saß eine freundliche junge Frau. Ich stellte mich vor und erkundigte mich, ob eine Helene Hirsch hier wohne.

Mit bedauerndem Gesichtsausdruck schüttelte die Frau den Kopf. »Das tut mir leid, Herr Esser. Frau Hirsch ist vor einiger Zeit verstorben. Sie war eine richtige Lady, sehr sympathisch und bis zum Schluss äußerst gut beisammen.«

Und eine alte Nazi-Braut, dachte ich im Stillen.

»Wissen Sie, ob sie irgendwelche Angehörigen hat?«

»Ja, sie hat einen Sohn, den kennen Sie vielleicht, der Geschäftsführer von Vogelsang, Herr Hirsch. Der kam hin und wieder hier vorbei, sie kurz besuchen.«

Ich fragte sie, ob sie mir das hauseigene Briefpapier zeigen könne. Obwohl sie sich nicht sicher zu sein schien, welche Absichten ich verfolgte, nickte sie und zog einen elfenbeinfarbenen Bogen aus einer Schublade. Eindeutig – das war das gleiche Papier, wie es in dem Brief an Hirsch verwendet worden war.

Ich bedankte und verabschiedete mich. Auf dem Heimweg hinunter nach Gemünd rief ich Bieskolla an und berichtete ihm, dass Frau Hirsch tatsächlich bis zu ihrem Tod im Altenheim gelebt habe und dass der Brief gut von dort stammen könne.

Wenn die Geschichte jedoch stimmte, war Christine in weitaus größerer Gefahr, als wir bisher angenommen hatten. Vielleicht war sie bei ihren Recherchen auf Hinweise gestoßen, dass mit Hirschs Familie so einiges nicht in Ordnung war? Seltsam war, dass sie mich seit meinem letzten Anruf noch nicht zurückgerufen hatte. Das war so gar nicht ihre Art.

Das mulmige Gefühl in meinem Bauch kehrte mit einem Schlag zurück. Wo war Christine? Warum meldete sie sich nicht? Ich wählte erneut ihre Nummer, es ging wieder die Mailbox dran. War ihr Handy ausgeschaltet?

Ich rief KGB an und bat ihn, zu mir nach Gemünd zu kommen und gemeinsam mit mir nach Vogelsang zu fahren, um Christine zu suchen. Irgendetwas stimmte hier ganz und gar nicht.

16

Ursula Kiefer fühlte sich geschmeichelt. Auch wenn Andreas oft nur ein paar Stunden Zeit für sie hatte, hatte er bisher doch immer Stil bewiesen. So auch diesmal. Die dunklen Möbel und die Fachwerkbalken der Themensuite »Der Name der Rose«, die Andreas im Krimihotel in Hillesheim gebucht hatte, waren prädestiniert, sie in die richtige Stimmung zu versetzen.

Zwar hatte ihr Liebhaber telefonisch angekündigt, wegen einer längeren Arbeitssitzung erst ein wenig später kommen zu können, doch hatte sie als Entschädigung für ihr Warten eine Flasche Champagner auf dem Zimmer vorgefunden, die sie umgehend geöffnet hatte. Mit einem Glas Champagner in der Hand und leiser Musik, die aus den unsichtbaren Lautsprechern drang, war sie langsam in die Badewanne geglitten. Sie hatte gelächelt. So hatte die Geschichte, die sie ihrem Mann aufgetischt hatte, doch noch einen wahren Kern bekommen. Ein Wellnesswochenende … Sie hatte nicht gelogen. Schließlich würde sie ihren Körper und ihren Geist pflegen – dass Andreas ihr dabei behilflich sein würde, war nichts, was sie ihrem Mann auf die Nase binden musste. Selbst schuld, wenn er sich nur noch um seine Firma kümmerte und nicht um sie.

Nach einer halben Stunde im Wasser erhob sie sich summend aus der Wanne, trocknete sich mit einem der großen Handtücher ab und griff zu dem weichen Bademantel, der an einem Haken an der Tür hing. In Gedanken stellte sie sich vor, wie Andreas sie ungeduldig aus dem Frottee befreien würde, um sie dann nach allen Regeln der Kunst zu verwöhnen.

Sie hatte gerade das zweite Glas Champagner eingeschenkt, als Andreas Vershoff das Zimmer betrat. Er schritt auf sie zu und küsste sie leidenschaftlich. Im Rausch der wilden Zuneigungen, mit denen er sie überschüttete, bemerkte sie kaum, wie sich der Knoten ihres Bademantels löste.

Später am Nachmittag, beide lagen erschöpft auf dem großen Bett und tranken Champagner, fiel ihr auf, dass Andreas anders als sonst strahlte. Eine tiefe Zufriedenheit hatte sich auf seinem Gesicht breitgemacht – doch nicht wie sonst, wenn sie sich geliebt hatten, sondern entspannter. Bevor sie ihn nach einem Grund fragen konnte, begann er zu erzählen.

»Du weißt doch, Liebes, dass ich schon lange nach dem Schatz Ausschau halte, den die Nazis auf Vogelsang versteckt haben sollen. Bilder, Karten, aber auch beschlagnahmte Wertgegenstände, die in den Wirren des Krieges verloren gegangen sein müssen.«

»Mhm.« Sie fragte sich, wie er nach so leidenschaftlichem Sex an einen Nazi-Schatz denken konnte. Männer.

»Nun, ich bin auf Hinweise gestoßen, dass dieser Schatz tatsächlich in den Katakomben von Vogelsang versteckt sein könnte. Ein Kamerad hat mir erzählt, dass sein Großvater ihm kurz vor seinem Tod einen Koffer übergeben hat. Dieser Kamerad ist nicht die hellste Kerze am Weihnachtsbaum, deswegen ist der Koffer erst einmal in Vergessenheit geraten. Vor ein paar Wochen aber hat er ihn auf dem Dachboden wiedergefunden, und er stieß neben einigen Auszeichnungsurkunden und Orden darin auf Pläne von Vogelsang. Ursula, ich sage dir, da gibt es Gänge, von denen bisher keiner etwas ahnt! Dort wurden Räume angelegt, die ich selbst noch nie gesehen habe, und ich gehe seit mehr als fünf Jahren auf dem Gelände ein und aus. Ich werde in den nächsten Wochen der Sache auf den Grund gehen, sobald ich die Pläne habe.«

»Rückt die dein Kamerad einfach so raus?« Ursula fühlte sich mit Begriffen wie »Kamerad« alles andere als wohl, doch gefiel es Andreas, wenn sie diese Wörter wie selbstverständlich nutzte, also versuchte sie, ihm diesen Gefallen, wann immer es möglich war, zu tun.

»Ich habe ihm gesagt, dass das Material zwar keinen finanziellen Wert hat, ich es aber gern auf einem Ehrenplatz im Adolf-Hitler-Museum ausstellen würde.«

»Adolf-Hitler-Museum? Davon hast du mir noch gar nichts erzählt.«

»Wenn wir da oben eine Kultstätte errichten wollen, muss auch ein Lehr- und Geschichtsraum da rein. Und was liegt dann näher, als ein Museum einzurichten? Na, ist auch egal, jedenfalls wird mir der Kamerad die Unterlagen überlassen. Er hat mir eine Karte aus dem Koffer gezeigt – handgezeichnet, mit Originalunterschrift von Clemens Klotz.«

»Dem Architekten von Vogelsang?«

»Ja, genau. Es scheint noch viel mehr Pläne zu geben, doch wurde Vogelsang ja nie fertig gebaut. Ich bin gespannt, ob die Räume tatsächlich existieren und, wenn ja, was ich darin wohl finde.«

»Du glaubst, die Belgier haben das nicht längst alles durchsucht?«

»Wenn ich nicht irre, liegen die Räume gut versteckt. Möglich, dass die Führungskader das Ende des Deutschen Reiches haben kommen sehen, und sie wollten sich eine Art Altersversorgung für nach dem Krieg einrichten. Warum sie die Sachen später nicht da rausgeholt haben – wer weiß. Vielleicht waren die Briten und später die Belgier einfach zu schnell auf dem Gelände.«

»Und du glaubst wirklich, dass da noch was ist?«

Sein Blick verdüsterte sich. »Sag mal, warum interessierst du dich so dafür?«

Ursula senkte den Blick. Sie musste sich bremsen! Andreas wurde schnell misstrauisch. Wenn er auch nur die Spur eines Verdachts hegte, dass ihn jemand aushorchte oder überwachte, konnte er äußerst unangenehm werden.

»Ich interessiere mich halt für alles, was du sagst, Liebling«, versuchte sie ihn abzulenken. »Und jetzt komm her!« Sie zog ihn an sich und küsste ihn, bis sie merkte, dass ihr wohlgeformter Körper ihn erregte. Er ließ seine hungrigen Lippen über ihre Rundungen gleiten und knabberte an den Stellen, von denen er wusste, dass es sie schnell auf Touren brachte.

Doch in Gedanken war Ursula Kiefer ganz woanders.

17

Nur kurze Zeit später erschien KGB bei mir. »Zum Glück war ich noch nicht zu Hause angekommen. Beim nächsten Mal überlegst du dir das aber früher, Freundchen. Ich hab keine Lust, den halben Samstag im Auto zu verbringen und durch die Eifel zu zockeln, weil der Herr Hoffotograf ein bisschen schwer von Kapee ist. Wenn ich mir deinetwegen schon die halbe Nacht um die Ohren schlagen muss.« Er seufzte. »Also, wo fangen wir an?«

»In Vogelsang. Ich habe das sichere Gefühl, dass sie nicht in ihrer Wohnung ist.«

»Einverstanden.«

Ich nahm den Schlüssel meines Dodge RAM, und wir sprangen in den schweren Geländewagen, den ich vor dem Haus stehen hatte.

KGB kniff die Augen zusammen und betete laut ein Vaterunser. Er hoffte wohl, diese Fahrt lebend zu überstehen, und zugegeben, mein Fahrstil war aus Sorge um Christine nicht unbedingt mit den Verkehrsregeln zu vereinbaren. Ich raste den asphaltierten Feldweg nach Herhahn hoch, um eventuelle Kontrollen zu umgehen. Dabei verpasste ich nur knapp einen Spaziergänger, der in letzter Sekunde seinen weißen Schäferhund auf die Seite ziehen konnte und mir wütend hinterherschimpfte.

In Herhahn bog ich mit quietschenden Reifen auf die Bundesstraße, musste dann jedoch sofort bremsen, als ich die Warnblinker eines Fahrzeugs vor mir sah. Die Bundesstraße war gesperrt. Ein Einsatzwagen der Feuerwehr stand quer auf der Fahrbahn und ließ kein Auto in Richtung Vogelsang durch. Die ortskundigeren Fahrer wendeten bereits und würden wahrscheinlich über Wolfgarten, Mariawald und rund um den Urftsee nach Simmerath fahren, andere befragten vermutlich gerade ihre Navigationsgeräte.

Ich stieg aus. Einen Polizisten, den ich noch aus Schulzeiten kannte, dessen Name mir aber partout nicht einfallen wollte, fragte ich, was passiert sei.

»Ein Auto wurde von der Straße abgedrängt, sieht nicht gut aus«, meinte der Polizist, »offenbar hat ein schwerer Geländewagen einen Twingo überholt. Ich sag dir, das ist eine Sauerei!«

Ich wurde blass. Ein Renault Twingo – so einen fuhr auch Christine.

»Ein roter?«, fragte ich den Uniformierten mit trockenem Mund.

»Ich weiß es nicht, warte mal.« Der Polizist ging ein paar Schritte zur Seite und sprach etwas in sein Funkgerät.

Ich hörte Knacken und Pfeifen aus dem Gerät und fragte mich, wann die Polizei endlich auf die digitale Funktechnik umstellen würde, von der seit Jahren die Rede war.

Der Polizist kam zurück. Philipp hieß er, wie mir in diesem Moment einfiel. »Nee, kein roter. Ein blauer mit gelbem Kennzeichen.«

Ich atmete auf. Demnach konnte es nicht Christine sein, die verunglückt war. Ich stieg wieder in den Wagen, setzte zurück und fuhr über die Pfarrer-Grundmann-Straße nach Morsbach. Ich war froh, statt des Sportwagens den RAM genommen zu haben, denn in Morsbach bog ich auf einen Feldweg ein, der durch ein kleines Tal mit einem Wanderweg direkt auf die Zufahrt nach Vogelsang führte. Hier war ich früher schon mit meiner 80er Enduro dem belgischen Militär davongefahren, wenn sie mich dabei erwischt hatten, auf dem Truppenübungsplatz Crossfahren zu üben.

Der Feldweg endete zwischen dem Kreisverkehr und der neuen Zugangsschranke nach Vogelsang, an der man Parktickets ziehen musste, wenn man auf das Gelände wollte. Ich fluchte, als ich mehrere Autos mit gelben Kennzeichen vor der Zugangsschranke und ihre niederländische Besatzung sah, und fuhr durch den Graben an der Schranke vorbei. Auf der Zufahrt nach Vogelsang beschleunigte ich den V8, der mit heiserem Röhren das Durchtreten des Gaspedals kommentierte. Mit unverminderter Geschwindigkeit flogen wir durch das Zugangstor von Malakoff und kamen wenige Sekunden später mit quietschenden Reifen auf dem Parkplatz vor dem Adlerhof zum Stehen. KGB hatte eine leicht grünliche Gesichtsfarbe. Offensichtlich war er froh, diesen Höllenritt hinter sich gebracht zu haben.

Wir sprangen aus dem Auto, liefen über den Adlerhof und betraten das Büro von Christine. Durch den Lärm aufgeschreckt, kam Brigitte Buchen, die Assistentin von Christine, aus ihrem Zimmer gelaufen. Offensichtlich hatte sie hier eine der vielen Wochenendveranstaltungen betreut, die von der steigenden Beliebtheit Vogelsangs als Tagungsort für verschiedenste Verbände zeugten.

»Weißt du, wo Christine ist?«, fragte ich aufgeregt.

»Nein. Sie hat gestern schon gefehlt. Krankgemeldet. Stefan sagte, ihr sei am Donnerstagnachmittag schon schlecht gewesen und sie habe sich für gestern entschuldigt. Stefan selbst war gestern aber auch nur kurz hier. Er musste nach Bonn, irgendein Termin war da wohl. Genaueres weiß ich nicht.«

Ich sah Christines Handy auf dem Tisch liegen, und ihre Jacke, die noch über dem Stuhl hing. »Du bist sicher, dass sie gestern und heute nicht ins Büro gekommen ist?«, fragte ich Brigitte.

»Das hat Stefan zumindest gesagt. Aber – komisch. Ihre Jacke ist ja noch da.«

KGB nahm sein Handy und ging in einen Nebenraum, um zu telefonieren. Nach einer Viertelstunde, während Brigitte und ich sämtliche angrenzenden Räume und Toiletten durchsucht hatten, trafen wir uns wieder in Christines Büro.

»Ich habe Bieskolla informiert«, sagte KGB, »die Sache wird mir zu heiß. Er wird schon wissen, was zu tun ist. Wir sollen hier warten. Ich muss jetzt erst mal eine rauchen.«

Wir gingen auf den Adlerhof hinaus, und KGB zündete sich eine Zigarette an. Zusammen überlegten wir, wo Christine wohl sein könnte. Vogelsang bot auf seinen rund siebzigtausend Quadratmetern leer stehender Gebäude nahezu ideale Bedingungen, um einen Menschen für alle Zeit verschwinden zu lassen.

Zwei Zigaretten waren geraucht, als KGBs Handy klingelte. Er drückte die grüne Taste, hielt sich das Gerät ans Ohr und meldete sich. Nach fünf Minuten, in denen er außer ein paar kurzen bestätigenden Brummlauten nichts gesagt hatte, verabschiedete er sich und legte auf. Sein Gesicht verriet, dass er intensiv nachdachte.

»Tja, Robert, sieht so aus, als hätten wir in ein Wespennest gestochen. Das war Bieskolla. Sie haben Hirsch zur Fahndung ausgeschrieben. Und eine weitere Truppe ist unterwegs, die Kanzlei und das Haus von Vershoff zu durchsuchen. Das wird noch richtig heiß.«

»Und was sollen wir in Bezug auf Christine machen?«

»Bieskolla sagt, suchen, aber wir sollen uns mit den Handys gegenseitig auf dem Laufenden halten. Ich werde zusätzlich mal beim DRK Bescheid sagen, die haben hier oben Geländewagen, mit denen sie auch nach vermissten Wanderern suchen. Aber ich glaube nicht, dass sie sich hier einfach irgendwo im Wald aufhält.«

Er sprach nicht aus, was wir beide dachten: Wenn Christine nicht zu finden war, würde es einen Grund haben – und Hirsch konnte unmittelbar mit ihrem Verschwinden zu tun haben.

Wir einigten uns darauf, dass KGB zunächst versuchen würde, Christine in den Kameradschaftshäusern aufzuspüren, während ich meine Suche auf den Adlerhof, das Kino und die Burgschänke konzentrieren wollte. Brigitte Buchen versprach, im Büro die Stellung zu halten und sofort anzurufen, wenn Christine auftauchen würde. Was jedoch keiner von uns wirklich erwartete.

Ich traf auf Rudolf Schreiner, den Geschäftsführer des DRK, und erklärte ihm kurz die Lage – allerdings erzählte ich nur, dass Christine vermisst werde, nicht mehr. Kurzerhand aktivierte er eine ganze Heerschar von Helfern, die innerhalb weniger Minuten aus Schleiden, Hellenthal und Kall zusammenkamen, um sich an der Suche zu beteiligen.

In der Zwischenzeit hatte mich Heinrich Bieskolla angerufen, der mir versprach, die verfügbaren Polizeikräfte an der Suche zu beteiligen und auch den Wachdienst, der in Vogelsang angestellt war, zu aktivieren.

Nachdem alles so weit telefonisch organisiert war, durchsuchte ich selbst den geräumigen Empfangsbereich für die Touristen und Seminarteilnehmer, das sogenannte Forum, stieg auf den Turm und befragte jeden Touristen, der mir begegnete, nach Christine – jedoch ohne Ergebnis. Es war zum Verzweifeln. Keiner konnte sich erinnern, eine schlanke junge Frau mit blonden langen Haaren gesehen zu haben.

Innerhalb weniger Stunden war eine gigantische Suchaktion im Gange. Das Urftufer wurde genauso abgesucht wie jeder Wanderweg. Die Ranger, die ebenfalls hinzugezogen worden waren, hatten per Funk ein Netzwerk aufgebaut, und jedes menschliche Lebewesen auf dem Gelände von Vogelsang hielt die Augen nach Christine offen.

Aber selbst als der Abend dämmerte, blieb die hübsche Blondine verschwunden. Sie war wie vom Erdboden verschluckt.

***

Christine wusste nicht, wie lange sie bereits in ihrem Versteck saß. Es kam ihr endlos vor. Sie hatte anfänglich versucht, die Zeit abzuschätzen, doch selbst die einfache Aufgabe, zu zählen, hatte sich schnell als ungeeignet erwiesen, um abzuschätzen, wie lang eine Zeitspanne sein mochte. Außerdem fror sie erbärmlich. Sie hatte nur ihre Jeans und eine Bluse an – Sachen, die sie im Büro zu tragen gewohnt war, die aber keinesfalls für einen längeren Aufenthalt in den Kellergeschossen der Hundertschaftshäuser geeignet waren.

Nach und nach hatte sie sich mit ihrem Gefängnis vertraut gemacht. Dieser Raum war offensichtlich eine Werkstatt gewesen, doch außer den Stromkabeln und einer Wasserleitung war hier keine Verbindung zur Außenwelt zu sehen. Nach einer Zeitspanne, die ihr wie eine Ewigkeit vorgekommen war, hatte Christine einen morschen Stuhl, den sie in einer Ecke gefunden hatte, an der Wand zerbrochen und mit dem abgebrochenen Bein immer wieder auf die Wasserleitung geklopft, so wie sie das in vielen Horrorfilmen zuvor gesehen hatte. Doch nichts war passiert.

Insgeheim wusste sie: Ihre Chancen, hier zufällig entdeckt zu werden, waren marginal. Wenn Stefan nicht irgendjemandem Bescheid sagen oder sie jemand vermissen und nach ihr suchen würde, würde dieses kalte Gefängnis zu ihrer Gruft werden, bis irgendwann die Bau- und Sanierungsarbeiten auch diesen Teil Vogelsangs erreichten.

Die Kälte begann, ihre Knochen zu lähmen, doch nachdem sie x-mal in ihrer kleinen Zelle auf und ab gelaufen war, gab sie es auf, dagegen anzukämpfen, und setzte sich auf den Boden. Vollkommen unterkühlt war sie schließlich eingeschlafen und hatte geträumt.

Sie träumte von Stefan, der ihr immer wieder mit freundlichem Lächeln bedeutete, dass er sie in seinem großen Auto gern mitnehmen würde. Doch sie schüttelte den Kopf, weil sie mit Robert verabredet war, zu einem Fotoshooting. Sie sagte Stefan, dass sie keine Zeit habe. Da verzog sich Stefans Gesicht zu einer hasserfüllten Fratze, und mit einem langen Messer stürzte er sich auf Robert und stieß ihm die Klinge immer und immer wieder in den Körper.

Schreiend wachte Christine auf, zitternd am ganzen Leib, vor Kälte, Angst und Erschöpfung. Wieder und wieder durchsuchte sie ihr Gefängnis, ob sich die Tür aufbrechen ließe, ob es einen anderen Ausweg gab. Sie rechnete sich aus, wie lange die Luft in diesem hermetisch abgeriegelten Raum wohl reichen mochte, doch kam sie zu keinem Ergebnis, da sie weder wusste, wie viel Sauerstoff ein Mensch verbrauchte, noch, wie viel Sauerstoff im Raum sein könnte. Vor lauter Wut über sich selbst brach sie in hysterisches Gelächter aus, als ihr klar wurde, dass ihre Berechnungen ohnehin obsolet waren. Es war vollkommen gleichgültig, ob sie in einer Stunde oder zwei, in vier oder fünf Stunden ersticken würde.

Schließlich hatte Christine sich wieder auf die Erde gelegt und einfach an die Decke gestarrt, während die Kälte mehr und mehr Besitz von ihr ergriff.

Inzwischen lag sie vollkommen apathisch da, spürte ihre Gelenke kaum noch und dachte, dass es sich so anfühlen musste, wenn Wanderer in den Bergen in eine Gletscherspalte fielen und langsam erfroren.

Was mochte nur in Stefan gefahren sein, dass er sie hier einsperrte? Sie konnte sich nicht einmal mehr erinnern, was ihn so wütend gemacht hatte. Sie hatte doch nur ihren Job gemacht und ihn auf Fehler hinweisen wollen, die in einer Ausschreibung passiert waren … Immerhin, mittlerweile war ihr wieder eingefallen, wer der andere Mann gewesen war, den Stefan dabeigehabt hatte: Andreas Vershoff. Ihn hatte sie vor Jahren bei einer Geburtstagsfeier von Stefan kennengelernt. Ein unangenehmer Kerl. Sie wusste, dass er die Verträge der VDI prüfte – aber welches Interesse sollte er haben, sie, Christine, aus dem Weg zu räumen? Stefan und Vershoff hatten etwas zu verbergen, da war sie sich mittlerweile ganz sicher. Sie hatte ihre Nase in Angelegenheiten gesteckt, die sie nichts angingen. Scheiße. Aber immerhin: Unwichtig konnte das Ganze nicht gewesen sein, ansonsten wäre sie jetzt nicht hier.

Am meisten jedoch kränkte es sie, dass Stefan sie so unverhohlen bedroht hatte. Mit einem Messer! Die Wut, die in ihr aufstieg, fühlte sich gut an, weil sie ihren Körper wärmte. Das würde sie ihm heimzahlen, wenn sie hier herauskam. Sie würde ihn zum Teufel jagen, jawohl, er würde es bereuen, dieser arrogante Widerling, ihr einfach ein Messer an den Hals zu halten! Wenn sie hier herauskam, würde sie, wenn sie hier herauskam … Die Gedanken hallten in ihrem Kopf nach. Wenn sie hier herauskam, würde sie …

Weinend rollte sie sich auf ihrem kalten Lager zusammen.

***

Volker Waldwinkel hatte gerade den Wanderführer wieder im Rucksack verstaut, als ihn ein Ranger, einer jener Nationalpark-Guides mit dem auffallenden kreisrunden Hut auf dem Kopf, ansprach: »Entschuldigen Sie, sind Sie schon länger hier unterwegs?«

»Ja«, antwortete er, »ich bin am Morgen in Gemünd losgegangen und habe heute noch vor, bis Einruhr zu laufen. Schönes Fleckchen hier. Wieso, habe ich was falsch gemacht?« Wie bei älteren Menschen öfter der Fall, meldete sich sofort sein latent schlechtes Gewissen zu Wort, obwohl Waldwinkel sicher niemand war, der freiwillig Freveltaten beging.

»Nein, das ist es nicht«, entgegnete der Ranger freundlich, »wir suchen nur nach einer Person, die seit gestern als vermisst gemeldet ist. Wenn Sie den ganzen Tag unterwegs waren, haben Sie sie vielleicht gesehen. Es handelt sich um eine etwa dreißig Jahre alte schlanke Frau mit auffallend langen blonden Haaren. Sie dürfte nicht in Wander-, sondern Bürobekleidung unterwegs sein. Falls Sie sie sehen sollten, wäre es nett, wenn Sie sich melden könnten.«

»Klar, mache ich, ich werde die Augen offen halten.«

»Herzlichen Dank und viel Spaß noch beim Wandern!«

Als der Ranger außer Sichtweite war, fiel Volker Waldwinkel ein: Vor zwei Tagen, am Donnerstag, hatte er eine Frau gesehen, auf die die Beschreibung gepasst hätte. Er hatte sich auf eigene Faust aufgemacht, die Vogelsang-Gebäude von außen zu besichtigen, denn sein Vater war einer der Soldaten gewesen, die hier ihre Ausbildung genossen hatten – und jetzt, im Alter von über siebzig Jahren, wollte Waldwinkel doch verstehen, warum der alte Herr über diese Phase in seinem Leben immer eisern geschwiegen hatte. Doch die Gebäude hatten ihm nur wenig Aufschluss gegeben, er konnte sich nur schwer vorstellen, wie uniformierte Soldaten hier einst Vorlesungen in Rassenkunde besucht und diese als Ausgangsbasis für ihre späteren Gräueltaten genutzt hatten.

Bei seinen Streifzügen rund um die großen Gebäude, die etwas abseits standen und Hundertschaftshäuser genannt wurden, hatte er zwei Männer und eine Frau beobachtet. Einer der Männer hatte die Frau grob am Arm gepackt und vor sich hergestoßen, bis die beiden hinter einer Metalltür in einem der Gebäude verschwunden waren. Der andere Mann hatte vor der Tür gewartet und geraucht. Da Waldwinkel nicht unbedingt der Mutigste war, hatte er sich dem resolut wirkenden Mann nicht in den Weg stellen wollen, und ehrlich gesagt hatte er den Zwischenfall ein paar Stunden später auch wieder vergessen. Doch die Beschreibung, die der Ranger ihm nun gegeben hatte, passte auf die Frau, mit der der resolute Mann in dem Gebäude verschwunden war.

Was hatte der Ranger gesagt? Er sollte Bescheid geben? Nun, dann würde er halt seine Wanderung um einen Tag verschieben und heute nicht mehr nach Einruhr marschieren, sondern direkt zurück nach Vogelsang gehen und jemanden suchen, dem er von seiner Beobachtung erzählen konnte.

Eilig machte sich Waldwinkel auf den Rückweg, wobei er den geraden Weg über die Zufahrt vom Walberhof aus wählte, der zwar etwas länger war, aber gut ausgebaut und ihn dadurch schneller vorankommen ließ. Auf der Zufahrt ging er vom Wanderweg ab und hielt einen gelben Hummer an, der gerade von der Durchfahrtsschranke gekommen war. Der Fahrer, ein freundlicher Mittvierziger mit langen roten Haaren, fragte bereitwillig, ob er helfen könne. Obwohl er diese Art von Auto verabscheute und der Typ ihm mehr als suspekt war, fasste er sich ein Herz und fragte: »Wären Sie so freundlich, mich zum Adlerhof mitzunehmen? Bitte, es eilt, ich muss dort dringend jemanden sprechen.«

Der Fahrer hatte offensichtlich Zeit, er bedeutete Waldwinkel einzusteigen und fuhr ihn direkt zum Adlerhof. Dort angekommen, fragte der Mann, ob er ihm noch irgendwie weiterhelfen könne. Er verneinte, stieg aus und bedankte sich herzlich bei dem Fahrer, der ihm noch viel Erfolg bei der Suche wünschte.

Waldwinkel sah sich um. Es waren viele Menschen auf dem Platz, aber wie sollte er jemanden finden, den sein Wissen interessierte? Aus einem der Gebäude trat ein junger Mann, dessen ernstes Gesicht ihm ein offizielles Aussehen verlieh, und Waldwinkel entschloss sich, ihn anzusprechen.

»Entschuldigen Sie bitte«, begann er, »kennen Sie sich hier aus? Ich suche jemanden, der über die Suchaktion Bescheid weiß, die junge Dame, die hier vermisst wird.«

»Was wissen Sie? Haben Sie sie gesehen? Wo ist sie?« Die Fragen ratterten nur so aus dem Mann heraus.

»Es ist so«, fing Waldwinkel an, »ich bin mir nicht sicher, aber ich habe vorgestern drei Leute hier in der Nähe gesehen. Offenbar gab es irgendein … nun, Problem, denn die Frau wurde von einem der Männer am Arm geführt. Sie sind dann in einem der Gebäude hier im Hang verschwunden, und auf die Dame passt die Beschreibung, die mir dieser nette junge Ranger gegeben hat.«

»Wo genau war das?«, entgegnete sein Gegenüber atemlos.

»Warten Sie, ich glaube, hier durch den Gang, dann den Abhang hinunter, da unten bei den Häusern.«

Mario Topelka, so hatte der junge Mann sich inzwischen vorgestellt, bat Waldwinkel, kurz zu warten, und nahm sein Handy heraus. »Ich glaube, wir haben eine heiße Spur«, sagte er in den kleinen silbernen Apparat. »Es sieht so aus, als wäre die Vermisste in Begleitung eines Mannes unterwegs gewesen.« Topelka unterbrach sich, sah Waldwinkel an und beschrieb ihm kurz das Aussehen von Stefan Hirsch. Daraufhin bestätigte Waldwinkel, dass der Mann, der mit der Frau in dem Bunker verschwunden war, so ausgesehen habe. »Es könnte Stefan Hirsch gewesen sein. Sie sind in der Nähe der Hundertschaftshäuser gesehen worden, vielleicht sind sie sogar in einem dieser Häuser. Ich werde mit dem Herrn dorthin gehen und die Stelle suchen.«

Sie verließen den Adlerhof durch einen kleinen Durchgang am Rande und gingen dann schmale Serpentinen und eine Treppe hinunter zum ersten der Hundertschaftshäuser, unter dem die Eingänge zu den Bunkern waren, die unter dem Gelände von Vogelsang versteckt lagen.

Waldwinkel blieb nachdenklich vor einer der Bunkertüren stehen und nickte dann. »Ja, hier war es. Ich war da drüben.« Er deutete auf ein Wegeschild, das in etwa fünfzig Metern Entfernung stand. »Von dort aus habe ich gesehen, wie sie hier drin verschwunden sind.«

Topelka reagiert sofort und zog erneut sein Mobiltelefon aus der Tasche. »Bitte kommt sofort mit ein paar Leuten hier runter zum Hundertschaftshaus mit dem Bunkereingang. Und bringt bitte jemanden mit, der einen Schlüssel zum Bunker hat!«, brüllte er in sein Handy.

Dann wählte er die Nummer von Robert Esser.

18

Rudolf Schreiner, der Geschäftsführer des Euskirchener Roten Kreuzes, war der Erste, der bei den Hundertschaftshäusern ankam. Er fuhr mit einer Art Amphibienfahrzeug, das normalerweise im DRK-Museum in den Kameradschaftshäusern geparkt stand, und hatte offensichtlich in Windeseile die Ladefläche des Fahrzeuges, das im Winter zur Rettung übermütiger Skifahrer in Hellenthal eingesetzt wurde, mit Decken und Thermovlies bestückt. Ich bewunderte insgeheim das Organisationstalent dieses Mannes, der es verstand, immer zur richtigen Zeit mit der richtigen Ausstattung am richtigen Ort zu sein.

Unmittelbar vor der Tür hielt Schreiner das Fahrzeug an und sprang leichtfüßig vom Fahrersitz. »So, dann wollen wir mal«, donnerte er mir entgegen. Ich wunderte mich über nichts mehr, nicht einmal darüber, dass er anscheinend sogar von diesen entlegenen Gebäuden einen Schlüssel besaß. Auf meine Frage hin entgegnete er: »Du weißt doch, wie das ist – es gibt immer Mittel und Wege, in der Eifel weiterzukommen.« Das verschmitzte Grinsen verriet mir, dass er selbst in dieser angespannten Situation Herr der Lage war.

Er suchte im Fahrzeug nach einem großen Schlüsselbund, ging dann zur Tür, um die Schlüssel einen nach dem anderen auszuprobieren. Nach ein paar Fehlversuchen machte er sich mit einem derben Fluch Luft, kurz danach erklang ein »Aha, geht doch!«, und er öffnete die Tür.

Der junge Mario Topelka, der mich informiert hatte, bot an, zum Adlerhof zurückzulaufen und noch ein paar Taschenlampen zu holen, was Schreiner jedoch mit einem süffisanten Lächeln ablehnte. Stattdessen lehnte er sich über die Ladefläche seines Fahrzeugs und zauberte eine Handvoll Maglites hervor. Ich konnte mich des Eindrucks nicht erwehren, dass es ihm eine diebische Freude bereitete, endlich mit dem Equipment, das er immer »für den Fall«, wie man hier in der Eifel sagte, bereithielt, helfen zu können. Und da es auch noch darum ging, eine hübsche Frau zu retten, fühlte er sich offensichtlich besonders gut dabei.

Wir traten in den riesigen Bunkerkeller, in dem es stockdunkel war. Draußen hatte die Sonne geschienen, und so mussten wir einen Moment verharren, um uns an die Dunkelheit zu gewöhnen. Mit der Taschenlampe leuchtete Schreiner in die Tiefen des Bunkers, doch wir sahen außer nackten Wänden nichts.

»Ich bin sicher, hier sind sie reingegangen«, sagte der Wanderer, der Christine und Stefan angeblich gesehen hatte, leise. »Ganz sicher.«

»Ohren zuhalten!«, befahl Schreiner. »Jetzt wird's laut.« Er holte eine kleine druckluftbetriebene Fanfare aus dem Fahrzeug, wie Fußballfans sie zuhauf in den Stadien benutzten. »Die habe ich mal angeschafft, damit wir uns im Nationalpark verständigen können, wenn wir mal wieder kein Netz haben. So was sollte jeder haben.«

Während wir uns die Ohren zuhielten, drückte Schreiner mit dem Daumen auf den Hebel der Fanfare. Sie stieß einen markerschütternden Ton aus, der tausendfach von den Wänden des Bunkers zurückgeworfen wurde. Danach horchten wir in den Raum.

Bange Sekunden verstrichen. Dann, ganz leise, vernahmen wir ein Klopfen, leise, kaum hörbar, aus der Tiefe des Raums.

»Himmel, die alte Werkstatt! Dass ich da nicht gleich drauf gekommen bin«, fluchte Schreiner und lief los in den dunklen Flur hinein, wobei er uns anderen befahl, ihm zu folgen.

Wir liefen hinter ihm her, bis wir im Kegel der Taschenlampen die Tür zur alten Werkstatt fanden, die mit einem Vorhängeschloss gesichert war. Schreiner klopfte an die Tür und wartete. Ein leiser, kaum hörbarer Hilferuf drang aus dem Raum.

Ich schrie vor Aufregung. »Das ist sie! Christine! Wie kriegen wir die Tür auf?«

Im selben Moment tönte die Stimme von Bieskolla durch den Bunker. »Wo seid ihr?«

»Hier, hier hinten im Bunker!« Schreiner schwenkte die Taschenlampe, und wenige Sekunden später war der Polizist bei uns.

»Wir haben kein Brecheisen dabei, aber hinter dieser Tür ist Christine. Sie hat um Hilfe gerufen«, setzte ich ihn atemlos in Kenntnis.

»Treten Sie beiseite«, befahl Bieskolla. »Das wollte ich immer schon mal machen.« Er zog seine Dienstwaffe, entsicherte sie und schoss auf das Schloss, das, nachdem der Knall des Schusses verhallt war, mit metallischem Klirren auf den Boden fiel. Gemeinsam stemmten wir die Tür auf und drängten uns in den düsteren Raum. Vor uns saß, auf einem Stuhl zusammengekauert, eine vollkommen verängstigte Christine, die am ganzen Leib zitterte.

»Was ist passiert, wie bist du hierhin gekommen?«, fragte ich, doch als Antwort kam nur ein schwaches »So kalt!«, und im selben Moment kam Schreiner mit einer Decke in den Raum. Er war offenbar sofort zu seinem Fahrzeug mit all dem Equipment losgelaufen, als die Tür sich geöffnet und er Christine gesehen hatte. Vorsichtig legte er die Decke um ihre Schultern.

»Kümmert euch um sie«, befahl er, »ich gehe raus und lotse die Sanitäter hierher.«

Christines Lippen waren aufgesprungen von der Kälte und der Trockenheit, und sie wirkte benommen. Während wir auf den Rettungswagen warteten, begann sie, stockend zu erzählen, wie sie in ihr Gefängnis geraten war.

Bieskolla machte sich ein paar Notizen, stellte Fragen und empfahl sich dann mit dem Hinweis, er werde alles Nötige veranlassen, um Hirsch festnehmen zu lassen. »Die Fahndung läuft, aber wir haben ihn bislang nicht schnappen können.«

»Da war noch ein anderer Mann dabei. Ich habe ihn zuerst nicht erkannt, aber dann fiel mir ein, dass es dieser Vershoff ist.«

»Bingo«, knurrte Bieskolla. »Das bestätigt unsere bisherigen Vermutungen. Nun, wegen Vershoff läuft die Fahndung auch schon.« Dann ging er.

Ich kniete mich vor Christine und nahm sie in den Arm. »Mann, Mann, Mann. Bin ich froh, dass wir dich gefunden haben! Ich habe inzwischen einiges über Hirsch herausgefunden, glaube ich. Aber jetzt lass uns erst mal verschwinden. Kannst du gehen?«

Christine sah mich dankbar an. »Ja, ich glaube schon. Ich möchte raus in die Sonne. Ist Tag oder Nacht? Wie lange war ich denn hier drin?«

»Seit Donnerstag am späten Nachmittag. Etwa zwei Tage«, antwortete ich, und gemeinsam gingen wir langsam durch den Bunker zur Tür und traten ins Tageslicht. Ein Rettungswagen und ein Notarztfahrzeug kamen die Panzerstraße heruntergefahren und hielten neben uns. Die Notärztin wollte Christine gerade in den hinteren Teil des Wagens führen, als diese sie aufhielt.

»Ich möchte, dass Robert mitkommt«, sagte sie, und nach kurzem Blickkontakt mit der Ärztin, die nickte, stieg ich in den Wagen ein, nicht ohne mich vorher noch bei dem aufmerksamen Wanderer zu bedanken, der sich etwas abseits gestellt hatte. Dann fuhr der Wagen ab in Richtung des Schleidener Krankenhauses.

***

Xaver war in bester Laune. Sein Auftrag, den er jetzt schon seit sieben Jahren mit akribischer Gründlichkeit verfolgte, hatte sich als einfacher herausgestellt, als er zunächst angenommen hatte. Die Unterwanderung der VDI war problemlos vonstattengegangen, und er hatte durch seine rhetorischen Fähigkeiten fast immer die Beschlüsse der Gesellschaft unbemerkt in seine Richtung lenken können.

Einzig Stefan Hirsch hatte in letzter Zeit immer wieder für Ärger gesorgt – insbesondere durch seine Gier. Aber den würde er auch bald los sein. Gestern hatte er dem Geschäftsführer der VDI klargemacht, dass Hirsch in Vogelsang nicht mehr zu halten war, und Hirsch hatte sich so kleinlaut präsentiert, wie Weinrauch ihn noch nie erlebt hatte. Am Montag, also nach dem Wochenende, wolle er seine Entscheidung verkünden. Was es da zu entscheiden gab, war Xaver zwar nicht klar, aber bitte. Er war sich sicher, dass er den lästigen aufgeblasenen Fatzke bald ein für alle Mal los sein würde.

Das Ziel schien greifbar nahe. Sein Chef war zufrieden. Die NATO auch. Guter Laune drehte Xaver das Radio auf. Bei Radio Euskirchen lief die Berichterstattung über die alte Diskussion zur Oleftalbahn und die neuesten Entwicklungen dazu im Kreistag. Xaver wartete ungeduldig darauf, dass endlich wieder Musik gespielt wurde. Er wollte dieses hervorragende Wetter nutzen und freute sich bereits auf den Sommer, wenn er wieder die eine oder andere Tour machen konnte. Gern setzte er sich dann in Strauch oder Herhahn zwischen die Motorradfahrer, hörte ihnen bei ihren Benzingesprächen zu und fühlte sich fast selbst wie ein Biker. Die schwere R 1200 GS hatte er schon bestellt, und er freute sich wie ein kleines Kind darauf, sie endlich zu fahren.

Heute wollte sich er in Strauch mit einem Kollegen aus Aachen treffen, der ihm versprochen hatte, ihm eine entsprechende Lederkluft mitzubringen. In Broich stand mitten im Ort eine Polizeikontrolle. Automatisch trat Xaver auf die Bremse. Offensichtlich narrte ihn das – wie hatte das ein Eifelkolumnist einmal so schön ausgedrückt? – »genetisch determinierte schlechte Gewissen des Eiflers beim Anblick einer Uniform«. Er hatte lediglich zum Mittagessen ein Bier getrunken, und er war auch nicht zu schnell gefahren – und trotzdem hatte er schlagartig ein komisches Gefühl im Bauch. Doch die Kontrolle hatte anscheinend sehr viel zu tun, jedenfalls winkte man ihn durch.

Beruhigt trat er wieder auf das Gas. An der Abzweigung nach Schleiden bog er rechts in den Ruppenberg ab und beschleunigte auf der langen Geraden, wobei er einen amerikanischen Geländewagen überholte, der sich gemütlich durch die Landschaft schob. Elender Schleicher! So viele PS unter der Motorhaube und doch zu doof zum Fahren. Durch eine Straßensperrung wegen des Kanalbaus in Kall hatte er ein wenig Zeit verloren, und er wollte keinesfalls zu spät in Strauch sein – vor allem nicht wegen so einer Schnecke wie dem da!

Die Tachonadel zeigte hundertzwanzig, als Xaver die erste Kurve nahm, ohne wesentlich zu bremsen. Der Golf verhielt sich ungewohnt schwammig. Wahrscheinlich sollte ich etwas sorgfältiger mit den Inspektionen sein, dachte Xaver. Die folgenden beiden sanften Kurven lauschte er auf das eigentümliche Geräusch, das von den vorderen Rädern zu kommen schien. Vielleicht würde er die Antriebswellen des Golfs einmal überprüfen lassen. Bei nahezu fünfzigtausend Kilometern, die er jedes Jahr fuhr, verschliss das Auto doch schnell.

In der scharfen Rechtskurve merkte Xaver, wie der Wagen vorn leicht einsackte. Während er noch darüber nachdachte, dass an dieser Stelle vor einigen Jahren ein Mord an einem Taxifahrer geschehen war, sah er wie in Zeitlupe die Leitplanke auf sich zukommen. Er registrierte im Bruchteil einer Sekunde, dass ein dicker Baum seinen Golf genau in der Mitte der Motorhaube traf.

Dann wurde es dunkel.

19

Durch die Eifel zu fahren ist, wenn man Zeit hat, ein purer Genuss. Den gönnte ich mir regelmäßig, wenn ich mit dem Dodge RAM, diesem Geländewagen von wohnzimmerähnlicher Bequemlichkeit, die kurvigen Straßen der Our entlang oder über Dedenborn von Einruhr nach Simmerath fuhr. Ich genoss in vollen Zügen die erhöhte Sitzposition, die mir erlaubte, auch beim Fahren viel mehr Eindrücke zu sammeln, als mir das in einem normalen Pkw möglich gewesen wäre. Ich seufzte vor Glück. Es gab nur wenig, was mir das Vergnügen nehmen konnte. Aber dieses wenige fand sich offenbar immer dann ein, wenn ich die Straße betrat: Raser. Egal, ob mit dem Motorrad oder mit dem Auto, ich hatte kein Verständnis übrig für diejenigen, die mit ihren Maschinen im Eiltempo durch die schöne Eifel bretterten, ohne den Blick für die malerische Schönheit dieser Gegend. Insbesondere nach einem solch aufregenden Tag wie heute war ich froh, wenn ich es auf der Straße etwas gemütlicher angehen konnte. Ich war auf dem Nachhauseweg. Christine wurde im Krankenhaus bestens versorgt, die Fahndung nach Hirsch und Vershoff lief. Jetzt freute ich mich noch auf ein zünftiges Abendessen und im Anschluss daran auf eine lange, heiße Dusche.

Ein Fluch entfuhr mir, als ich die Gerade des Ruppenbergs hinunterfuhr und dabei versuchte, mir vorzustellen, wie es hier vor etlichen Jahrzehnten ausgesehen haben mochte, als es noch keine asphaltierten Straßen, ja noch nicht einmal befestigte Wege gegeben hatte, als man die steilen Hügel noch mit Pferdefuhrwerken hinuntergefahren war. Mitten auf der Strecke überholte mich ein dunkelblauer Golf mit hoher Geschwindigkeit, und ich knurrte: »Nicht dass ich dich nachher noch im Weg liegen habe, du tempogeiler Scheißkerl!«

Der Golf raste an mir vorbei und bog in einigen hundert Metern Entfernung in die Kurve ein.

Als ich nach wenigen Augenblicken den linker Hand gelegenen Parkplatz passierte, sah ich die zerstörte Leitplanke vor mir und schaltete instinktiv den Warnblinker ein. Ich hielt kurz vor der Kurve, sprang aus dem Wagen und sprintete zu der Unfallstelle.

Seltsamerweise waren überhaupt keine Bremsspuren zu sehen, obwohl der VW Golf schon älteren Datums war und ich bezweifelte, dass dieses Fahrzeug über so etwas Modernes wie ABS verfügte. Ein paar Meter abseits der Straße, den Hang hinunter, sah ich das, was vom Wagen übrig geblieben war. Ich stieg langsam hinab zu dem Wrack, das seltsam verdreht um einen Baum hing. Auch nach vielen Jahren fotografischer Tätigkeit, in denen ich manches Bild von Unfällen für die Presse gemacht hatte, nahm mich ein solcher Anblick immer noch mit.

Ich erkannte Thomas Weinrauch sofort. Dass ich ihm nicht mehr würde helfen können, ebenfalls. Sein Kopf hatte einen völlig unnatürlichen Winkel zu den Schultern eingenommen, und seine Augen starrten offen ins Leere. Ich zog mein Handy heraus, wählte die Nummer der Notrufzentrale und dirigierte Polizei und Rettungswagen zum Unfallort.

Dann stieg ich noch weiter den Hang hinunter, um zu prüfen, ob vielleicht weitere Menschen im Fahrzeug gesessen hatten. Dabei fiel mir ein Stück unterhalb des Fahrzeugs, etwa zehn Meter tiefer auf dem Hang, ein Koffer auf, der durch den Aufprall offensichtlich aus dem Auto geschleudert worden und an einem Baum zerschellt war.

Ich stieg zu dem aufgeplatzten Koffer hinunter. Um ihn herum lagen die üblichen Büroutensilien, die von einem normalen Geschäftsalltag zeugten, und ein halb zerrissener Umschlag, auf dem die Worte »Cosmic Top Secret« standen. Magisch von dem Aufdruck angezogen, nahm ich den Umschlag samt Inhalt an mich, als ich bereits das Martinshorn herannahen hörte.

Das Blaulicht des ersten Rettungswagens flackerte oberhalb des Hangs, und ich ging den Einsatzkräften entgegen, die schon die Trage aus dem Wagen zogen. Die Notärztin, die ich gerade noch bei der Bergung von Christine gesehen hatte, grüßte kurz und eilte an mir vorbei, um zu dem völlig zerstörten Golf zu gelangen. Während ich den Hang hinaufstieg, vernahm ich die Sirene des ankommenden Streifenwagens, der von der Wache in Schleiden gestartet war. Die beiden jungen Polizisten, die aus dem Streifenwagen stiegen, kannte ich nur vom Sehen, sie schienen noch neu zu sein. Der kleinere von beiden blieb bei mir stehen und grüßte.

»Tach auch, haben Se den Unfall jesehen?« Obwohl es bereits später Samstagnachmittag war, war der Polizist offensichtlich noch nicht sehr lange wach, denn das letzte Wort ging ansatzlos in ein ausführliches Gähnen über.

»Morgen. Der Wagen hat mich zwischen Broich und der ersten Kurve bergab noch überholt. Aber als ich hier ankam, hing er schon da unten im Baum.«

»Soso.« Der Beamte kratzte sich nachdenklich am Kopf und ging dann dazu über, die Reste seines letzten Essens aus den Zähnen zu pulen. Mit dem Ergebnis offenbar zufrieden, fand er seine Sprache wieder. »Ist Ihnen denn ein anderes Fahrzeug aufgefallen, das zur selben Zeit hier war, oder waren Sie allein auf der Straße?«

»Ich habe zwar nicht explizit drauf geachtet, bin mir aber sicher, dass uns das letzte Fahrzeug entgegenkam, bevor mich der Golf überholt hat. Er hatte es allerdings wohl ziemlich eilig. Ich denke, er hat sich einfach verschätzt. Vielleicht ist auch ein Reh über die Fahrbahn gelaufen?«

Der Polizist, der eifrig mitgeschrieben hatte, ließ sich meine persönlichen Daten geben und stutzte, als er meinen Namen hörte. »Esser, der Fotograf?«

»Ja, das bin ich. Warum?«

»Ich habe vor Kurzem eine Ausstellung von Ihnen gesehen, Bäume der Eifel oder so.«

Ich konnte nicht anders, als mich geschmeichelt zu fühlen. »Sagt ihr mir Bescheid, wenn ihr mich noch braucht?«

»Ja, wir melden uns. Ich glaube aber nicht, dass das was Besonderes wird – sieht ja nach einem ganz normalen Unfall aus.«

Ich dachte an die Akte in meiner Jacke und nickte. Ohne sagen zu können, warum, vertraute ich meinem Bauchgefühl, das mir sagte, dass ich die Unterlagen genauso gut auch dann erst an Bieskolla weitergeben konnte, wenn ich sie gesichtet hatte. »Ich muss dann mal los. Einen schönen Tag wünsche ich bei dem Anblick lieber nicht.«

***

Ich betrat das Haus und ging schnurstracks in die Küche, um die Kaffeemaschine anzustellen. Während diese aufheizte, zog ich die Jacke aus und legte die Akte mit dem geheimnisvollen Aufdruck auf den Tisch. Nur schwer widerstand ich der Versuchung, sofort hineinzusehen.

Während mein Kaffee in die Tasse lief, dachte ich darüber nach, wo ich Thomas Weinrauch zuletzt gesehen hatte, doch es wollte mir nicht auf Anhieb einfallen. War es am vergangenen Freitag gewesen, auf der Pressekonferenz des VDI-Gremiums? Aber wie kam dieser unauffällige Mann an eine militärische Akte mit internationaler Geheimhaltungsstufe?

Ich setzte mich mit meiner Kaffeetasse an den Küchentisch, nahm die Akte in die Hand und betrachtete sie nachdenklich. Dann begann ich, die Unterlagen zu studieren. Was ich fand, waren Statusberichte zum Bau einer Militäranlage, dazu Planskizzen. Offensichtlich handelte es sich um ein weitgehend unterirdisches Bauwerk, und ich mutmaßte, dass es Dokumente über die Untertage-Kaserne in Strempt in der Nähe von Mechernich, genannt UTA, waren, bekannt für ihre kilometerlangen unterirdischen Gleisanlagen.

Strempt war schon seit mehreren Jahren in der Diskussion, und ich hatte häufiger darüber gelesen. Sollte die von der deutschen Bundeswehr geführte Kaserne etwa geschlossen und das Gelände verwertet werden? Das wäre in der Tat eine Story, wie sie seit der Entdeckung der Munitionsfabrik in Kehr nicht mehr vorgekommen war. Doch die Pläne zeigten nur zwei Tunnel, die in V-Form aufeinander zuliefen, und da mir die Architektur von Strempt bekannt war, merkte ich, dass die Zeichnungen nicht so recht zu dieser Anlage passen wollten.

Ein paar Seiten weiter war ein Gebäude gezeichnet, in dem sich anscheinend der Eingang zu einem der Tunnel befand. Ich dachte zunächst an den Regierungsbunker, den sogenannten »Ausweichsitz der Landesregierung«, dessen Eingang sich auch in einem unscheinbaren Nebengebäude befand. Noch konnte ich mir keinen Reim auf die Unterlagen machen.

Plötzlich stockte ich. Auf einem einseitigen Schreiben fand ich eine Bodenanalyse, und der hier genannte Ort ließ mir das Blut in den Adern gefrieren: Walberhof, der ehemalige Flugplatz der Nationalsozialisten direkt vor den Toren Vogelsangs, sollte laut dem Schreiben auf seine Belastbarkeit für den Verkehr mit Schwertransporten untersucht werden.

Schwertransporte mitten im Nationalpark? Die Sache wurde immer mysteriöser. Kurz musste ich an mein Erlebnis mit den Soldaten denken, die bei Nacht und Nebel durch den Wald gebrettert waren – ob die etwas mit der Sache zu tun hatten? Sollte ich da, ganz zufällig, auf eine hochinteressante Sache gestoßen sein?

Ich beschloss, die Dokumente zunächst einmal einzuscannen. Wenn sie einer so hohen Geheimhaltungsstufe unterlagen, würde es nicht lange dauern, bis die Militärs das Verschwinden der Akte bemerken würden. Und von da war es nur ein Katzensprung bis zu der Auskunft durch die Polizisten, wer die Leiche gefunden hatte.

Ich startete den PC. Da ich durch die Gerüchte über das Ausspähen von Festplatten durch Geheimdienste vorsichtig geworden war, hatte ich beschlossen, nur noch belanglose Dateien auf meiner Festplatte zu sichern. Die wirklich wichtigen Sachen speicherte ich nur noch im Internet.

Während der Rechner mit dem üblichen technischen Gemaule hochfuhr, dachte ich weiter über die Zusammenhänge nach, die sich in den letzten Tagen ergeben hatten. Erst stolperte ich im wahrsten Sinne des Wortes über eine Kompanie nächtlicher Soldaten. Dann über den toten Zurholt, der zu allem Überfluss auch noch den Chef der VDI, Stefan Hirsch, erpresst hatte. Hirsch selbst war allem Anschein nach nicht nur korrupt bis aufs Blut, sondern hatte auch noch eine zweifelhafte Vergangenheit vorzuweisen und machte mit dem Nazi-Anwalt Vershoff gemeinsame Sache. Sie verfolgten irgendein geheimes Ziel, was ich noch nicht hatte entschlüsseln können. Dann die Entführung Christines. Und zu guter Letzt auch noch der Unfall, dem Weinrauch zum Opfer gefallen war – der offensichtlich irgendwas mit dem Militär zu schaffen hatte.

Ob es einen Zusammenhang zwischen alldem gab? Immerhin war in diesem einsamen Landstrich in den letzten zehn Jahren nicht so viel passiert wie in den vergangenen vierzehn Tagen. Wo war die Verbindung zwischen einem ministerialen Angestellten der Bundesanstalt für Immobilienaufgaben und einem toten Briefverteiler, der in seiner Freizeit als oberster Naturschützer Vogelsangs aufgetreten war? Zurholt hatte Hirsch erpresst. Weinrauch und Hirsch hatten im selben Gremium gesessen. War Weinrauch dem VDI-Geschäftsführer ebenfalls zu nahe gekommen? Wer sonst hätte ein Interesse gehabt, beide umzubringen? Oder war der Unfall von Weinrauch wirklich ein Unfall gewesen? Wie groß war die Gefahr für mich, weitere Nachforschungen anzustellen?

Plötzlich wurde mir mulmig zumute. Wenn es hier wirklich um ein Projekt von so gigantischen Ausmaßen ging, wie ich vermutete, was würde das Militär wohl alles unternehmen, um sicherzustellen, dass die Akte nicht an die Öffentlichkeit geriet? Ich musste dafür sorgen, dass, falls mir etwas zustoßen würde, diese Dokumente veröffentlicht wurden.

Schnell schaltete ich den Scanner ein und startete ein Filesharing-Programm auf meinem Rechner, das es mir erlaubte, eingescannte Dokumente im Internet zu speichern und mit anderen angemeldeten Nutzern zu teilen. Waren die Dokumente erst einmal hochgeladen, konnten sie von jedem Ort der Welt aus abgerufen werden. Den Link mit dem Passwort zu meinem Account sandte ich per SMS an KGB, mit dem ich schon einige Male auf diese Art Dokumente und Bilder ausgetauscht hatte. Die SMS löschte ich direkt, nachdem ich sie gesendet hatte, um auch diesen Weg nicht mehr nachvollziehbar zu machen.

Der Scanner zog Seite für Seite der Akte ein, und ich ging in die Küche zurück. Dort briet ich mir etwas Speck mit ein paar Spiegeleiern, denn erfahrungsgemäß konnte ich satt am besten überlegen. Ich nahm die Eier vom Herd, setzte mich an den Küchentisch, und während ich den Scanner im Büro leise summen hörte, überlegte ich, wie ich mit der Akte weiter verfahren sollte.

Ich musste die Dokumente so schnell wie möglich und vor allem diskret wieder an den Unfallort zurückbringen. So würde niemand auf die Idee kommen, dass ich sie durchgesehen hatte. Glücklicherweise war das Siegel schon zerbrochen gewesen, weil Weinrauch selbst die Akte wohl schon geöffnet hatte. Und es war durchaus denkbar, dass sie aus dem Wagen geschleudert worden war, als Weinrauch damit gegen den Baum geprallt war.

Nachdem die Dokumente auf den Server hochgeladen waren, heftete ich die Unterlagen wieder in die Akte; dabei fiel mein Blick auf das offensichtlich älteste Schreiben, das durch die chronologische Sortierung ganz nach unten gehörte. Zum zweiten Mal an diesem Tag verlor mein Gesicht alle Farbe: Was da vor mir lag, brachte endlich ein wenig Licht ins Dunkel. Hier stand schwarz auf weiß, wie das Militär mit Vogelsang umzugehen gedachte.

Unwillkürlich sah ich mich um, ob irgendwo eine versteckte Kamera aufgehängt worden war. Was ich las, war von einer Ungeheuerlichkeit, die sich der wildeste Verschwörungstheoretiker nicht hätte ausdenken können. Die Akte beschrieb die komplette Verfahrensweise zum Umgang mit Vogelsang nach dem Abzug der belgischen Streitkräfte.

Das Alarmierende daran war: Es handelte sich nicht um die Planung eines Nationalparks und noch weniger um die eines Touristenzentrums. In meinen Händen lagen die Pläne zur Errichtung eines NATO-Stützpunktes. Der Auftrag, diese Pläne in die Tat umzusetzen, war an niemand Geringeren erteilt worden als an Thomas Weinrauch, offiziell Mitarbeiter der Bundesanstalt für Immobilienaufgaben.

Weinrauch war also nicht nur ein ministerialer Beamter der

Immobilienverwaltung des Bundes gewesen, er war offenbar mit einem Geheimauftrag der NATO in der Tasche unterwegs und hatte die Aufgabe, die Geschehnisse in Vogelsang in eine ganz andere Richtung zu lenken. Hatte Zurholt etwas von dem Auftrag oder der Doppelfunktion Weinrauchs gewusst? Hatte er deshalb sterben müssen? Aber warum war dann Weinrauch auch tot?

Als ich kurz darauf in mein Auto stieg, war ich sicher: Dies war die einzige Möglichkeit, die Akte gefahrlos wieder loszuwerden. Allerdings fiel mir noch keine Lösung für die Frage ein, wie ich mit der eben gewonnenen Information umgehen sollte.

Die Dokumente, die sich in meinem Besitz befanden, waren dazu geeignet, einen der größten Skandale der Nachkriegszeit heraufzubeschwören. Wenn sich mein Verdacht auch nur ansatzweise bestätigen sollte, war in aller Stille der Bau einer Militäranlage beschlossen worden, von der die Bevölkerung nicht die geringste Ahnung hatte. Die Menschen freuten sich auf einen Nationalpark, der der Region Touristen bringen sollte. Niemand wusste, dass hier bald wieder Zäune Zivilisten aus allem heraushalten sollten.

Was mir noch nicht klar war: Entweder hatten hier verschiedene Ministerien unabhängig voneinander operiert, oder es gab wirklich einen geheimen Plan. Aber von wem sollte dieser ausgehen? Die Idee, die mir durch den Kopf schwirrte, war zu wahnwitzig, um wahr zu sein. Was, wenn Weinrauch nach außen als großer Befürworter des Nationalparkprojekts auftreten sollte, aber insgeheim eine »Hidden Agenda«, einen geheimen Plan, verfolgte? Wenn sein eigentlicher Auftrag war, nur die Projekte in Vogelsang voranzutreiben, die einem ganz anderen Ziel dienten? Und was war dieses Ziel? Fakt war, dass die meisten der in das Thema Vogelsang involvierten Personen nicht die geringste Ahnung von dem hatten, was die Pläne beschrieben, da war ich mir sicher. Aber wie konnte der Bau einer so gigantischen Anlage, wie sie aus den Unterlagen hervorging, heimlich ablaufen?

Ich beschloss, der Sache auf den Grund zu gehen – allerdings wollte ich mich dabei nicht erwischen lassen. Umso wichtiger war, dass die Akte wieder an ihren Platz kam, ohne dass jemand mitbekam, dass ich sie gelesen hatte.

Ich fuhr den Ruppenberg hinauf und hielt an der Stelle, an der Flatterband den Unfallort markierte. Ich stieg aus, nahm meine Fototasche, in der ich auch die Akte verstaut hatte, und ging zu der Stelle, an der vor wenigen Stunden das Fahrzeug die Leitplanke durchbrochen hatte.

Die Feuerwehr hatte inzwischen ganze Arbeit geleistet. Der demolierte Wagen war geborgen worden, die Glassplitter von der Straße gekehrt, und nur die Schleifspuren an den Bäumen zeugten noch von dem Unglück, das sich hier abgespielt hatte. Ich zückte die Kamera und fotografierte die Unfallstelle, während ich mich langsam an den Abstieg machte. Die Dämmerung hatte mittlerweile eingesetzt, und ich musste vorsichtig sein, wenn ich nicht den Hang hinunterfallen wollte. Als ich kurz vor dem Gebüsch war, in dem die Aktentasche mit der Akte gelegen hatte, bückte ich mich unauffällig und legte die dünne Kladde ins Gebüsch.

Ich erschrak heftig, als eine Stimme von der Straße zu mir herunterrief: »He! Was machen Sie da? Verdammt, geht's noch? Weg da!«

Ich blickte den Hang hinauf und sah einen Mann, schlank, etwa fünfzig Jahre alt, mit straff nach hinten gekämmten Haaren, an der Leitplanke stehen.

»Kommen Sie sofort wieder rauf! Das ist ein Unfallort, hier haben Sie nichts zu suchen!«

Instinktiv schoss ich aus der Hüfte ein paar Bilder, ohne dass der Mann es bemerkte. Ich gab mich eingeschüchtert, kletterte den Hang wieder hinauf und streckte dem Mann die Hand hin. Dieser ergriff sie jedoch nicht, sondern bellte: »Was fällt Ihnen ein, hier herumzutrampeln?«

Allmählich wurde ich sauer. »Jetzt aber mal halblang! Wer sind Sie überhaupt? Weisen Sie sich erst mal aus!«

Zu meiner Überraschung zog mein Gegenüber einen Firmenausweis aus der Brusttasche. »Hans Nolde, Schadenbeauftragter der Secur-Versicherung Hamburg«, stand darauf.

»Ich bin hier, um die Unfallspuren für die Versicherung zu dokumentieren. Also würden Sie sich bitte endlich vom Acker machen?«, ranzte der Typ mich an.

Ich hatte keine Lust, mich zu streiten, und ging wort- und grußlos zu meinem Fahrzeug. Irgendetwas war seltsam an diesem Kerl. Wenn er doch dazu da war, die Spuren des Unfalls zu dokumentieren, dann wäre er doch vielleicht eher um Hilfe froh gewesen – sein aggressives Verhalten kam mir doch mehr als seltsam vor.

Ich stieg in den Wagen und machte unauffällig mit dem Smartphone noch ein paar Fotos vom Kennzeichen des schwarzen Audis, der ein paar Meter weiter am Straßenrand stand. Mir fiel das Wiesbadener Kennzeichen auf. Seltsam. Ich fuhr nachdenklich los in Richtung Broich, beschloss aber an der Abzweigung zu wenden und, einer Eingebung folgend, noch einmal an der Unfallstelle vorbeizufahren. Der Audi stand immer noch da, und da kein Gegenverkehr kam, rollte ich langsam auf die Gegenfahrbahn und so dicht an die zerrissene Leitplanke heran, dass ich den Hang hinuntersehen konnte. Es überraschte mich nicht sonderlich, dass ich den Mann an der Stelle sah, wo sich das Gebüsch mit der Akte befand.

Ich fuhr weiter und wählte die Nummer des Schleidener Polizeireviers.

»Polizeiwache Schleiden, Bieskolla«, dröhnte es über die Freisprechanlage in das Innere des RAMs.

»Robert hier. Tag, Heinrich.«

»Du hast mir gerade noch gefehlt zu meinem Glück. Habe ich mir doch gedacht, dass du alte Trüffelnase das warst, der direkt wieder bei dem Unfall im Ruppenberg rumschnüffeln musste. Was ist los, Jung?«

Bieskolla schien immer noch gut gelaunt zu sein, und so beschloss ich, ihn nicht nur nach Details zu dem Unfall zu fragen, sondern auch noch um einen Gefallen zu bitten. »Hör mal, Heinrich, der Unfall da im Ruppenberg …«

»Ja, is doch klar, dat du deswegen anrufst«, unterbrach mich Bieskolla lachend. »Also, pass opp, ein VU mit einem Toten, so wie's aussieht, Alleinunfall, kein Alkohol im Blut, keine Drogen, offensichtlich zu schnell, vielleicht auch ein technischer Defekt, das steht aber noch offen. Ein Mann aus dem Stadtgebiet von Bad Münstereifel.«

»Ich weiß, Thomas Weinrauch. Hat bei einer der Vogelsang-Gesellschaften gearbeitet.«

»Hätte mich doch auch gewundert, wenn du mal einen nicht gekannt hättest. Na, aber dann weißt du ja alles Wichtige. Kann ich sonst noch was für dich tun?«

»Ja, da wäre was. Kannst du bitte mal ein Kennzeichen für mich überprüfen?«

»Du weißt, dass ich das eigentlich ... ach Scheiße, sag an. Hat dich wieder einer böse beschimpft, weil du so schnell unterwegs warst?« Bieskolla riss gern Witze über meinen Fahrstil – aber immerhin hatte ich außer fürs Falschparken noch nie eine Verwarnung bekommen. Was natürlich nur daran lag, dass ich bisher einfach Glück gehabt hatte.

Ich gab ihm, ohne auf seinen Spott einzugehen, das Kennzeichen des Audis durch, der an der Unfallstelle gestanden hatte. Bieskolla versprach, bei Gelegenheit nachzusehen und dann zurückzurufen.

Ich war gerade zu Hause angekommen, als das Handy erneut klingelte. An der Nummer erkannte ich Bieskolla.

»Das ging in der Tat schnell«, begrüßte ich ihn.

»Sach ma, Robert, was hast du denn schon wieder am Laufen? Hast du dich in ein Jauchefass gestürzt, und jetzt stinkt es? Ich wollte das Kennzeichen kontrollieren und bekomme den Vermerk, dass die Nummer gesperrt ist und ich keinen Zugriff auf die Fahrzeugdaten erhalte. Das ist nur bei Fahrzeugen der Bundespolizei oder des Verfassungsschutzes so. Ich schließe also das Programm wieder, und drei Minuten später habe ich einen Anruf vom Verfassungsschutz, und die wollen wissen, warum ich mich für das Fahrzeug interessiere. Kannst du mir mal sagen, was da los ist?«

Offensichtlich, das erkannte ich an der Stimme, war Bieskolla ziemlich aufgebracht.

»Der Wagen stand an der Unfallstelle von Weinrauch, und der Fahrer stöberte da rum und behauptete, von der Versicherung zu sein.«

»Seltsam. Wieso interessiert sich der Verfassungsschutz für einen VU bei uns?« Bieskolla schien ratlos. »Und du bist sicher, dass du sonst nichts mit dem zu tun hast?«

»Mann, Heinrich, wir kennen uns schon lange, ich würd es dir sagen. Aber was hast du denn den Jungs erzählt, warum du dich interessierst?«

»Ich habe gesagt, der Fahrer des Wagens sei hier bei einem Unfallgeschehen als möglicher Zeuge in Frage gekommen. Na, das kommt ja fast hin, die werden wohl Ruhe geben.«

Ich begann zu grübeln. Erst die Akte, die auf das Militär hindeutete, dann der Verfassungsschutz, der sich für ein Mitglied der Vogelsang-Gesellschaft interessierte – die Sache begann, mich wirklich zu interessieren.

20

Stefan Hirsch war einigermaßen zufrieden. Er hatte das Problem Thomas Weinrauch gelöst, und bisher deutete nichts darauf hin, dass die gelöste Bremsleitung am Golf gefunden worden war. Alles, vor allem die Regionalzeitung und die Radionachrichten, sprach von einem bedauerlichen Verkehrsunfall, bei dem der Fahrer leider verstorben war.

Christine hatte er auch »entsorgt«, die würde so schnell mit Sicherheit niemand finden. Um sich aus der Schusslinie zu bringen, war er gleich am Freitagabend nach der inoffiziellen Gremiumssitzung nach Köln gefahren und hatte dort im Savoy eingecheckt. Die letzten anderthalb Tage, in denen er sich nach allen Regeln der Kunst hatte verwöhnen lassen, hatten ihm gutgetan, nach all dem Ärger.

Allmählich begann Stefan wieder, Hoffnung zu schöpfen. Er wollte sich heute mit Andreas treffen, um das weitere Vorgehen zu besprechen. Sicherheitshalber hatte sich Stefan ein neues Handy und einen Mietwagen besorgt und sein eigenes Fahrzeug in einer der Garagen des Kölner Edelhotels untergestellt.

Der VW Passat, mit dem Stefan jetzt unterwegs war, war unauffällig. Kein Grund also, sich zu beunruhigen. Vershoff würde ihm schon einen Ort nennen, an dem er sich für ein paar Tage verstecken konnte, bis er aus dem Visier der Ermittlungen im Fall Zurholt gelangt war.

Am Ortseingang von Kesternich verlangsamte er die Fahrt, um nicht durch ein zufälliges Radarfoto des dort platzierten Starenkastens aufzufallen. In Simmerath bog er ins Industriegebiet ab, um einige Straßen weiter vor dem Haus von Andreas Vershoff zu halten. Er stieg aus, ging die Auffahrt zum Haus hoch und klingelte.

Sein Freund begrüßte ihn kühl, was Stefan auf die Tatsache zurückführte, dass er das wechselhafte Wetter, das gerade in guter alter April-Manier vorherrschte, nicht mochte.

»Hast du dir einen Mietwagen genommen?« Andreas eröffnete das Gespräch gewohnt sachlich.

»Ja klar.«

Sie waren in Andreas' privatem Arbeitszimmer angekommen, wo sich Stefan auf die dunkelgrüne Ledercouch fallen ließ. Alles in diesem Haus sah edel und teuer aus. War es vermutlich auch.

»Wie hast du das andere Problem gelöst?«

»Weinrauch?«

»War er das Problem, von dem du neulich gesprochen hast?«

»Ja. Er ist leider verstorben. Hatte einen bedauerlichen Verkehrsunfall in Schleiden.«

»Scheiße.«

»Warum? Du hast doch gesagt, ich soll das Problem lösen! Und Tote reden nicht mehr, oder?«

»Ich habe mich über Weinrauch informiert. Es hat mich eine Stange Geld gekostet, aber es hat sich gelohnt. Ein V-Mann aus der Szene, der für das Innenministerium arbeitet und gute Kontakte zur Bundespolitik hat, wusste was. Weinrauch ist nicht, wie alle glauben, in der Bundesanstalt für Immobilienaufgaben beschäftigt. Das Ganze ist nur eine Legende.«

»Was soll das heißen?«

»Weinrauch ist Mitarbeiter des Verteidigungsministeriums. Wenn das stimmt, was ich so hintenrum gehört habe, zieht der ein ganz eigenes Ding in Vogelsang durch.«

»Wie jetzt?«

»Nun, das Verteidigungsministerium soll angeblich im Auftrag der NATO aus Vogelsang wieder einen Militärstandort machen. Und dieser Weinrauch ist – war der zuständige Mann, der vor Ort die Vorbereitungen treffen sollte. Und jetzt ist er tot. Kannst du dir vorstellen, was künftig auf Vogelsang los ist? Die Jungs vom Militär mögen es, glaube ich, nicht, wenn man sie dezimiert.«

Stefan wurde flau im Magen. Dennoch sagte er: »Aber es sieht doch wirklich nach einem Verkehrsunfall aus. Bisher gibt es wohl keine Ermittlungen.«

»Es gibt im Moment viel zu viele Störungen in deinem Umfeld. Und wenn es stimmt, dass die Polizei schon nach dir sucht, wirst du zum unkalkulierbaren Risiko. Ich denke, es ist besser, du verschwindest erst mal von der Bildfläche. Ich habe schon alles vorbereitet. Du bekommst einen neuen Pass und Geld für die erste Zeit. Wenn Gras über die Sache gewachsen ist, sehen wir weiter. Bis dahin bleibst du in Ecuador.«

»Und was ist mit unserem Projekt?«

»Das führe ich allein zu Ende. Du bist raus.«

»Aber –«

»Das ist dir doch sicher lieber, als im Knast zu sitzen, oder?«

Stefan nickte kleinlaut.

Andreas zog eine Schublade seines Schreibtisches auf. »Hier, ein neuer Pass, Flugtickets und einhunderttausend Euro. Du meldest dich in Ecuador unter folgender Nummer.« Er schrieb eine Ziffernfolge auf einen Zettel, den er Stefan ebenfalls überreichte. »Und keine Angst, das sind Deutsche. Die wissen, wie man lebt. Komm nur nicht auf die Idee, dich hier noch irgendwo blicken zu lassen. Du fährst auf direktem Weg zum Flughafen, verstanden?« Andreas stand auf und verabschiedete Stefan mit einem Handschlag. »Mach's gut, Kamerad, und allein vom Wetter her kannst du sicher sein, dass ich dich beneide.«

Stefan, der immer noch sprachlos war, stieg die Treppe hinauf, verließ das Haus, setzte sich in den Mietwagen und atmete tief durch. Andreas hatte so kalt gewirkt, so … herzlos. Seit Andreas die Frau von Kiefer vögelte, wusste Stefan manchmal nicht mehr, ob er seinem alten Freund noch vertrauen konnte. Doch jetzt sah es tatsächlich so aus, als könne sich Stefan auf einen langen Urlaub in Südamerika freuen. Er grinste. Von den ecuadorianischen Frauen hatte ihm Andreas schon vorgeschwärmt. Es war Zeit, sich selbst ein Bild von der Lage zu machen.

21

Mathias Glob war glücklich. In der lauen Luft des beginnenden Sommers durch den Nationalpark zu streifen zählte zu seinen absoluten Lieblingsbeschäftigungen, seit er sich im Rahmen einer großen Entlassungswelle der Deutschen Telekom in Frührente hatte schicken lassen. Er hatte seinen Beruf ohnehin nicht mehr ertragen. Das hatte nicht nur an den zunehmenden technischen Anforderungen seines Jobs gelegen, er war es einfach leid gewesen, hinter staubigen Schreibtischen herumzukriechen und Kabel zu verlegen, damit überforderte, unfreundliche Kunden wieder telefonieren konnten.

Glob war mit Mitte fünfzig in den Ruhestand gegangen, und seitdem hatte er wesentlich freundlichere Kunden, wenn er EDV-Leitungen installierte. Natürlich schwarz. Diese Beschäftigung sorgte für ein beträchtliches Zusatzeinkommen zu seiner Rente. Das erlaubte ihm, mehrmals im Jahr aus Düsseldorf zu fliehen und in die Eifel zu fahren, die ihn von Kindesbeinen an schon faszinierte.

Anfänglich hatte er sich damit begnügt, kleinere Spaziergänge zu machen, und sich nicht selten mit einer Bootstour mit der Rursee-Flotte belohnt, auf der er dann ein frisch gezapftes Bier genoss. Mehr und mehr hatte er jedoch die unvergleichliche Natur selbst entdecken wollen. Letzten Sommer hatte er sogar den »Wildnis-Trail«, eine mehrtägige geführte Wanderung zu den schönsten Stellen des Nationalparks, gebucht. Die Worte des Rangers, der diese Wanderung geleitet hatte, hatte Glob wie ein trockener Schwamm aufgesogen. Seitdem hielt er bei seinen Wanderungen gezielt nach besonders seltenen Pflanzen und Tieren Ausschau.

Schade fand Glob, dass seit dem Tod seiner Frau vor zehn Jahren niemand mehr da war, mit dem er die Erlebnisse teilen konnte. Eine neue Lebensgefährtin hatte er nicht gefunden – wohl aber auch nicht sehr intensiv gesucht. Stattdessen hatte er sich zu einem regelrechten Einzelgänger entwickelt. Wenn er genug von der Stadt hatte, fuhr er in die Eifel, für ein paar Tage oder auch nur ein Wochenende. Ganz wollte er nicht dorthin ziehen, er befürchtete, dann könnten diese Ausflüge in die Natur ihren Urlaubscharakter verlieren. Von Zeit zu Zeit fühlte sich Glob wie ein alternder grauer Wolf, der allein durchs Revier streifte und darauf achtete, nicht gesehen zu werden. Er gefiel sich in dieser Rolle.

Für diesen Ausflug hatte er sich wieder seine bequeme Wanderhose und die neuen Schuhe angezogen, die er in einem Sportartikelgeschäft in Schleiden erworben hatte. Am frühen Vormittag war er in Gemünd aufgebrochen und hatte zunächst den steilen schmalen Anstieg hinter dem Altenheim in Richtung Wolfgarten genommen. Es wunderte ihn, dass Altenheime offenbar bevorzugt in steile Hänge gebaut wurden, während man im Tal peinlich darauf achtete, keine Bürgersteigkante zu hoch zu machen, damit auch Rollatoren sie noch passieren konnten. Nach einer Viertelstunde schwenkte er kurz vor Wolfgarten auf einen bequemen Wanderweg in Richtung Norden, der parallel zur Urft über den Hangrücken des Kermeter verlief. Später folgte er hangabwärts durch ein kleines Tal einem schmalen, leicht schlammigen Pfad, der ihn wieder Richtung Urftsee brachte.

Auf dem Abstieg war ihm einige Meter abseits des Weges ein monströser Baum aufgefallen, der mit Sicherheit das dickste und älteste Gewächs sein musste, das man hier im Wald finden konnte. Glob überlegte, welche glücklichen Umstände dazu geführt haben mochten, dass dieser Baum den umfangreichen Abholzungen entgangen war, die zur Zeit der Eisenindustrie in Gemünd hier stattgefunden hatten. Was dieser Baum wohl erzählen konnte …

Einige Meter unterhalb des Stamms war eine kleine Lichtung, auf der Glob kurz anhielt, um den Ausblick auf den Urftsee zu genießen. Er fühlte sich eins mit der Natur. Kein Lärm war zu hören, das lauteste Geräusch bestand aus dem Zwitschern der Vögel, und er konnte ungestört über sein Leben nachdenken.

Ein Aufblitzen auf dem gegenüberliegenden Hang erregte

seine Aufmerksamkeit. Ob dort ein Stück Metall lag, das die Sonnenstrahlen reflektiert hatte? Der Sonnenstand sprach dagegen, das Aufblitzen musste eine andere Ursache haben. Glob schnallte seinen Rucksack ab und öffnete ihn, um das wertvolle Zeiss-Fernglas herauszunehmen, das er sich vor längerer Zeit geleistet hatte. Ein Luxusmodell mit einem Kompass, der im Sichtfeld eingeblendet wurde. Er nahm das Glas an die Augen und suchte den gegenüberliegenden Hang ab.

Dort, mitten in dem durch einen Zaun abgetrennten Gebiet, in einer Vertiefung im Boden, die aussah wie ein überdimensionaler Bombentrichter, hatte er die Reflexion gesehen. Doch jetzt war nichts mehr zu entdecken. Er glaubte schon, einer Sinnestäuschung aufgesessen zu sein, als er eine Bewegung in der Vertiefung wahrnahm.

Jetzt war er sich ganz sicher. Dort liefen Menschen! Er konnte sich keinen rechten Reim auf das machen, was er da sah. Die Senke, so viel war sicher, war von keinem anderen Ort aus einzusehen als von der natürlich entstandenen Lichtung, auf der Glob stand.

Erneut blickte er durch sein Fernglas. Kein Zweifel, das waren Menschen in Tarnanzügen. Er dachte darüber nach, was er über das gegenüberliegende Gebiet gelesen hatte. Dort sollten immer noch zahlreiche scharfe Blindgänger aus dem Zweiten Weltkrieg herumliegen. Um das Gelände vollkommen zu entmunitionieren, war es zu unwegsam, und der nächste Wanderweg war weit genug weg, sodass man sich entschlossen hatte, zahlreiche Warntafeln aufzustellen und den »Blindgänger-Hang« mit einem Zaun abzusichern. Wie die uniformierten Menschen dorthin geraten waren, konnte Glob nur mutmaßen. Vielleicht war es eine Paintball-Gruppe, die den zusätzlichen Nervenkitzel brauchte, in einem freien Gelände, in dem echte Blindgänger lagen, ihrem »Sport« nachzugehen? Echte Soldaten, die andere Alternative, konnte er sich nicht recht erklären.

Er beschloss, der Sache auf den Grund zu gehen. Sein Fernglas verstaute er wieder in dem Rucksack, den er sich auf den Rücken hievte. Er stieg ab zum Wanderweg, der Kreisstraße 7, einer typischen Eifler Lösung, der einzigen Kreisstraße, auf der ausschließlich Wanderer und Fahrradfahrer erlaubt waren. Motorisierter Verkehr war auf dieser Straße verboten.

Glob erreichte diesen Weg auf Höhe eines alten Schieberturms. Hier begann die Röhre zum Jugendstilkraftwerk nach Heimbach, eine Meisterleistung vergangener Ingenieurskunst aus der Jahrhundertwende, die interessierte Touristen und Schulklassen immer wieder mit Ehrfurcht erfüllte. Von hier hatten Bergleute vor über hundert Jahren ein präzises Loch durch den Berg gestoßen, durch das bis heute das Wasser zur Stromerzeugung geleitet wurde.

Der Turm wirkte wie ein Zeuge längst vergangener Zeiten, doch seine Funktion war nach wie vor dieselbe. Betrat man sein Inneres, so fand man die gesamte Schiebertechnik, die zur Absperrung der Röhren nach Heimbach genutzt werden konnte. Erst vor ein paar Jahren war hier ein neuer Schieber eingebaut worden. Der alte wuchtige, über sieben Tonnen schwere Riegel war dekorativ neben das Gebäude gestellt worden, mit einer Hinweistafel für die Touristen, die ihn seitdem bestaunten und fotografierten.

Glob wandte sich nach rechts, um in Richtung See zu gehen. Nach ungefähr zwei Kilometern kam er an der Staumauer des Urftsees an, kaufte sich im dortigen Kiosk im Vorbeigehen ein Brötchen mit Eifler Wildschinken und überquerte die Staumauer. An deren Ende folgte er ein Stück dem ausgewiesenen Wanderweg nach Wollseifen, bis er sich ungefähr auf der Höhe der Stelle wähnte, auf der die beobachtete Bucht sein musste.

Glob zögerte. Vorsicht widersprach Neugier. Natürlich war ihm die Gefahr bewusst, dass hier noch irgendwelche Blindgänger versteckt sein könnten. Vor Kurzem hatte er im WDR eine Dokumentation gesehen, in der ein Wissenschaftler darauf hingewiesen hatte, dass es im Bereich der Staumauer noch Bomben von den Briten geben konnte. Glob erinnerte sich, am Adlerhof eine »Tall Boy« als Denkmal gesehen zu haben. Damals war ihm dies wie ein makabrer Scherz der Belgier vorgekommen.

Die Neugier siegte. Allen Widerständen zum Trotz ließ ihm die Frage keine Ruhe, was die Soldaten dort gemacht haben konnten. Schließlich entschied sich Glob, an der Absperrung entlang bis zum Seeufer zu gehen. Außerhalb des Zaunes befand er das Risiko für gering, auf Munition zu treten.

Aufmerksam, Schritt für Schritt, schlich Glob vorwärts, um nach geraumer Zeit zum Seeufer zu kommen. Der Wasserpegel war extrem tief, und diesem Umstand war es zu verdanken, dass das Ende der Absperrung nicht im Wasser, sondern auf einem trockengefallenen Hang war, sodass Glob um den Zaun herumgehen konnte, ohne durch das Wasser staksen zu müssen. Er nahm erneut seinen Feldstecher aus dem Rucksack, doch von dieser Position aus war es unmöglich, in die Bucht zu blicken.

Frustriert steckte er das Fernglas wieder ein. Da passierte einmal etwas Unerwartetes in seinem Leben, und dann war es auch schon wieder vorbei. Mit sinkender Stimmung begab er sich auf den Rückweg. Über Wollseifen ging er nach Vogelsang, um dann entlang des Wanderweges zurück nach Gemünd zu laufen, wo er sich im Hotel Friedrichs, einer historischen Touristenabsteige mitten in Gemünd an der Mündung der Olef in die Urft, ein Zimmer genommen hatte.

Nach dem Duschen entschied er sich, noch ein Bier trinken zu gehen. Die Beobachtung von heute Nachmittag ließ ihm einfach keine Ruhe. Sein Weg führte ihn durch die Fußgängerzone zu einem Bistro mit dem rätselhaften Namen »M-Quadrat«. Hier, direkt neben einem Museum für Eifler Maler, wollte Glob den Nachmittag ausklingen lassen und in Ruhe über das eben Erlebte nachdenken.

***

Es war später Sonntagnachmittag und voll im »M-Quadrat«. Christine und ich hatten den letzten freien Tisch erwischt und freuten uns auf ein Steak mit Salat. Mein liebstes Model hatte zwar bei ihrem unfreiwilligen Abenteuer im Bunker außer einer Unterkühlung keine ernsthaften körperlichen Schäden erlitten, aber die langen Stunden in der Dunkelhaft hatten ihr mehr zugesetzt, als sie sich selbst eingestehen wollte, da war ich sicher.

Sie hatte widerstrebend eingewilligt, zur Beobachtung einen Tag im Krankenhaus zu verbringen, doch sofort nachdem der Arzt bei der Visite gesagt hatte, dass sie körperlich fit sei, hatte sie darauf bestanden, nach Hause zu gehen. Dennoch hatte ich Bedenken. Christine wirkte verschreckt, unsicher. Ich hoffte, sie ein wenig auf andere Gedanken bringen zu können, und was konnte da mehr helfen als ein gutes Essen?

»Robert, es tut mir leid, dass ich euch solche Sorgen gemacht habe«, unterbrach Christine meine Gedanken.

»Hör mal, es gibt überhaupt nichts, was dir leidtun muss! Ich bin heilfroh, dass wir dich gefunden haben und dass dir nicht mehr passiert ist.«

Unvermittelt drehte sie sich weg. Ich meinte zu sehen, dass ihre Augen sich mit Tränen füllten, und legte ihr den Arm um die Schultern.

»Robert, ich … ich hatte Todesangst. Ich dachte wirklich, ich sterbe da in dem Bunker.« Mit einem tiefen Seufzer lehnte sie sich an meine Schulter.

Ich strich ihr sanft über das Haar. »Ich würde niemals zulassen, dass dir etwas passiert. Glaub mir, Liebes, ich hätte so lange gesucht, bis ich dich gefunden hätte.«

Ich reichte ihr ein Taschentuch, und sie schnäuzte sich. »Du bist lieb.« Sie nahm einen Schluck von ihrem Bierglas, dann lächelte sie plötzlich und zwinkerte mir zu. »Und jetzt habe ich einen Mordshunger!«

Einige Minuten später trat ein älterer Herr an unseren Tisch. »Entschuldigen Sie, darf ich mich zu Ihnen setzen?«

»Ja klar, wenn es Sie nicht stört, dass wir hier gleich essen«, erwiderte ich.

Der Mann nickte, setzte sich zu Christine und mir und bestellte bei der Kellnerin ein Landbier.

»Sind Sie hier im Urlaub?«, wandte ich mich an ihn.

»Ja, ich komme seit Jahren regelmäßig zum Wandern hierher«, beantwortete er die Frage. »Ich liebe die Farben, die die Region zu jeder Jahreszeit bietet.«

»Ja, die sind wirklich wundervoll«, sagte ich und zwinkerte Christine zu, die verlegen lächelte.

»Mathias Glob«, stellte sich der Mann vor, »und übrigens danke, dass ich mich zu Ihnen setzen darf.«

»Christine Hilgers und Robert Esser. Christine ist aus Olef, und ich bin aus Gemünd.«

»Das gehört beides zu Schleiden, nicht wahr?«

»Na ja, rechtlich schon«, antwortete ich, »aber wir erhalten einen gewissen Lokalpatriotismus aufrecht.«

Unser Essen kam, und Glob bestellte sich einen Salat und eine Monschauer Senfsuppe – ein Gericht, für das er, wie er behauptete, seine rechte Hand hergegeben hätte. Diese Suppe, die aus dem im benachbarten Monschau hergestellten Senf gemacht wurde, habe einen Geschmack, dozierte er, mit dem es einfach kein Gericht der Welt aufnehmen könne.

»Sie sind häufig hier in Gemünd?«, fragte ich, während ich ein saftiges Stück Steak auf meinem Teller zerteilte, mit etwas Kräuterbutter bestrich und genussvoll in den Mund schob.

»Ja, ich komme immer wieder zum Wandern her und um diese herrliche Suppe zu genießen«, antwortete Glob und sah dann ganz plötzlich nachdenklich aus. »Doch heute ist mir etwas Seltsames passiert.«

Glob berichtete uns von seinen Wanderungen durch den Nationalpark und besonders von den Beobachtungen, die er heute gemacht hatte. Als er von den Leuten in Uniform erzählte, richtete ich mich in meinem Stuhl auf. »Sind Sie sicher?«, unterbrach ich ihn, denn es schien mir doch sehr merkwürdig, was dieser fremde Wanderer da erzählte. »Sie haben Soldaten gesehen?«

Glob nickte. »Ich wollte es erst selbst nicht glauben. Dann bin ich über die Staumauer auf die andere Seite gelaufen, den Weg nach Wollseifen rauf bis an den Zaun, dann an dem Zaun entlang bis zu dessen Ende – aber ich konnte von dieser Seite aus nichts sehen. Ich denke, ich werde bei einer anderen Gelegenheit noch mal dorthin gehen. Je länger ich darüber nachdenke, desto seltsamer kommt mir die Sache vor.«

»Seien Sie lieber vorsichtig. Sie wissen, dass es sich um einen Hang handelt, der im Zweiten Weltkrieg intensiv beschossen wurde. Die ganzen Blindgänger, die die Staumauer hätten treffen sollen, liegen teilweise unter einigen Zentimetern Laub und Dreck und warten darauf, eines Tages noch zu detonieren.«

***

Am nächsten Morgen, es war ein Montag, verschlief Glob, ganz entgegen seiner Gewohnheit. Normalerweise sah er zu, dass er spätestens um acht Uhr schon auf dem Wanderweg war, um den Massen von Touristen zu entfliehen, die ab dem späten Vormittag die ausgewiesenen Wanderwege bevölkerten. Diese Gruppen waren ihm ein Gräuel. Laut singend, schnatternd und diskutierend latschten sie die Wanderwege breit, mehr mit sich und ihren großen und kleinen Problemen beschäftigt als mit der Natur. Schrecklich. In Horden fielen sie oft in den Nationalparktoren ein. Dort sahen sie sich auf wenigen Quadratmetern kunstvoll arrangierte ausgestopfte Tiere an, die sie an der freien Luft lebend hätten erleben können, wenn sie nicht so aufdringlich laut gewesen wären.

Heute allerdings hatte Glob noch ein paar Nachwirkungen vom vorigen Abend zu verdauen, und so stieg er die Treppe hinunter in den Frühstücksraum, der bereits gut gefüllt war. Er bestellte sich Spiegeleier mit Speck und genoss den hervorragenden Wildschinken, der auf dem Frühstücksbüfett zu finden war. Dabei sinnierte er über sein Gespräch am Vorabend. Er hatte ein paar Bücher über die Eifel gelesen und dabei erfahren, dass dieses idyllische Fleckchen Erde noch genug Munition in sich barg, um einen halben Krieg damit zu versorgen. In der Nähe der deutsch-belgischen Grenze gab es sogar ein Dorf, das auf Schützengräben aus dem Stellungskrieg während des Ersten Weltkrieges gebaut worden war und unter dem noch tonnenweise sprengfähiges Dynamit lagerte. Dennoch: Er nahm sich vor, der Sache mit den Soldaten heute auf den Grund zu gehen.

Der Vormittag war schon einigermaßen fortgeschritten, und so beschloss er, heute nicht so weit zu wandern, sondern stattdessen mit dem Nationalpark-Shuttle, einem Schnellbus vom Kaller Bahnhof über Gemünd nach Vogelsang, zu fahren. In Vogelsang wollte er aussteigen und dann über Wollseifen die kürzere Route zu seinem Ausgangspunkt am Munitionshang nehmen.

Glob ließ sich ein paar Brote für den Weg machen und packte seinen Rucksack. Er kaufte unterwegs noch in einer Metzgerei in der Fußgängerzone ein paar Wild-Dauerwürste, die er lieber als jeden Schokoriegel auf seinen Wanderungen verzehrte, dann ging er zur Bushaltestelle.

Am Malakoff, dem großen Eingangsgebäude von Vogelsang, stieg Glob aus dem Bus, lief den Weg nach Wollseifen und dann weiter in Richtung der Staumauer, bis er zu der Stelle kam, an der er am Vortag abgebogen war. Eine Schulklasse machte hier mit Höllenlärm Pause, und so war er gezwungen, noch eine ganze Weile zu warten. Er verspürte keinerlei Lust, sich von ein paar rotznasigen besserwissenden Bengeln maßregeln zu lassen, weil er den ausgewiesenen Wanderweg verließ. Kindergeschrei mochte Glob ohnehin nicht, besonders nicht in seinem geliebten Wald.

Als die Schulklasse endlich außer Sichtweite war, stapfte Glob vom Weg zum Beginn des Zaunes, weiter am Zaun entlang und spürte, wie seine Neugier stetig wuchs. Am Ende der Absperrung mäßigte er sein Tempo. Er wollte nicht vor lauter Neugier unbedacht auf eine alte Mine treten. Meter für Meter tastete er sich zum Ufer des Urftsees vor. Er blieb stets in der Nähe von Büschen, damit ihn nicht vom gegenüberliegenden Ufer Menschen in dem »verbotenen Gebiet« erspähen konnten, die dann vielleicht einen Ranger benachrichtigt hätten.

Nach ungefähr einer Stunde glaubte er, er müsse ungefähr am unteren Ende des felsigen Hangs sein, den er vom Schieberturm aus gesehen hatte. Glob verließ den Uferstreifen und bewegte sich mit der Vorsicht eines lauernden Raubtieres den Hang aufwärts. Bei jedem Schritt prüfte er genau den Boden.

Die Rheinische Zeitung hatte vor einiger Zeit berichtet, dass auf dem Gebiet des Nationalparks ein besonders großer Blindgänger hochgegangen sei. Man vermutete, dass ein Reh auf den Auslöser getreten war. Das war zum Anlass genommen worden, die Bevölkerung nochmals deutlich auf das Wegegebot hinzuweisen. Die Explosion war gewaltig gewesen. Daran musste Glob jetzt denken, während er sich vorsichtig vorwärtsschob. Gleichzeitig versuchte er, den Hang vor ihm zu beobachten.

Nach etwa zehn Minuten erreichte er eine kleine Ebene von der Größe eines Volleyballfeldes, zum See hin offen, an beiden Seiten von Bäumen flankiert und an der hinteren Seite zum Hang hin von einer Felsplatte begrenzt. Auf der glatten steinigen Fläche war keinerlei Bewuchs zu sehen. Irgendetwas an dieser Felswand irritierte Glob. Er konnte es nicht genau benennen, aber ein Gefühl sagte ihm, dass hier irgendetwas nicht stimmte.

Ein leises Geräusch ließ ihn aufmerksam werden. Neben der glatten Felswand, in einem Vorsprung, öffnete sich eine Tür, die durch ihre Beschichtung so gut getarnt war, dass Glob sie vorher nicht gesehen hatte, obwohl er nur wenige Meter davon entfernt stand. Instinktiv duckte er sich hinter einen Baum und sah mit vor Erstaunen geweiteten Augen zwei Soldaten aus der Tür treten. Die Männer vergewisserten sich vorsichtig, dass niemand in der Nähe war. Dann betasteten sie rechts und links am Beginn des kleinen, an einen Freisitz erinnernden Plateaus zwei senkrecht stehende Bäume. Glob traute seinen Augen nicht.

Langsam fuhr eine Art bedruckte Leinwand in einer Schiene zwischen den beiden Bäumen hoch, die offensichtlich nur Tarnung für das Schienensystem waren. Von seiner Position aus konnte Glob die Leinwand von der Seeseite sehen, aber auch daran vorbei auf den dahinterliegenden blanken Felsen, der jetzt etwa fünfzehn Meter hinter der Leinwand aufragte.

Er stellte sich vor, wie der Blick von seinem ursprünglichen Beobachtungspunkt am anderen Ufer wohl sein müsste, und stellte fest, dass man von dort aus wahrscheinlich keinen Unterschied feststellte, denn von dieser Seite war die Leinwand exakt mit dem Motiv des dahinterliegenden Felsens bedruckt. Durch die eintönige Farbgebung des Felsens musste man schon so dicht davorstehen wie Glob jetzt, um zu sehen, dass die Leinwand langsam vor den Felsen fuhr.

Die Leinwand erreichte mit ihrer Oberkante in ungefähr zehn Metern Höhe, noch unterhalb der oberen Kante des Felsens, ihre Endposition – und gab eine Öffnung im Felsen frei. Als sie vollständig aufgefahren war, kamen weitere Soldaten aus der Tür hervor, und plötzlich senkte sich ein etwa fünf Meter hohes Stück der Felswand über die ganze Breite ab und verschwand nahezu lautlos im Boden. Glob hielt den Atem an. Hier, mitten im Fels, war ein Tor eingebaut, das man vollständig im Boden versenken konnte! Die täuschend echt wie ein Fels wirkende Leinwand wurde aufgefahren, um zu verhindern, dass irgendjemandem dieses Tor auffallen würde. Doch was sollte dieses Tor hier mitten im Hang? Ob hier eine Verbindung zu Vogelsang bestand? Glob kam aus dem Staunen nicht heraus und tastete vorsichtig nach seiner Digitalkamera. Diese Sensation musste er festhalten – ansonsten würde ihm der nette junge Fotograf, mit dem er sich am Vorabend so angeregt unterhalten hatte, kein Wort glauben. Er hatte sicherheitshalber Telefonnummern ausgetauscht, für den Fall, dass er etwas herausfand.

Glob ertastete die Kamera in seinem Rucksack, zog sie langsam hervor und brachte sich in Stellung.

Inzwischen waren etwa zwanzig Soldaten auf der Lichtung, und es schien, als würden sie an der Vorrichtung der versenkbaren Wand arbeiten. Hinter der Wand tat sich ein Tunnel auf, etwa fünf Meter hoch und ebenso breit. Als die Wand vollkommen im Boden verschwunden war, sah Glob zwei auf dem Boden verlaufende Schienen, die aus dem Tunnel auf die Lichtung ragten. Auf ihnen fuhr ein Metallgestell heraus, das Glob an irgendetwas erinnerte.

Das Gestell war etwa sechs bis sieben Meter lang und reichte damit bis etwa fünf Meter vor die Leinwand. Als es voll ausgefahren war, begann sich sein vorderes Ende leicht zu heben, bis ein Winkel von ungefähr fünfundvierzig Grad erreicht war.

Glob verstand plötzlich, woran ihn dieses Gestell erinnerte: an die Abschussbasis einer Raketenstation!

Aber wieso hatte der junge Mann von gestern, der doch so heimatkundlich interessiert war, nichts davon gesagt? Glob hob vorsichtig die Kamera vor die Augen und brachte sich in Positur.

Als er auslöste, war ihm klar, dass er einen folgenschweren Fehler gemacht hatte. Er hatte vergessen, den Blitz abzuschalten.

Zwei Soldaten wandten sich irritiert durch den Blitz um und brüllten englische Kommandos, während sie auf Glob zurannten. Dieser drehte sich um und nahm die Beine in die Hand, denn wenn er auf etwas überhaupt keine Lust hatte, dann war das der Kontakt zu diesen seltsamen Männern, die mit Sicherheit nicht erfreut waren, von ihm fotografiert worden zu sein.

Glob rannte hastig den Hang hinunter, wobei er hoffte, nicht umzuknicken und zu stürzen. Um einer feuchten großen Wurzel auszuweichen, machte er einen besonders großen Schritt über sie hinweg. Das leise Klicken unter seinem Schuh war das Letzte, was Glob hörte, bevor der Blindgänger detonierte.

22

»Zuerst das Positive: Wir haben die Tarnwand endlich fertig, die unser Öffnungstor für die Drohnen abschirmen soll. Doch als meine Männer die Abschusseinrichtung justieren wollten, haben sie einen Wanderer überrascht, der sie fotografieren wollte. Nun, was soll ich sagen ... Sie wollten ihn schnappen, doch der Mann ist weggelaufen. Den Rest dürftest du aus der Zeitung erfahren haben.«

Winter schluckte. Seit Thomas Weinrauch mit seinem Golf tödlich verunglückt war, hatte er die Betreuung des Vogelsang-Projekts im Auftrag der NATO persönlich übernommen. Die amerikanischen Freunde machten sich Sorgen. Nicht nur, dass in letzter Zeit erstaunlich viel bei der Geheimhaltung schiefgelaufen war, auch die finanziellen Mittel, die der amerikanische Kongress für das Vorhaben aufwenden musste, flossen nicht mehr so reichlich.

»Denkst du«, begann Winter zögerlich, »die Detonation vor ein paar Tagen war ein Blindgänger?«

McCullon nickte. Offensichtlich machte ihm die Sache auch zu schaffen. »I do. What a sad story. Ich habe zwei Männer dabei verloren. Die Explosion war gewaltig, und es war anscheinend eine dieser verfluchten Glasminen, die du mit keinem Bombensuchgerät findest. Ich habe das früher immer für ein Gerücht gehalten, dass es die wirklich gibt.«

Winter hatte bereits von diesem Typ Minen gehört. Sie richteten eine gigantische Schweinerei an, wenn Zigtausende Glassplitter vom Sprengstoff auseinandergeblasen wurden und alle Lebewesen in einem beträchtlichen Umkreis töteten oder mit grässlichen Verstümmelungen verletzten. Oft wurden die bedauernswerten Opfer, die Bekanntschaft mit diesem heimtückischen Dreck gemacht hatten, bei der Explosion regelrecht pulverisiert.

»Wie kommt es, dass noch niemand nachgeforscht hat?«

»Da hatten wir Glück«, antwortete McCullon, »wir haben schnellstens eine Information über unseren Kontaktmann beim Innenministerium an die Presse herausgeben lassen, dass ein Team des Kampfmittelräumdienstes den Blindgänger kontrolliert gesprengt hat, weil eine Bergung unmöglich war. Dass es sich um eine Glasmine gehandelt hat, haben wir natürlich nicht gesagt.«

Winter atmete durch. Immer wieder staunte er über die guten Kontakte, über die die Amerikaner verfügten. Aber dass sie sogar einen Draht zum Ministerium für Inneres und Kommunales hatten, wo der Kampfmittelräumdienst angesiedelt war, war ihm neu.

»Du bist sicher, dass es ein Wanderer war und kein Agent?«, versicherte Winter sich zweifelnd.

»No way«, antwortete McCullon, »ein Agent, der so dämlich wäre, den Blitz einzuschalten, wenn er heimlich fotografieren will, ist mir noch nicht untergekommen. Anyway, meine Männer wollten ihn festnehmen, da ist er umgedreht und den Abhang hinuntergerannt. Und dann ist er ausgerechnet auf diese verdammte Mine getreten. Meine Männer waren noch ein gutes Stück hinter ihm, aber die Glassplitter haben sie förmlich durchsiebt.«

»Was ist dann passiert?«

»Nun, ein Kamerad hat das Ganze beobachtet. Er hat sofort Meldung gemacht, dann ist er zusammengebrochen. Einer der beiden getöteten Soldaten war sein Bruder. Ich werde ihn wieder in die Heimat schicken müssen, der Mann ist vollkommen fertig. Den ganzen Irak-Einsatz hat er überstanden, ohne mit der Wimper zu zucken, aber das hier, das war zu viel für ihn. Ich habe ein paar Leute rausgeschickt, um die Leichen – oder das, was von ihnen übrig geblieben ist – zu bergen. Die Kameraden haben wir gefunden, aber der Wanderer wurde förmlich in der Luft zerrissen. Da war nichts mehr, was man einsammeln konnte.«

»Habt ihr nach Papieren gesucht?«

»Of course, das haben wir. Auch seine Kamera haben wir. Sie war allerdings ebenfalls im Eimer. Ein paar Seiten aus einem Reisepass und einen Hotelzimmerschlüssel haben wir gefunden. Der Verunglückte war Rentner, der für einen Urlaub in Gemünd in diesem Hotel an der Brücke abgestiegen ist. Wir haben dort angerufen und vorgegeben, er habe einen Unfall beim Wandern gehabt und ein Verwandter werde seine Sachen abholen. Offensichtlich war die Geschichte so plausibel, dass es keine Rückfragen gab. Hier.« Er reichte Winter einen Beutel mit ein paar Papierfetzen, die wohl einmal einen Ausweis dargestellt hatten, einer verbeulten Digitalkamera und ein paar Kleinigkeiten wie einer Taschenlampe und einem Schweizer Messer. Die Sachen sahen aus, als wären sie unter einen Panzer geraten.

»Ihr könnt einen terroristischen Anschlag wirklich zu hundert Prozent ausschließen?«

»Wir haben ihn durch alle relevanten Systeme gejagt. Es gibt keine auffälligen Daten über ihn«, antwortete McCullon. »Er scheint wirklich einfach ein neugieriger Tourist gewesen zu sein.«

»Okay, ich werde das hier mitnehmen, und er wird offiziell verschwinden.« Winter war nicht wirklich wohl bei dem Gedanken, jemand könnte den toten Wanderer vermissen und Nachforschungen anstellen.

»Übrigens haben wir jetzt einen Draht gespannt, im Umkreis von dreihundert Metern um das Tor herum. Der Draht steht unter Strom, wie ein Weidezaun. Die Tiere lernen schon, ihn zu meiden, und die Touristen werden es lernen müssen, wenn sie zu neugierig sind«, sagte McCullon.

Winter war froh, dass die Geheimhaltung nur noch eine Frage der Zeit war. Wenn das Projekt endlich offen kommuniziert werden konnte, würde man das Gelände um Vogelsang wieder vernünftig einzäunen, wie sich das für eine Militärbasis gehörte.

Hoffentlich scheiterten bald die Bemühungen der Zivilisten, aus Vogelsang eine Art Disney World zu machen, und wenn hier erst einmal ein offizieller NATO-Stützpunkt war, konnte man ganz andere Sicherungsmaßnahmen auffahren.

Als hätte McCullon seine Gedanken erraten, sagte er: »Don't worry, mein Freund, wir haben alles wieder im Griff hier.«

23

Das Gespräch mit dem Touristen am Sonntagabend ließ mir keine Ruhe. Auf dem Heimweg hatte ich noch mit Christine darüber debattiert, ob das nun reine Spinnereien gewesen seien, phantastische Hirngespinste eines leicht überspannten Wanderers, oder ob in den Hängen am Urftsee tatsächlich Dinge vor sich gingen, die es wert waren, untersucht zu werden.

Den ganzen vorangegangenen Tag über war mir die Sache nicht mehr aus dem Kopf gegangen, und so hatte ich am Dienstagmorgen beschlossen, selbst noch einmal zu dem Hang nahe der Staumauer des Urftsees zu gehen, in dem der Tourist die Soldaten gesehen haben wollte.

Allzu viel Spannendes erwartete ich dabei nicht – wahrscheinlich rannten dort ein paar lebensmüde Freaks herum, spielten Cowboy und Indianer und begaben sich damit in die Gefahr, auf einen Blindgänger zu treten. Gerade erst hatte in der Tageszeitung wieder ein großer Artikel über diese Gefahr gestanden. Der Kampfmittelräumdienst hatte eine große Bombe aus dem Zweiten Weltkrieg sprengen müssen, da eine Entschärfung offenbar nicht mehr möglich gewesen war. Die Detonation hatte man in ganz Gemünd gehört.

Und doch: Ein Rest von Zweifel nagte an mir, denn die Summe der rätselhaften Ereignisse war einfach beachtlich. Soldaten in Militärfahrzeugen, die auf seltsame Art in den Hangars von Walberhof verschwanden, ein verunglückter Mitarbeiter der Bundesagentur für Immobilien mit Akten, die auf eine NATO-Militärbasis auf Vogelsang hindeuteten, das abwiegelnde Verhalten der Verantwortlichen, ein toter Erpresser, ein untergetauchter Geschäftsführer und nun auch noch diese mysteriöse Detonation. Alles Zufall? Vogelsang begann mir unheimlich zu werden. Fehlte nur noch, dass der legendäre Goldschatz der Nazis hier bei den anstehenden Bauarbeiten gefunden wurde.

Ich ging zu Fuß von Malsbenden in Richtung Urftstaumauer,

vorbei an der Victor-Neels-Brücke. Nach etwa einer Stunde erreichte ich den Schieberturm.

Im Hang oberhalb des Turms stand ein Baum, neben dem sich eine kleine Brachfläche erstreckte. Von hier aus hatte ich einen hervorragenden Blick auf die gegenüberliegende Seite des Sees. Genau an dieser Stelle musste der Wanderer gestanden haben, als er die Soldaten gesehen hatte. Ich setzte das Fernglas an die Augen und suchte Stück für Stück den Hang gegenüber ab.

Dann sah ich es. Ein gewaltiges Loch im Hang. Dort hatte, so schien es, die Mine gelegen, die der Kampfmittelräumdienst gesprengt hatte. Im Umfeld waren etliche Bäume stark beschädigt worden. Offensichtlich hatte die Mine eine ziemlich hohe Sprengkraft besessen.

Wieder musste ich an den einsamen Wanderer denken. Er hatte gesagt, dass er sich den Hang noch einmal aus der Nähe ansehen wolle, und er hatte versprochen, sich zu melden, wenn er etwas finden würde. Das war vor zwei Tagen, am Sonntag, gewesen. Jetzt war Dienstag. Der Mann war allem Anschein nach wie vom Erdboden verschluckt, denn er hatte sich nicht bei mir gemeldet – stattdessen war da dieses riesige Loch in der Erde. Seltsam.

Ich beschloss, ein paar Fotos mit dem Teleobjektiv zu machen, in der Hoffnung, durch die Vergrößerung auf meinem Rechner vielleicht noch ein paar Details zu finden, die mir mit bloßem Auge entgingen.

Gerade als ich mich auf den Weg nach unten machen wollte, ließ mich ein Geräusch unterhalb meines Standortes aufmerken. Ich spähte über die Kuppe den Hang hinunter und sah drei Männer in Tarnanzügen, die in der Deckung der Bäume und des Gebüschs den kleinen Hügel heraufkamen. Kalte Angst erfasste mich. Offenbar waren die Beobachtungen des Wanderers doch nicht so vollkommen aus der Luft gegriffen gewesen, denn ich sah in den Händen der Soldaten, um die es sich hier handelte, keine Paintball-Gewehre, sondern echte Waffen.

In aller Eile überlegte ich, wie meine Chancen standen. Um unerkannt an den Männern vorbei den Hang hinunterlaufen zu können, war es viel zu spät. Zur Seite konnte ich ebenfalls nicht schnell genug entkommen, und hangaufwärts war es ein langes steiles Stück. Ich war sicher, dass die Jungs besser im Training waren als ich, und so befürchtete ich, bald schon in argen Problemen zu stecken.

Ich sah mich um. Rund um mich herum sah ich nur Bäume. Die meisten hier in der Gegend waren nicht älter als hundert Jahre, denn die Eisenverhüttung hatte den einst so reichen Wäldern des Kermeter arge Verluste beschert. Schnell wachsende Hölzer hatten die entstandenen verwüsteten Ebenen wieder mit Pflanzen bedecken sollen – ein Grund, warum hier so zahlreich Kiefern vorhanden waren. Einzelne Bäume jedoch hatten es aus unerfindlichen Gründen geschafft, der Säge zu entkommen, und ein solches Prachtexemplar stand hier direkt neben mir im Hang. Immerhin besser als gar nichts.

Als ich die monströse Eiche atemlos erreichte, stellte ich fest, dass sich auf der Rückseite des Baums eine Öffnung befand. Der Gigant hatte vermutlich schon vor vielen Jahren im Kern seines Stamms eine Höhle ausgebildet. Etwa zwei Meter hoch, mit einem Umfang, dass sich ein erwachsener Mann dort einfach hineinstellen könnte, präsentierte sich die Höhle in dem Stamm.

Wie für mich gemacht! Ich kroch in den Baumstamm hinein und hielt den Atem an, um mich nur ja nicht zu verraten. Unmittelbar vor mir, nur ein paar Armlängen entfernt, ging einer der Soldaten, ein Farbiger, an mir vorbei. Auf der Schulter trug er die Flagge der USA und ein weiteres Abzeichen, das mir aber nicht bekannt vorkam. Die Soldaten streiften scheinbar ziellos über den Hang, und mir taten bereits sämtliche Gelenke weh, doch ich bewegte mich keinen Millimeter. Das Herz schlug mir bis zum Hals.

Offensichtlich war der hohle Stamm des Baums den Männern jedoch nicht aufgefallen, denn nach einer Viertelstunde marschierten sie den Hügel wieder hinab und verschwanden aus meinem Sichtfeld. Eine weitere Viertelstunde wartete ich in meinem Versteck ab, bevor ich quer zum Hang lief, um an einer anderen, schlechter einsehbaren Stelle auf einen Wanderweg zu stoßen. Von dort aus ging ich über einen Umweg nach Hause.

Ich war aufgewühlt. Der Wanderer hatte recht gehabt. Die Unterlagen von Weinrauch waren echt. In Vogelsang versteckte sich eine geheime Militärbasis.

Als ich in meine Straße einbog, fiel mir ein BMW auf. Das Kennzeichen konnte ich nicht erkennen, aber ich wettete mit mir selbst, dass der Wagen aus Siegburg kam. Das Fahrzeug parkte vor dem Haus meines Nachbarn Uwe. Die Touristen, die durch Vogelsang spazierten, suchten immer seltsamere Parkplätze auf. Aber diese Fremden hier waren besonders seltsam: Zwei bemüht unauffällig gekleidete Männer saßen im Wagen und rauchten.

Ich drehte mich ein wenig zur Seite, holte unauffällig meine kleine Digitalkamera aus der Tasche und machte sie schussbereit. Ich drückte ein paarmal auf den Auslöser, dann schob ich sie wieder in die Jackentasche und schlenderte scheinbar desinteressiert an dem Auto vorbei. Mein Herz schlug dabei so laut, dass ich meinte, die Männer in dem Auto müssten es unweigerlich hören.

Ich betrat das Haus und rannte förmlich zum Computer, um den Chip meiner Kamera in den Slot zu schieben und die Ausbeute zu begutachten. Die Aufnahmen von dem Hang zeigten eine auffällig glatte Felswand, und auch von dem Bombentrichter der gesprengten Mine hatte ich einige gute Aufnahmen gemacht. Auch die Fotos der beiden Männer in dem BMW waren erstaunlich gut gelungen. Ich vergrößerte sie und druckte mir die Gesichter aus einer Eingebung heraus aus.

***

Später am Tag beschloss ich, der Sache mit dem Wanderer noch einmal auf den Grund zu gehen. Zuerst versuchte ich im »M-Quadrat« mein Glück, in der Hoffnung, den Mann dort noch einmal zu sehen, doch dieser war nicht mehr dort aufgetaucht, wie mir das Mädchen, das uns zwei Tage zuvor bedient hatte, sagte. Christine, die ich kurz darauf anrief, um mit ihr über meine Beobachtungen zu sprechen, meinte sich zu erinnern, dass der Wanderer – sie konnte sich sogar noch an seinen Namen, Glob, erinnern – gesagt habe, er sei im Hotel Friedrichs abgestiegen. Also erkundigte ich mich dort und erhielt die Auskunft, Herr Glob sei leider schon abgereist, und seine private Heimatadresse dürfe man mir nicht geben. Resigniert gab ich die Hoffnung auf, auf diese Weise noch etwas herauszubekommen, und hinterließ der freundlichen jungen Rezeptionistin meine Karte mit der Bitte, mir Bescheid zu sagen, falls er noch einmal einchecken würde.

Als ich das Hotel wieder verließ, lehnte ich mich an das Brückengeländer am Nepomuk und schaute ein paar Enten zu, die an dieser seichten Stelle nach Nahrung suchten. Sie hofften stets darauf, dass Touristen ihnen Brotkrumen zuwarfen. Zwei streitende Erpel schwammen auf die Brücke zu, auf der ich stand, und warteten. Als sie merkten, dass kein Brot von mir zu erwarten war, zogen sie enttäuscht schnatternd ab.

Ich blieb noch eine Weile stehen und dachte nach. Es war schon seltsam: Da war ein Wanderer offensichtlich auf Soldaten im Munitionshang mitten im Nationalpark gestoßen. Einen Tag später explodierte genau dort eine Bombe aus dem Zweiten Weltkrieg, und der Mann verschwand spurlos.

Ich würde die Stelle noch einmal untersuchen müssen. Aber wie kam ich unauffällig auf das Gelände? Die Begegnung mit den Soldaten heute Nachmittag hatte mir eigentlich genügt.

Immerhin: Das Plateau gegenüber dem Munitionshang eignete sich gut als Szenario für Fotos, man könnte durchaus ein Model vor dem Bild der Urftstaumauer ablichten und so unauffällig weitere Bilder vom Hang machen, ohne gleich aufzufallen, wenn noch mal jemand kam, um nach dem Rechten zu sehen.

Kurz entschlossen wählte ich erneut die Nummer von Christine.

»Hallo, mein Lieber. Was kann ich für dich tun?« Sie klang

gut gelaunt – offenbar hatte sie die Entführung doch besser verkraftet, als ich vermutet hatte.

»Hör zu, ich möchte ein paar nette Bilder machen und habe einen Platz gefunden, von dem aus man einen völlig ungewöhnlichen Blick auf die Staumauer hat. Hast du Zeit und Lust?«

Christine schien zu überlegen. »Gut«, willigte sie schließlich ein, »ich ziehe mir nur gerade was Nettes an, dann bin ich so weit. Müssen wir weit laufen?«

»Keine Sorge«, beruhigte ich sie, »ich werde mit dem kleinen Lada kommen, dem von Uwe, weißt du? Dann können wir über einen alten Weg, den die Förster nehmen, um das Holz abzutransportieren, fast an die Lichtung kommen, zu der ich will.«

Es kam öfter vor, dass ich mir den alten Lada Niva meines Nachbarn lieh – wenn er nicht gerade in der Werkstatt stand. Das Auto eignete sich dank seiner tarngrünen Farbe hervorragend als unauffälliges Fahrzeug im Nationalpark, und ich war mir sicher, Uwe würde mir den Wagen leihen, sofern er wieder repariert war. Immerhin hatte ich noch etwas bei ihm gut, weil ich ihn neulich zum Fußballspiel seines Sohnes gefahren hatte.

Ich parkte vor Uwes Haus. Auf mein Klingeln folgte keine Reaktion, und so trat ich durch die nur angelehnte Tür ein. Wie häufig in der Eifel bedeutete die offene Haustür die Einladung, einzutreten. Ich rief in die Tiefe des Hauses hinein Uwes Namen und erhielt aus dem Obergeschoss eine Antwort, die so klang, als ob ihn mindestens eine stabile Tür von mir trennte. Das Rauschen der Toilettenspülung verriet, womit er sich die Zeit vertrieben hatte. Ich ging schon einmal vor in die Küche und stellte den Kaffeeautomaten an.

Uwe kam die Treppe herunter und begrüßte mich. »Altes Haus, was bringt dich dazu, mich vom Lokus zu holen?«

»Ich hätte gern den Lada.«

»Schlecht. Ich hab heute Abend Dienst im ›Calypso‹.«

»Wenn du magst, kannst du stattdessen den Z4 haben. Steht vor der Tür.«

»Echt? Den Z4? Hmm …«

Es war ein unausgesprochenes Ritual zwischen uns, dass Uwe bei einem Autotausch immer vorgab, sich nicht für meine schnelle Kiste zu interessieren – insgeheim, das wusste ich, machte es auch ihm Spaß, mal nicht mit seiner alten Schrottschüssel vor der Disco vorzufahren, sondern mit einem schicken Schlitten die Damen zu beeindrucken.

Ein paar Minuten später tauschten wir die Schlüssel der Fahrzeuge. Ich dankte ihm für den Lada und ging zu seiner Garage, setzte mich in das altertümliche Gefährt, das mit einem Ächzen ansprang, und fuhr über die Urftseestraße zurück in Richtung Schleiden.

Christine begrüßte mich mit einem Kuss auf die Wange. »Hallo, mein Lieber«, flötete sie, »dann wollen wir mal kreativ werden.«

Ich ließ mich sofort von ihrer Ausgelassenheit anstecken. Christine war und blieb das Model, mit dem ich am liebsten arbeitete. Sie verstand immer auf Anhieb, was ich von ihr wollte, wenn sie vor der Kamera posierte, und ihre Rundungen brachte sie mit einem natürlichen Esprit vor die Linse, von dem viele andere Models, insbesondere die Hungerhaken im Fernsehen, nur träumen konnten.

Durch das dünne weiße T-Shirt sah ich, dass sie einen BH in Hellgrün mit pastellrosafarbenen Spitzen trug. Offenbar hatte sie sich gut auf die Farben des frühlingshaften Waldes vorbereitet. Ich kam mir fast ein wenig schäbig vor, als mir einfiel, dass ich die Fotosession hauptsächlich gar nicht Christines anziehenden Formen zuliebe, sondern eher zu dem Zweck machte, etwas über den Munitionshang in Erfahrung zu bringen.

Unser Weg führte uns zurück nach Gemünd und dann links in Richtung Düren. Hinter uns fuhr eine silberne Limousine. Den Dürener Berg hinauf ächzte der Lada, als habe sein letztes Stündlein geschlagen, und ich wollte den Wagen hinter uns gern vorbeilassen. In der langen geraden Strecke vor der Abzweigung nach Wolfgarten fuhr ich ganz rechts auf der breiten Fahrspur, um das Auto passieren zu lassen, das mit geringem Abstand hinter uns fuhr. Drängler konnte ich noch viel weniger leiden als Fahrschulautos und Motorradfahrer. Auch wenn mich die Szene erschreckend an den vergangenen Samstag erinnerte, als Thomas Weinrauch mich überholt hatte und kurz darauf in der Kurve verunglückt war.

»Ja, ja, ja, schon gut«, murmelte ich und setzte den Blinker rechts, als Zeichen, dass der Fahrer vorbeiziehen konnte.

Aber nichts geschah.

Als ich in den Rückspiegel sah, erkannte ich zwei Gesichter mit Sonnenbrillen – und erschrak. Kein Zweifel, es handelte sich um den BMW, der vor der Tür meines Nachbarn gestanden hatte. Dass der Wagen nicht überholte, sprach eine eindeutige Sprache. Einer Eingebung folgend, fuhr ich, ohne zu blinken, entgegen der Einbahnstraße auf den Parkplatz Tönnishäuschen.

»Äh, Robert …« Christine sah mich irritiert von der Seite an.

Ich blickte erneut in den Rückspiegel und registrierte, dass uns der BMW folgte. Etwa in der Mitte des Parkplatzes zog ich deswegen nach links und überfuhr einen etwa kniehohen Dreckhügel, den der Lada aufgrund seiner hohen Bodenfreiheit spielend meisterte. Christine ließ ein Keuchen vernehmen und hielt sich am Armaturenbrett fest. Hinter diesem aufgeschütteten Hügel lag, das wusste ich, ein kurzer Pfad, der nach etwa zwanzig Metern in einen breiten, gut ausgebauten Wanderweg überging. Im Spiegel meinte ich die wütenden Gesten der beiden Männer in dem BMW zu sehen, der uns aber nicht folgte.

Christine sagte nichts, sondern starrte mich nur unverwandt an.

»Seit ein paar Tagen taucht dieser BMW immer wieder in meiner Nähe auf«, erklärte ich. »Irgendwas ist hier im Busch, ich weiß aber noch nicht, was. Seltsam ist das jedenfalls.«

»Na, wie dem auch sei, die haben sich jedenfalls gründlich festgefahren«, antwortete sie, »das kommt davon, wenn man sich mit Siegburger Kennzeichen in der Eifel rumtreibt!«

Das Erlebnis vom Vormittag, als die Soldaten mich fast ertappt hatten, verschwieg ich ihr lieber, um sie nicht zu beunruhigen. Mir war selbst plötzlich nicht ganz wohl bei der Sache. Dennoch:

Ohne ein paar gute Bilder von der Felswand wollte ich einfach nicht nach Hause gehen.

Der alte Lada schien jeden Moment auseinanderfallen zu wollen, als wir im Schritttempo dem Pfad folgten. Der gut ausgebaute Wanderweg lag nach einigen Metern vor uns, ab hier wurde die Fahrt weniger holprig. Immer wieder bogen wir auf kleine Feldwege ab, fuhren über eine Lichtung, dann wieder auf einen anderen Weg und brauchten so für die gerade mal acht Kilometer fast eine halbe Stunde. Schließlich erreichten wir einen Weg, von dem ich wusste, dass sich dieser nur ungefähr einhundert Meter oberhalb des Baumes befand, an dem die Stelle lag, von der aus man so hervorragend den gegenüberliegenden Hang einsehen konnte.

Christine hatte eine leichte Baumwollhose und Ballerinas angezogen, weshalb ich ihr nicht zu viel Equipment zum Tragen zumuten wollte. Ich drückte ihr eine kleine Fototasche mit Objektiven und einen Picknickkorb in die Hand. Letzterer war fester Bestandteil meiner Ausrüstung, denn ich hatte die Erfahrung gemacht, dass sich ein Fläschchen Sekt durchaus kreativitätsfördernd auf Models auswirkte. Ich selbst schulterte den Fotorucksack, in den ich neben ein paar Stativen auch meine Kameras und das Fernglas eingepackt hatte, und ging voraus den Hang hinunter. Dabei versuchte ich, den Weg so zu wählen, dass mir Christine mit ihren Schläppchen leicht folgen konnte.

Nach wenigen Minuten erreichten wir die Stelle, und ich entfaltete zunächst einen kleinen Hocker, auf den Christine sich setzen konnte, um sich noch ein wenig zurechtzumachen. Während sie sich den Lidstrich nachzog, packte ich die Foto-Utensilien aus und nahm das Fernglas in die Hand. Ich richtete es auf den gegenüberliegenden Hang und versuchte, etwas zu erkennen. Doch nichts schien sich dort zu bewegen, der Hügel lag vollkommen still. Kein Tier, nichts bewegte sich in der Nähe. Frustriert legte ich das Fernglas beiseite.

»Was suchst du? Ich denke, du willst mich fotografieren? Mich brauchst du aber nicht mit dem Fernglas zu suchen, soooo klein bin ich auch nicht«, spottete Christine, »oder sind deine Augen so schlecht?«

Ich spürte wieder einen Anflug von Schuldgefühl, beschloss aber, das Angenehme mit dem Nützlichen zu verbinden und ihr vorerst nichts von meinem Plan zu erzählen. Sie hatte genug durchmachen müssen in letzter Zeit, und ich wollte ihr keine Angst einjagen. Stattdessen bat ich sie an den Rand der Lichtung, der zum Ufer hin zeigte, und begann, sie zu fotografieren, immer so, dass im Hintergrund die Urftstaumauer zu erahnen war.

Christine war wirklich ein Glücksfall. Sie benötigte kaum Kommandos. Es war, als würde sie meine Gedanken lesen, so präzise und natürlich bewegte sie sich vor der Linse. Als ich nach einiger Zeit eine Pause vorschlug, nahm sie dankend an. Ich öffnete die Flasche, zauberte aus dem Korb ein paar Gläser hervor und goss Sekt ein.

Christine zwinkerte mir zu, und zu meiner großen Überraschung sprach sie mich geradeheraus an. »Sag mal, mein Lieber, meinst du nicht, es wäre fair gewesen, wenn du mir reinen Wein eingeschenkt hättest? Um nur ein bisschen als Staffage herumzustehen, bin ich nicht mitgekommen. Du hättest mir direkt sagen können, dass du die Wand aufnehmen willst, von der dieser Glob gesprochen hat.«

Ich spürte sofort, wie ich errötete. Mist! »Hm, ich … also … ähm … ich wollte …«

»Gib's auf, Robert. Aus dir wird nie ein guter Lügner«, lachte sie. »Aber mach dir keine Gedanken. Ich will doch selbst wissen, was es mit dieser seltsamen Beobachtung von diesem Touristen auf sich hat. Hättest du mich einfach gefragt, hätte ich es nur besser gefunden. Das wird schwer für dich, das wiedergutzumachen.« Ein Lächeln hatte ihr Gesicht überzogen, und ich begann zu ahnen, worauf das hinauslief.

»Okay, du hast gewonnen«, antwortete ich und versprach ihr, sie bald mal wieder zum Abendessen auszuführen.

»Also, wie soll ich mich hinstellen, damit du den Hang da drüben unauffällig fotografieren kannst?«, wechselte sie unvermittelt das Thema.

Ich trank aus, nahm meine Kamera wieder in die Hand und dirigierte Christine so, dass ich direkt an ihr vorbei den Hang ablichten konnte, ohne dass ein Unbeteiligter gemerkt hätte, dass ich an ihr vorbeischoss. Ich hatte ein starkes Teleobjektiv auf die Kamera gesetzt und konnte die etwa volleyballfeldgroße Fläche, die Glob beschrieben hatte, genau sehen. Die glatte Felswand lag ruhig und unschuldig am Rand der freien Fläche, doch irgendetwas gefiel mir nicht an dem Bild.

Plötzlich sah ich einen Soldaten in Tarnuniform, doch er war schon einen Moment später wieder verschwunden. Als ich mir die Miniaturbilder auf meinem kleinen Kameradisplay ansah, war kein Mensch auf den Bildern zu sehen. Dennoch – ich konnte mich nicht getäuscht haben!

Ich machte noch ein paar weitere Bilder, bis mich Christine mit einem Lächeln darauf hinwies, dass ihr langsam, aber sicher kalt werde. Also packte ich meine Fotoausrüstung zusammen; heute Abend würde ich vermutlich ohnehin nichts mehr zu Gesicht bekommen. Wir trugen die Taschen den kurzen Weg zum Lada zurück und verstauten alles im Kofferraum. Ich startete den Wagen und wandte mich an Christine.

»Ich möchte nicht denselben Weg zurückfahren, auf dem wir gekommen sind. Wer weiß, ob unsere Freunde nicht immer noch auf dem Parkplatz stehen. Was hältst du davon, wenn wir den Hang hinunterfahren und dann über den Weg von der Staumauer hoch auf die Landstraße? Dann können wir hinter Wolfgarten über die andere Zufahrt auf den Parkplatz einbiegen und haben so die Gelegenheit, zu überprüfen, ob der BMW noch im Matsch steckt oder ob unsere Freunde schon verschwunden sind.«

»Klasse Idee«, strahlte Christine, »ich würde auch zu gern wissen, wie die da rausgekommen sind.«

Also fuhren wir den holprigen Rückepfad bergab bis zum Schieber, dann auf der K7 bis zur Abzweigung, über die der Linienbus die Wanderer zur Staumauer brachte, und über die Landstraße zurück nach Wolfgarten. Auf der Einfahrt des Parkplatzes Tönnishäuschen bog ich im Schritttempo vorsichtig ein und staunte nicht schlecht, als ich sah, wie ein gigantischer Geländewagen mit einer Kette den BMW aus dem Graben an dem Erdhügel zog. Dabei war es weniger der Geländewagen, der mich erstaunte, als dessen Besatzung. Vier Soldaten in Tarnanzügen, davon zwei mit dunkler Hautfarbe, sprangen um das Fahrzeug herum und versuchten, die silberne Limousine aus dem Graben zu ziehen, der den Einstieg zum Wanderweg markierte. Die beiden Fahrer des Wagens standen etwas abseits und versuchten offenbar, Netz zu finden, denn sie hielten ihre Mobiltelefone immer wieder in die verschiedenen Himmelsrichtungen. Also hatten der silberne BMW und die Soldaten etwas miteinander zu tun.

Vorsichtig setzte ich den Lada zurück auf die Straße.

»Moment«, stoppte mich Christine. »Du sagst doch, die beiden Typen haben dich schon mal besucht.«

»Ja, sie standen quasi vor meinem Haus.«

»Aber mich kennen sie ja noch nicht. Gib mir doch mal deine Kamera. Ein paarmal auf den Auslöser drücken kriege ich auch noch hin.«

Sie war wirklich ein Schatz. Aber sollte ich sie wirklich der Gefahr aussetzen? Immerhin gab es nun schon einige Tote in dieser ganzen Geschichte. Der Mörder von Zurholt war noch nicht gefunden worden, und es war immer noch nicht bewiesen, ob Weinrauch wirklich Opfer eines Unfalls geworden war. Konnte ich Christine in die Angelegenheit mit hineinziehen?

Sie nahm mir die Antwort ab, indem sie nach der kleinen Digitalkamera griff, die in der Mittelkonsole des Ladas lag, und die Autotür öffnete.

24

Als es an der Haustür von Andreas Vershoff in Simmerath klingelte, vermutete er, dass es sich um einen Klienten handelte. Er erwartete keinen Besuch, zumindest nicht am Dienstagabend um fast acht Uhr. Aber Klienten hatten für Kleinigkeiten wie Privatsphäre oder Uhrzeiten kein Verständnis. Wahrscheinlich wollte der, der da vor der Tür stand, so weltbewegende Sachen wie eine Erbschaftsstreitigkeit oder eine Scheidung mit ihm besprechen. Er hätte von diesen Kleinaufträgen niemals leben können. Die lukrativeren Mandate kamen vor allem aus der freien Wirtschaft. Die Firmenbosse schätzten die zupackende Art des gut aussehenden, intelligenten Anwalts, der insbesondere zu Richterinnen einen besonderen Draht zu haben schien.

Hier auf dem Land, in seiner Kanzlei in Simmerath, waren Familienzwiste so ziemlich die aufregendsten Fälle, die er annahm. Entweder waren die Eifler ein wesentlich friedfertigeres Völkchen, als man ihnen gemeinhin nachsagte, oder es lag daran, dass man kleinere Streitigkeiten mit der Faust oder beim Bier regelte. Vielleicht waren auch seine Stundensätze einfach zu hoch für die Leute.

In seiner Kanzlei in Düsseldorf in der Steinstraße, einer der ersten Adressen nur wenige Meter von der Kö entfernt, wickelte er die interessanteren Fälle ab. Er vertrat vorrangig Mitglieder der rechten Szene, wenn es um Volksverhetzung, Missbrauch von verbotenen Symbolen oder ähnliche Delikte ging. Gerade in diesem Bereich genoss er unter Gleichgesinnten einen hervorragenden Ruf, der ihm zwar nicht den Respekt seiner Kollegen, aber ein stets gut gefülltes Konto einbrachte.

Wenig begeistert ging Vershoff auf seine Haustür zu und wollte den vermeintlichen Bittsteller mit ein paar unfreundlichen Worten und einem Hinweis auf seine Bürozeiten abwimmeln. Der Polizist, der vor seiner Tür stand, hielt ihm jedoch direkt einen Durchsuchungsbeschluss vor die Nase.

»Guten Tag, Herr Andreas Vershoff? Ich darf Sie bitten, zur Seite zu gehen, Sie kennen das Verfahren ja«, begrüßte ihn der Uniformierte knapp.

Vershoff trat zur Seite. »Kommen Sie herein, meine Herren – worum geht es diesmal?« Er war zwar nicht begeistert, dass er ungebetenen Besuch bekam, doch hatte er im Laufe der zahlreichen Hausdurchsuchungen, die er nun schon hatte über sich ergehen lassen müssen, eingesehen, dass die Polizisten diesen Einsatz selbst nicht zu verantworten hatten. Seine Gegner saßen in der Regel woanders.

»Ich gehe davon aus, dass meine Kanzlei in Düsseldorf auch gerade von Ihnen besucht wird?«, fragte er den Polizisten.

Gleichzeitig klingelte sein Handy. Katrin Hundemüller, seine Düsseldorfer Assistentin, informierte ihn, dass Polizei und Staatsanwaltschaft gerade im Begriff seien, seine Büroräume zu durchsuchen. Er war froh, dass er alle Akten mittlerweile elektronisch führte. So konnte er zwar die Beschlagnahme nicht ganz verhindern, doch durch die Auslagerung der Daten an einen Provider nutzte es nicht viel, wenn seine PCs konfisziert wurden. Er schaffte sich dadurch einen wichtigen Zeitvorsprung – Zeit, die er nutzen konnte, um bestimmte Dokumente verschwinden zu lassen.

»Ist okay, Katrin, ich weiß Bescheid. Achten Sie bitte darauf, dass man sich an die Vorschriften hält, und notieren Sie alles, was Ihnen auffällt. Ich komme später vorbei und gucke mir das an.«

Der Polizist sagte: »Herr Vershoff, ich fürchte, Sie werden so schnell nicht nach Düsseldorf fahren. Ich habe einen Haftbefehl gegen Sie.«

***

Das Bad duftete herrlich nach Rosenöl. Ursula Kiefer genoss das heiße Wasser auf ihrem Körper nach der Anspannung der letzten Tage. Ihr Mann hatte überraschend kalt reagiert, als sie ihm eröffnet hatte, dass sie ihn verlassen werde, um zu Andreas

Vershoff zu ziehen. Und nun war sie in dieser schicken neuen Wohnung in Düsseldorf und wartete darauf, dass ihr Geliebter endlich nach Hause kam.

Sie ließ sich tief in die Wanne hineingleiten und tauchte mit dem Kopf kurz unter Wasser. Erinnerungen an vergangene Urlaube erschienen vor ihrem inneren Auge, und einen Moment stellte sie sich vor, an einem Strand in der Karibik zu liegen und den Wellen zuzuhören.

Das Klingeln an der Tür bemerkte sie erst, als sie wieder den Kopf aus dem Wasser hob. Sollte das schon Andreas sein? Sie war sich nicht sicher, ob sie den Schlüssel des Apartments von innen hatte stecken lassen. In dem Fall hätte er nicht von außen aufschließen können, was ein Grund für sein Klingeln sein konnte.

»Ich komme schon!«, flötete sie in Richtung der Eingangstür. Notdürftig mit einem Badetuch bekleidet, öffnete sie die Tür und erschrak.

»Guten Tag, mein Name ist Polizeioberkommissar Sebastian Freimer. Wer sind Sie? Wir haben einen Durchsuchungsbeschluss für dieses Apartment.«

Hinter dem jungen Mann mit dem Schnurrbart stand Katrin Hundemüller, die Sekretärin von Andreas, die Ursula ein paarmal gesehen hatte, als ihr Geliebter sie mit nach Düsseldorf genommen hatte. Sie musterte Ursula mit einem Blick, den man irgendwo zwischen Missbilligung und Verachtung ansiedeln konnte.

»Ich … Ich –«, stammelte Ursula.

»Bitte holen Sie Ihren Ausweis und ziehen Sie sich etwas an«, unterbrach der Polizist ihr Gestammel, während er seine Männer anwies, schon einmal im großen Studio mit der Durchsuchung zu beginnen.

***

Einige Stunden später hatte Heinrich Bieskolla Frieder Willems, den zuständigen Düsseldorfer Kriminalkommissar, an der Strippe.

»Wir haben da eine interessante Aussage ergattert, Herr Kollege. Frau Kiefer belastet ihren Mann schwer, an illegalen Machenschaften im Zusammenhang mit einem Förderprojekt beteiligt zu sein, gemeinsam mit Andreas Vershoff, dessen Wohnung wir durchsucht haben, und einem gewissen Stefan Hirsch.«

»Ich fasse es nicht«, antwortete Bieskolla. »Ich glaube, wir müssen die Dame mal zu uns zitieren. Herzlichen Dank für Ihre Unterstützung, Kollege!« Er legte auf und rief Pia Wesseling, seine junge Kollegin, zu sich. »Pia, das glaubst du nicht. Ich hab eben einen Anruf aus Düsseldorf bekommen. Als die Kollegen da die Wohnung von dem Vershoff durchsucht haben, trafen sie auf eine gewisse Ursula Kiefer, die Frau unseres lieben Gremiumsmitglieds, der mit der Schreinerei. Die hat offensichtlich mit allem gerechnet, nur nicht mit der Polizei. Und jetzt halt dich fest. Sie haben einen Laptop in der Wohnung gefunden.«

»Leck mich am …«, setzte Pia an, besann sich dann aber doch eines Besseren. »Wenn alles glattläuft, können wir ihn damit festnageln!«

***

Die Sonne schien auf den trockenen Asphalt, als Stefan Hirsch beschloss, von der Autobahn abzufahren und in Speyer noch schnell einen Happen zu essen. Er war auf dem Weg nach Zürich, wo ein höchst angenehmer Termin mit seiner Bank anstand. Nach den unerfreulichen Entwicklungen der jüngeren Vergangenheit hatte er zähneknirschend eingesehen, dass es besser war, aus dem Projekt Vogelsang auszusteigen. Gut, eine andere Wahl hatte Andreas ihm auch nicht gelassen. Sobald er in Ecuador war, wollte er in aller Ruhe bei einem Glas Rum darüber nachdenken, wie er seine Zukunft gestalten wollte. Die hunderttausend von Andreas waren ein nettes Taschengeld, das ja – aber weit würde er damit nicht kommen. Deshalb hatte er beschlossen, das kleine Risiko einzugehen und einen Tag länger als geplant in Deutschland zu bleiben. Er hatte den halben Sonntag und den gestrigen Montag in einem kleinen Wellnesshotel in der

Eifel verbracht, und nun war er auf dem Weg in die Schweiz, um seine Schwarzgeldkonten zu plündern und in Zürich den nächsten Flieger nach Madrid zu nehmen. Von dort aus würde es weiter nach Quito gehen. Und danach – wer wusste das schon.

Sobald er in Ecuador angekommen war, würde er eine Namensänderung beantragen. In der deutschen Botschaft stellten sie auch Pässe aus, er hatte sich erkundigt. Und vermutlich wesentlich unbürokratischer als in der Heimat. Stefan von Hasselt – in Südamerika würde er seinen wahren Namen tragen dürfen, ohne mit vorwurfsvollen Blicken oder bösen Anschuldigungen die Vergangenheit betreffend rechnen zu müssen. Bald war es so weit. Kein Vogelsang mehr mit seinen gottverdammten trägen Entscheidungswegen. Keine kalte Eifel, in der es im April noch frieren konnte. Vor seinem inneren Auge sah er Palmenstrände, an denen er von schokoladenfarbenen Schönheiten Drinks serviert bekam.

Fast hätte Stefan die rote Kelle übersehen, die ihm bedeutete, an den Rand zu fahren und anzuhalten. Das konnte doch einfach nicht wahr sein. Dieses elende Deutschland! Was war aus dem einstigen Deutschen Reich, der Großmacht in Europa und der Welt, nur geworden? Diese Republik aus Sesselfurzern und Schattenparkern.

Er hielt am Straßenrand an der Stelle an, auf die ihn der Polizist verwies.

»Guten Morgen, allgemeine Verkehrskontrolle. Fahrzeugschein und Führerschein bitte!«

Stefan war sich sicher, nicht gegen irgendwelche Verkehrsregeln verstoßen zu haben. Oder sollten sie etwa doch schon Christine gefunden haben? Er begann zu schwitzen. Unmöglich! Den alten Bunker kannte doch kaum jemand, und niemand würde darauf kommen, dass er sie dort versteckt hatte … Oder war es vielleicht Andreas gewesen, der den Behörden den entscheidenden Tipp gegeben hatte? Aber nein, wieso sollte er das tun?

Stefan umklammerte das Lenkrad so fest, dass die Knöchel weiß hervortraten.

»Hallo? Ich habe Sie gebeten, mir die Fahrzeugpapiere und Ihren Führerschein auszuhändigen. Haben Sie etwas getrunken?«

»Nein, nein, sorry, ich war ein wenig in Gedanken.« Stefan holte die geforderten Dokumente aus seiner Brieftasche, die im Handschuhfach lag. Er wünschte, er wäre nicht in Speyer von der A61 auf die B9 abgefahren, um in dem Schnellrestaurant auf der Wormser Landstraße einen Hamburger einzuwerfen. Doch für diese Überlegungen war es jetzt zu spät. Hoffentlich würde die Kontrolle glimpflich verlaufen. Er wusste nicht, ob die Polizei nicht schon nach ihm suchte.

Der Beamte, der die Papiere an sich genommen hatte, ging um das Auto herum und kontrollierte, was immer er da zu kontrollieren hatte. Dann kam er zurück und fragte: »Darf ich mal bitte einen Blick in Ihren Kofferraum werfen?«

»Klar, gern«, antwortete Stefan. »Was suchen Sie denn?«

»Nichts Spezielles«, antwortete der Beamte freundlich. »Wir überprüfen nur stichprobenartig auf Alkohol und Drogen. Einen Moment bitte.«

Ein Knarzen im Funkgerät des Polizisten unterbrach sie. Der Beamte ging zu der Ansammlung von Streifenwagen, die an der Einfahrt zu einem Gewerbegebiet standen. Stefan öffnete in der Zeit, beobachtet von einem zweiten Polizisten, den Kofferraum. Außer einer Sporttasche mit ein paar Jeans und einigen Hemden sowie etwas Wäsche befand sich nichts darin. Vollkommen unauffällig.

Der zweite Polizist warf einen kurzen Blick in die Tasche und winkte einen weiteren Kollegen mit einem Schäferhund zu sich. Der Hund schnüffelte kurz an der Tasche, zeigte sich aber desinteressiert, sodass der Beamte den Kofferraumdeckel wieder schloss.

Das ist schon mal gut gegangen, dachte Stefan.

Inzwischen war der erste Beamte vom Streifenwagen zurückgekommen und wandte sich an ihn. »Würden Sie bitte die Hände auf das Dach legen und die Füße etwas auseinanderstellen? Ich muss Sie noch auf Waffen durchsuchen.«

Stefan wunderte sich zwar über die gründliche Vorgehensweise, tat jedoch, wie ihm geheißen war. Als er die Hände auf das Dach des Wagens legte, nahm der Polizist seine rechte Hand nach hinten, und Stefan fühlte kalten Stahl um sein Handgelenk.

»Stefan Hirsch, Sie sind vorläufig festgenommen. Bitte kommen Sie mit zum Fahrzeug, damit wir das weitere Vorgehen klären können.«

»Was ist los? Was soll das?« Stefan wurde unversehens laut. »Ich muss weiter, ich habe einen Termin. Was soll der Unfug? Ich habe keine Drogen im Auto!«

Ihm wurde warm und kalt. Sollte dieses Flittchen etwa …? Nein, er hatte darauf geachtet, dass ihnen niemand gefolgt war. Es war unmöglich, oder? Hätte er die Schlampe doch lieber direkt kaltgemacht! Er fluchte laut. »Scheiße!«

Aber vielleicht hatte man sie ja auch noch gar nicht gefunden. Vielleicht war das Ganze ja auch ein Missverständnis. Hoffnung keimte in ihm auf.

Der Beamte ließ die Handschellen zuschnappen. »Herr Hirsch, ich habe hier eine Bitte von Kollegen aus … wie heißt der Ort? Genau, Schleiden vorliegen, die Sie zur Fahndung ausgeschrieben haben. Wir möchten Sie bitten, mitzukommen. Wir hätten da ein paar Fragen.«

25

Bieskolla saß am Tag darauf einem sichtlich aufgeregten Stefan Hirsch am Tisch des nüchtern eingerichteten Vernehmungszimmers gegenüber. Auf dem Tisch standen zwei Tassen Kaffee.

»Herr Hirsch«, begann Bieskolla, »Sie haben Ihre Assistentin Christine Hilgers entführt und eingesperrt. Sie stehen im Verdacht, Peter Zurholt getötet zu haben, und wir haben Grund zu der Annahme, dass Sie an einem groß angelegten Subventionsbetrug im Zusammenhang mit Fördermitteln der EU auf Vogelsang beteiligt sind.«

Hirsch lachte bitter auf. »So einen Quatsch habe ich ja selten gehört. Warum sollte ich diesen … Zurholt getötet haben? Und was für ein Betrug? Geht die Phantasie mit Ihnen durch? Wissen Sie überhaupt, wen Sie vor sich haben?«

»Das ist in der Tat eine berechtigte Frage«, schmunzelte Bieskolla, »sind Sie Stefan Hirsch oder eher Stefan von Hasselt?«

Hirsch zuckte zusammen.

Bieskolla senkte die Stimme. »Wie auch immer Sie sich nennen, Sie sind vor allem eines: der Sohn eines hundsgemeinen Mörders!«

»Was? Wovon sprechen Sie?«

»Ihnen ist doch bekannt, dass Hirsch nicht der Name ist, den Sie von Geburt an tragen?«

Hirsch nickte. »Ja, das weiß ich. Ich weiß auch, dass mein Vater jüdischen Leuten gegen Ende des Krieges die Pässe abgekauft hat. Aber das haben damals viele getan, das ist doch längst verjährt!«

»Ihr Vater, Herr Hirsch, ist ein Mörder.« Bieskolla blieb ruhig, auch wenn es in ihm brodelte.

»Unsinn. Er war ein braver Soldat, er hat wie alle anderen auf Befehl des Führers gehandelt. Er ist nicht mehr und nicht weniger ein Mörder als alle anderen guten Deutschen, die ihren Dienst geleistet haben. Er war Teil des Ganzen.«

»Das ist nicht ganz richtig. Ihr Vater war nicht nur persönlich an der Ermordung eines jüdischen Ehepaars beteiligt, er hat auch einen Kameraden erschossen.«

Hirsch lachte, ein aufgesetztes, viel zu lautes, unsicheres Lachen. »So einen Quatsch können Sie jemand anderem erzählen! Mein Vater hat zwei Pässe gekauft, damit unsere Familie nach dem Krieg überleben konnte. Das weiß ich genau. Und die, von denen er die Pässe gekauft hat, sind dann ausgewandert.«

Bieskolla griff in die oberste Schublade seines Schreibtisches und zog eine Kopie des Briefs von Helene von Hasselt hervor. Er reichte sie an Hirsch weiter.

Dieser griff danach und überflog die erste Seite. »Ja, ich gebe zu, meine Mutter hat mir den Brief geschrieben«, räumte er ein. »Natürlich kommt es bei den Kameraden nicht so gut an, mit einem gekauften Namen herumzulaufen, dann auch noch einem jüdischen. Aber ich verstehe nicht –«

»Weiterlesen, und zwar laut!«, kommandierte Bieskolla.

Hirsch senkte den Kopf wieder über das Schreiben. Plötzlich wich alle Farbe aus seinem Gesicht.

Gemeinsam mit einem Kameraden hat dein Vater die Herschs damals getötet. Er war immer ein vorsichtiger Mensch, lieber Stefan, und er hätte mich unnötig in Gefahr gebracht, wenn er sich durch Mitwisser erpressbar gemacht hätte. Deshalb musste dein Vater seinen Kameraden ebenfalls beiseiteschaffen.

»Er hat … einen Kameraden erschossen.« Hirsch blickte Bieskolla an, als erwarte er von ihm eine Antwort. »Einen Kameraden«, wiederholte er fassungslos.

»Ja, und ein unschuldiges jüdisches Ehepaar!«, donnerte Bieskolla, der kurz vor dem Platzen war.

»Na und?« Hirsch gewann die Fassung wieder. »Was wollen Sie eigentlich? Das alles liegt fast siebzig Jahre zurück, mein Vater ist längst tot, und mich können Sie dafür ja wohl kaum verantwortlich machen!« Dann zischte er: »Um die Juden ist es nicht schade, die wären doch eh ins Gas gegangen. So gesehen hat er ihnen ja sogar noch einen Gefallen getan. Ich sage: Ich bin stolz auf meinen Vater!«

Bieskolla machte eine Faust in der Tasche. Da saß dieser Scheiß-Nazi und verhöhnte die Mordopfer auch noch! Wie gern würde er diesem elenden Würstchen das braune Gedankengut aus dem Leib prügeln, wie gern würde er ... Doch ein Wutausbruch brachte ihn jetzt nicht weiter. Er musste Hirsch zum Reden bringen.

»Herr Hirsch«, begann er wieder, »lassen wir Ihre Familie mal für einen Moment beiseite. Was mich viel mehr interessiert: Wie ist Herr Zurholt an den Brief gelangt? Hat er Sie mit diesem Brief erpresst? Es wäre wirklich von Vorteil für Sie, wenn Sie endlich mit der Wahrheit rausrücken. Sie sollten allmählich begreifen, Herr von Hasselt, dass Ihre Maskerade vorbei ist. Sie sind erledigt!«

Bieskolla hatte die Lautstärke stetig gesteigert, seine Wut füllte förmlich den Raum. »Ich sage Ihnen, was passiert ist«, schrie er. »Zurholt hat von diesem Brief erfahren und Geld von Ihnen gefordert. Dafür musste er sterben!«

Plötzlich wirkte Stefan Hirsch, als habe man einem großen Ballon die Luft herausgelassen. »Ich wollte das doch alles nicht«, jammerte er, »ich wollte doch niemals einen Menschen töten! Aber ich konnte doch nicht zulassen, dass er alles ruiniert!«

Bieskolla sagte: »Und da haben Sie einfach so mir nichts, dir nichts einem Menschen das Licht ausgeblasen?«

Hirsch sah ihn tränenverschleiert an und nickte. »Zurholt hat mich erpresst. Er hat gedroht, den Brief meiner Mutter zu veröffentlichen. Ich wäre vollkommen ruiniert gewesen und der Name meiner Familie ebenfalls – nicht nur vor den Kameraden, sondern auch in der Öffentlichkeit. Wer hat denn heute noch Verständnis für die edle Tat meines Vaters? Also habe ich Zurholt an den Urftsee gelotst und eine Geldübergabe angekündigt. Als er erschien, habe ich ihn erschossen.«

Hirsch saß da wie ein Häufchen Elend, in sich zusammengefallen, so gar nicht mehr der elegante, schneidige, leicht arrogante Geschäftsführer, den er bisher markiert hatte.

»Woher hatten Sie die Waffe?«, fragte Bieskolla.

»Von meinem Vater. Es war seine alte Wehrmachtspistole, die er immer zu Hause aufbewahrt hat. Sie liegt auf dem Grund des Urftsees. Da habe ich sie hineingeschmissen, nachdem ... nachdem ... Mein Gott, das alles wollte ich doch nie«, jammerte er wieder.

Es klopfte an der Tür des Vernehmungszimmers. »Herr Bieskolla, können Sie bitte mal gerade kommen?« Pia Wesseling stand in der Tür.

»Ist gerade nicht so günstig«, setzte Bieskolla an.

Pia unterbrach ihn jedoch sofort. »Es geht um Herrn Vershoff. Ein Anruf aus Düsseldorf. Ich glaube, es ist dringend.«

Bieskolla beobachtete Stefan Hirsch, der merklich zusammengezuckt war, als Pia Vershoffs Namen erwähnt hatte. Er stand auf und folgte seiner Kollegin.

In seinem Büro angekommen, deutete Pia auf den Telefonhörer, der auf dem Tisch lag. »Die Kollegen haben offensichtlich hochinteressantes Material gefunden.«

Er nahm den Hörer in die Hand. »Bieskolla hier.«

»Hallo, Kollege!« Bieskolla erkannte die sonore Stimme von Frieder Willems, dem Kollegen, der in Düsseldorf die Ermittlungen gegen Vershoff leitete. »Wir haben endlich gefunden, wonach wir gesucht haben. Alles gut sortiert auf einem Server im Internet. Zum Glück hat der feine Herr auf einem Blatt Papier, das er in seinen Schreibtisch eingeschlossen hat, die Passwörter hinterlegt. Verschlüsselt zwar, aber der Code war leicht zu knacken. Schön blöd, sag ich dazu nur. Wenn ich das nach erster Sichtung unseres Experten aus der Wirtschaftskriminalität richtig sehe, ist da bei euch eine richtig dicke Sauerei im Gange.«

Bieskolla horchte auf.

»Dabei spielt dieser Vershoff eine ganz zentrale Rolle. Er ist, soweit wir das bisher recherchieren konnten, Geschäftsführer oder Aufsichtsratsvorsitzender einiger in- und ausländischer Unternehmen. Diese Gesellschaften haben alle eins gemeinsam: Ihr wichtigster Auftraggeber ist die VDI, die Vogelsang

Development Incorporated. Das ist doch die Gesellschaft, die diesen ehemaligen Militärstützpunkt bei euch entwickeln soll, oder?«

Bieskolla bestätigte.

»Nun, das Besondere daran ist, dass Vershoff nach eigenen Aufzeichnungen zum einen ein horrendes Beraterhonorar kassiert, dafür, dass er Verträge und Ausschreibungen für diese VDI erstellt und auf Rechtssicherheit prüft. Auf der anderen Seite vergibt er so die Aufträge quasi an sich selbst – wir wissen nur noch nicht, wie es kommt, dass die Vergabe der Aufträge immer an seine Gesellschaften erfolgt. Entweder kann er durch Insiderwissen die besten Angebote machen, oder er bekommt von einem gewissen Stefan Hirsch aufgrund von Tatsachen, die wir noch nicht kennen, den direkten Zuschlag. Fakt ist, dass in der Vergangenheit rund zwanzig Millionen Euro Auftragsbestand der VDI an die Gesellschaften und Firmen von Vershoff gegangen sind.«

Bieskolla schrieb stichwortartig mit. Das war es – endlich konnte er beweisen, dass Hirsch und Vershoff Dreck am Stecken hatten. Nach den Vermutungen und lückenhaften Unterlagen, die sie von Christine Hilgers erhalten hatten, waren sie den beiden Verbrechern zwar auf der Spur gewesen, aber sie hatten keines der Verdachtsmomente beweisen können.

»Aber das ist noch nicht alles.« Willems schien regelrecht Vergnügen an der Schilderung zu haben. »Kollege, haben Sie einen Mail-Account?«

Bieskolla hielt den Hörer zu und fragte die immer noch neben ihm stehende Pia: »Sag mal, haben wir einen Mail-Account?«

Sie lächelte. »Klar. Soll ich mal den Laptop holen?«

Bieskolla nickte und wandte sich wieder an Willems. »Wird gerade erledigt.«

»Okay. Ich werde euch gleich ein paar Vertragsunterlagen schicken, die ihr dem Verdächtigen vorlegen könnt. Es sieht tatsächlich so aus, dass Vershoff der einzige Angestellte seiner Firmen ist. Die Adressen sind bekannte Anschriften von Registrativfirmen, also – wie sagt man – Briefkastenfirmen.«

»Das heißt?« Bieskolla verstand nicht, worauf Willems hinauswollte.

»Es sieht so aus, als ob die Masche so lief: Vershoff berät den Geschäftsführer der Vogelsang-Gesellschaft, diesen Stefan Hirsch, bei der Ausschreibung und lässt sich das fürstlich entlohnen. Die Ausschreibung geht als Auftrag an eine Firma von Vershoff. Wie, wissen wir noch nicht. Es wird jedoch kaum oder gar keine Arbeit geleistet. Lediglich in einigen Fällen hat es kleinere Handwerkeraufträge an eine Baufirma gegeben, die etwas verputzen sollte, an eine Sanitärfirma und an eine Schreinerei.«

Pia kam wieder ins Büro, und Bieskolla beobachtete fasziniert, mit welcher Selbstverständlichkeit sie den Laptop bediente. Er nahm sich im Stillen vor, sich diese Kunst einmal von ihr zeigen zu lassen. Er stand mit der Technik auf Kriegsfuß. Wenn es nach ihm gegangen wäre, hätte es immer noch die netten Sekretärinnen gegeben, denen man seine Briefe diktierte …

Es dauerte ungefähr eine halbe Minute, dann erschien ein Fenster auf dem Bildschirm. Bieskolla begriff, dass das wohl das Mailprogramm war. Pia drückte ein paar Tasten, bis daneben das Bild einer Rechnung auftauchte.

»Haben Sie sie?«, fragte Willems, und Bieskolla bestätigte. »Das ist die auffälligste Rechnung, die von einer Gesellschaft Vershoffs ausgestellt wurde. Sie passt inhaltlich zu einer Aufstellung der besagten Schreinerei. Ich habe das Gefühl, hier wurde ein Auftrag weitergegeben und mit einem satten Aufschlag von immerhin über eintausend Prozent der VDI in Rechnung gestellt.«

Bieskolla musterte den Bildschirm etwas genauer. »Das … ist doch nicht zu fassen«, sagte er, und Pia bemerkte: »Das ist moderne Technik, Chef.«

»Nein, das meine ich nicht«, sagte Bieskolla, »aber die Schreinerei hier, das ist der Betrieb von diesem Kiefer, der im Gremium der VDI sitzt. Drucken Sie mir das bitte mal aus?«

»Dieser Kiefer«, meldete sich Willems wieder zu Wort, »ist darüber hinaus Mitgesellschafter in insgesamt zwei der Gesellschaften von Vershoff.«

Bieskolla ließ die Luft aus den aufgeblasenen Backen entweichen. »Kollege, wir sind Ihnen zu tiefem Dank verpflichtet. Wenn Sie mal hier in der Eifel sein sollten, lade ich Sie zum Essen ein.«

»Darauf komme ich gern zurück. Bis dahin, denke ich, werden wir uns aber noch ein paarmal in der Sache sprechen. Ich hoffe, wir finden noch weitere Beweise und bekommen die Sache wasserdicht. Viel Spaß noch und Kompliment an die Frau Kollegin!« Willems beendete die Verbindung, was der Lautsprecher mit einem synthetischen Geräusch bestätigte.

Als Bieskolla das Vernehmungszimmer wieder betrat, bemerkte er die veränderte Stimmung im Raum. Hirsch war verunsichert, das war deutlich zu spüren. Bieskolla sagte: »So, Herr von Hasselt oder Hirsch – oder wie Sie wollen. Sie stehen unter dem Tatverdacht des Betrugs, insbesondere des Subventionsbetrugs und der Bestechung – zusätzlich zu dem Mord an Zurholt und der Entführung Frau Hilgers'. Ich könnte mir vorstellen, dass Sie nun vielleicht doch kooperieren wollen – oder?«

»Sie langweilen mich«, sagte Hirsch, ohne aufzublicken.

Bieskolla legte die Ausdrucke auf den Tisch, die er eben von Willems zugeschickt bekommen hatte. »Herr Hirsch, nach unseren derzeitigen Ermittlungen sind Sie der Drahtzieher bei Betrügereien um EU-Subventionen in hoher zweistelliger Millionenhöhe. Das allein bringt Sie mit Sicherheit für ein paar Jahre hinter Gitter. So wie es aussieht, haben Sie darüber hinaus aber dem Stadtrat Kiefer Aufträge widerrechtlich zukommen lassen. Wir werden uns aber zunächst auf Ihre Rolle im Zusammenhang mit der Vergabe von Aufträgen sowie die Entführung von Christine Hilgers konzentrieren.«

»Nein, nein, das war alles ganz anders.« Hirschs Blick war auf irgendeinen Punkt draußen vor dem Fenster gerichtet. »Ich werde Ihnen sagen, was passiert ist.«

Bieskolla schaltete das Aufnahmegerät ein und bat Hirsch, einen Moment zu warten. Dann gab er dem ihm gegenübersitzenden Mann ein Zeichen, und dieser begann zögernd.

»Die Sache war von langer Hand vorbereitet«, sagte Hirsch mit fast tonloser Stimme. »Ich lernte Vershoff im Golfclub kennen, einige Zeit bevor ich die Stelle hier in Vogelsang antrat. Wir trafen uns fast monatlich zum Golfen, und irgendwann erzählte er mir von seinem Job, in dem er häufig rechtsradikale Straftäter vertritt.«

»Nazis also«, fiel Bieskolla ihm ins Wort.

»Ja, Nationalsozialisten. Wobei ich unterscheide. Die, die straffällig werden und unserer Sache keinen Dienst erweisen, und die rechtschaffenen Bürger, die einfach wieder ein sauberes Deutschland wollen. Eins, in dem die Frauen abends wieder auf die Straße gehen können, ohne Angst zu haben. Dass wir mit dieser Idee nicht allein sind, zeigt doch, dass wir mit der DNP, der Deutschnationalen Partei, wieder in vielen Parlamenten vertreten sind. Also, wir hatten die Idee, hier auf Vogelsang einen Lebensbereich einzurichten, in dem deutsche Familien ungestört leben und ihren Idealen nachgehen können, politische Bildung erleben, Gemeinschaft und Zusammenhalt lernen.«

»Ich kotze gleich«, unterbrach Bieskolla, verstummte aber direkt wieder.

Hirsch beachtete seinen Einwand nicht. Sein Blick war abwesend, er schien in seiner eigenen Gedankenwelt gefangen zu sein. »Wir wollten die alte Idee Vogelsangs in moderner Form wiederauferstehen lassen«, fuhr er fort, »ein Ausbildungslager für eine intellektuelle deutsche Rasse, eine Elite unserer Gesellschaft mit nationaler Gesinnung. Doch wenn man eine große Idee verfolgt, eine so große und einzigartige Idee, braucht man Geld, viel Geld. Und für Vogelsang war Geld da, jede Menge – aber für was für Projekte!« Er lachte. »Die biologische Betrachtung des Paarungsverhaltens der Fledermäuse bei Mondschein. Unglaublich! In den Schulen können die Fenster nicht ausgetauscht werden, weil kein Geld da ist, aber das untersuchen die! Also haben wir beschlossen, von den Geldern etwas abzuzweigen, damit wir Vogelsang eines Tages übernehmen und nach unseren Vorstellungen ausbauen können.«

Hirsch hatte offenbar vergessen, dass er sich in einem Verhör befand. Er verfiel in einen Erzählton, der unverkennbar Stolz in seiner Stimme mitschwingen ließ. Bieskolla musste sich zusammenreißen, um nicht ausfallend zu werden.

»Und so kam eines zum anderen. Ich hatte die Aufgabe, die Ausschreibungen im Auftrag der VDI vorzubereiten und zu versenden. Wenn die Angebote eintrafen, brauchte ich nur die Offerten, die von Vershoffs Unternehmen kamen, entsprechend zu frisieren und bestimmte Angebote, die eventuell den Zuschlag bekommen hätten, verschwinden zu lassen. Nie hat jemand nachgefragt. Dann wurden Vershoffs Firmen die Aufträge erteilt, und wir haben einen Teil der notwendigen Arbeiten kleineren Betrieben weitergegeben. Lokale Wirtschaftsförderung. So, dass man sah, dass sich auch was tat auf dem Gelände.«

»Moment«, unterbrach ihn Bieskolla, »das verstehe ich nicht.«

Hirsch sah ihn mit einem mitleidigen Blick an. »Ist doch einfach. Da wird ein Gästehaus geplant. Die Schreinerei Kiefer bekommt von mir die Anweisung, ein Angebot in der Höhe von einer Million zu unterbreiten. Von Vershoffs Firmen kommen ein paar andere Angebote in ähnlicher Preisklasse. Alle anderen Offerten lasse ich verschwinden. Kiefer bekommt den Zuschlag. Echter Auftragswert ist aber tatsächlich nur zweihunderttausend Euro. Dafür wird gearbeitet, aber eine Million in Rechnung gestellt. Das bläst Kiefer irgendwie auf, über Personalkosten, andere Subunternehmer und was weiß ich. Die Million wird von der VDI bezahlt, Kiefer zieht seine realen Kosten ab und versteuert den Gewinn, damit die Steuerprüfung nichts merkt. Also eine Million minus zweihunderttausend Ausgaben minus vierhunderttausend Steuer. Bleiben etwa vierhunderttausend übrig, die keiner vermisst. Davon erhielt Kiefer hunderttausend, Vershoff und ich je hunderttausend, und hunderttausend gingen an den Verein.«

»Welchen Verein?«

»Wir haben einen Verein gegründet, die ›Neue Volksfamilie e.V.‹, eine Gemeinschaft, die als Kulturverein das Netzwerk für unsere Kameraden stellte, aber das ist eigentlich Nebensache. Das Geld wurde teilweise in die Schweiz, teilweise nach Liechtenstein oder nach Ecuador gebracht. Der Plan war, die VDI irgendwann pleitegehen zu lassen und die Immobilien auf Vogelsang dann günstig zu erwerben.«

Bieskolla hatte erst einmal genug gehört und schaltete das Aufzeichnungsgerät ab. »Herr Hirsch, ich denke, Sie kennen Ihre Rechte gut«, sagte er. »Ich werde Sie über Nacht hierbehalten, morgen übernimmt Sie dann die Staatsanwaltschaft, und ich denke, der Verfassungsschutz wird sich auch noch für Sie interessieren.«

Dann stand er auf und ging aus dem Raum. Vor der Tür traf er auf Pia Wesseling.

»Mensch, die Geschichte ist besser als jeder Tatort-Krimi«, stöhnte sie. Sie hatte im Nebenraum jedes Wort des Verhörs mitbekommen. »Ich fass es einfach nicht.«

»Ich auch nicht. Es ist wirklich anstrengend, in dieser braunen Scheiße zu wühlen. Ich glaube, ich brauch jetzt erst mal eine Pause.«

»Das glaube ich nicht«, kicherte Pia.

»Wieso nicht?«

»Weil wir noch einen anderen Termin haben«, sagte sie und grinste. »Als Nächstes knöpfen wir uns diesen windigen Winkeladvokaten vor.«

***

»Herr Vershoff«, begann Bieskolla, nachdem er die Formalitäten des Verhörs auf Band gesprochen hatte, »dann fangen Sie mal an.«

»Was soll ich Ihnen erzählen? Das ist alles ein riesengroßes Missverständnis«, setzte Andreas Vershoff an. Er musterte Pia mit einem Blick, der ihr einen eiskalten Schauer über den Rücken laufen ließ. »Irgendwer versucht mir hier ein Ei zu legen. Ich weiß nicht, wer, aber es dürfte genug Leute geben, die neidisch auf meinen Erfolg sind, und bisher weiß ich nicht einmal, was Sie mir vorwerfen!«

»Nun, das letzte Problem kann ich wohl am leichtesten beheben«, antwortete Bieskolla, »es geht um gemeinschaftliche Veruntreuung und um Subventionsbetrug. Aber wir werden auch noch zu prüfen haben, welche Rolle Sie bei der Verschleppung von Frau Christine Hilgers gespielt haben.«

»Das ist die reinste Verschwörung! Stecken da wieder irgendwelche Umweltaktivisten dahinter? Die versuchen schon ewig, Vogelsang kaputt zu machen, damit ihre dämlichen Fledermäuse sich da ungestört tummeln können!« Vershoff hatte anscheinend jede Beherrschung verloren, er brüllte wie ein Stier.

Dem, dachte Pia, will ich nicht im Dunkeln begegnen.

»Ruhig bleiben. Sie können natürlich gleich telefonieren, um sich einen Anwalt zu organisieren. Aber – so ganz informell – sagen Sie uns doch bitte«, schaltete sich Pia Wesseling jetzt ein und hielt sich exakt an die vorher mit Bieskolla abgesprochene Rollenverteilung, »was das für eine Geschichte mit Christine Hilgers war.«

Vershoff war sichtlich um Fassung bemüht, offenbar dachte er intensiv nach. »Ich weiß gar nicht, was Sie von mir wollen. Was soll mit Frau Hilgers sein?«, versuchte er auf Zeit zu spielen.

»Sie haben Christine Hilgers gemeinsam mit Stefan Hirsch entführt und in einem Bunker in Vogelsang versteckt.«

Pia Wesseling spürte eine Wut in sich aufkeimen, die sie bisher selten erlebt hatte. Dieser dreiste Kerl hatte geholfen, eine Frau zu entführen, und dabei riskiert, dass sie starb, nur um irgendein Wirtschaftsdelikt zu vertuschen.

»Am besten ist, Sie packen endlich aus«, sagte sie und blickte fragend zu Bieskolla. Dieser zuckte mit den Schultern, was sie als Zustimmung auffasste. »Herr Vershoff, Sie hocken knietief in der Scheiße. Uns liegen Unterlagen vor, die beweisen, dass Sie und Stefan Hirsch gemeinsame Sache gemacht haben. Wir haben den Zugang zu Ihrer Online-Datensicherung geknackt. Das Spiel ist aus.«

Vershoff sah sie eindringlich an. Seine Selbstsicherheit fiel zusammen wie ein Kartenhaus. »Scheiße«, murmelte er.

26

Joachim Winter stand die Enttäuschung förmlich ins Gesicht geschrieben. Nicht nur, dass sein Mitarbeiter und Freund Thomas Weinrauch, der sich so hervorragend um das Vogelsang-Projekt gekümmert hatte, in einem Verkehrsunfall verstorben war; mehr und mehr Schwierigkeiten waren im Zusammenhang mit dem Projekt aufgetreten. Immer wieder hatten kleine Pannen das Projekt in gefährliche Schieflage gebracht.

»Tut mir wirklich leid, Jim«, brummte Steve McCullon gerade. »Aber der Präsident steht so unter Beschuss, dass derzeit keine vernünftige Planung für uns möglich ist. Im Moment ist im Gespräch, dass Kerry neuer Verteidigungsminister werden soll. Und das Pentagon konzentriert sich immer mehr auf kleine, schlagkräftige Marine-Einheiten, die bei der Anti-Terror-Politik eine wichtige Rolle spielen. Da ist unser Projekt nicht mehr so gefragt wie bisher.«

»Heißt das, ihr werdet in Kürze ganz von hier abziehen?«

»Nein, aber die Pläne für die Stationierung der Drohnen hier werden aufgegeben. Wir werden hier stattdessen eine Stelle einrichten, die die europäische Kommunikation sicherstellt.«

»Eine Abhörstation?«

»Nicht wirklich. Es geht wohl um eine Koordinierungsstelle, in der die Informationen der europäischen Internetprovider zusammenlaufen. Soll angeblich der NSA unterstellt werden, aber genauere Informationen erhalte ich auch nicht. Auf jeden Fall werden wesentliche Teile unseres Teams ausgetauscht.«

»Wie viele Leute wollt ihr stationieren?«

»Nun, soweit ich informiert wurde, werden es etwa fünfzig Mann pro Schicht sein, also insgesamt hundertfünfzig, fast alles IT-Experten. Und das Ganze wird einen offiziellen Anstrich bekommen. Eine amerikanische Software-Schmiede wird das Ganze nach außen darstellen, damit die Kosten der Geheimhaltung reduziert werden.«

»Also bleibt das Gelände dann offen? Keine militärische Nutzung?« Winter seufzte.

»Das ist derzeit der Stand der Dinge. Der Nationalpark bleibt Nationalpark. Die unterirdische Anlage wird nur zu einem Teil genutzt, der Rest bleibt verschlossen.«

»Höre ich da etwa Hoffnung aufkeimen?«

»You never know«, murmelte McCullon. »Das ist der Vorteil daran, dass jeder Präsident nur zwei Amtsperioden machen kann. Vielleicht kommt der nächste ja auf die Idee, das Projekt wieder aufzugreifen. We'll see.«

27

Ich lief den Wanderweg entlang und summte vor mich hin. Dieses Wetter war so richtig nach meinem Geschmack. Es war ein kühler und nebliger Mittwochnachmittag, und es fiel ein leichter Nieselregen. In diesen kurzen Momenten, in denen die Sonne einen Weg durch die Wolken fand, war das Licht faszinierend. Ich konnte nicht anders, als stehen zu bleiben und diesen Anblick in mich aufzusaugen.

Das Wasser des Urftsees war so niedrig wie schon seit ewigen Zeiten nicht mehr. Wie ich von einem Ranger im Nationalpark erfahren hatte, waren Reparaturarbeiten am historischen Wasserkraftwerk in Heimbach zu erledigen. Um den Druck zu senken, hatte man den Urftsee weitgehend abgelassen.

Auf Höhe der Victor-Neels-Brücke verweilte ich kurz und sinnierte darüber, dass hier vor einiger Zeit der tote Peter Zurholt gefunden worden war. Obwohl mich am heutigen Vormittag Heinrich Bieskolla angerufen und mir in aller Ausführlichkeit von den Machenschaften von Vershoff und Hirsch erzählt hatte, gab es noch einige offene Punkte, die ich mir einfach nicht erklären konnte.

Gut, ich hatte mittlerweile verstanden: Vershoff und Hirsch hatten gemeinsam den rechtsextremen Verein »Neue Volksfamilie e.V.« gegründet und mit Geldern, die eigentlich in die Entwicklung Vogelsangs hätten fließen sollen, unterstützt. Kiefer war mit von der Partie, seine Schreinerei profitierte bei den falschen Aufträgen am meisten. Zurholt hatte einen Brief von Hirsch abgefangen und ihn mit dem Wissen um Hirschs Vergangenheit erpresst. Deswegen hatte er sterben müssen. Christine war Hirsch ebenfalls in die Quere gekommen, weshalb er sie hatte verschwinden lassen wollen. Doch so weit war es glücklicherweise nicht gekommen.

Ungeklärt war weiterhin, was Weinrauch mit der ganzen Angelegenheit zu tun hatte. War sein Unfall wirklich ein Unfall gewesen? Oder hatte Stefan Hirsch wieder seine Finger im Spiel gehabt? Und was war mit dem verschwundenen Wanderer? Was hatte der gesehen, was er nicht sehen durfte?

Kopfschüttelnd ging ich weiter. Ich war noch gut einen Kilometer von der Urftstaumauer entfernt, als ich auf der entgegengelegenen Seite des Sees etwas blinken sah. Einer der Sonnenstrahlen wurde dort von einem Stück Metall oder Glas reflektiert. Diese Stelle war recht unzugänglich, aber was auch immer es war, es weckte meine Neugier.

Mit eiligen Schritten lief ich den guten Kilometer zur Urftstaumauer, jenem Zeugnis von Ingenieurskunst, das gerade den hundertsten Geburtstag gefeiert hatte. Durch ihre geduckte Lage im engen Urfttal hatte die Staumauer auch den Zweiten Weltkrieg ohne ernsthafte Schäden überstanden, und sie wirkte inzwischen wie ein in Beton gegossenes Kunstwerk.

Von der Urftstaumauer aus hielt ich mich nahe dem Ufer und versuchte, nur die Bereiche zu betreten, auf denen ich festen Untergrund ausmachen konnte. Ich wusste, dass ich hier nur mit größter Vorsicht laufen durfte, denn dieser Uferbereich zählte zu den ungeräumten Gebieten, in denen man potenziell überall auf Munition aus dem letzten Weltkrieg treffen könnte. Wohl war mir nicht bei der Angelegenheit, und nur langsam kam ich voran; ich benötigte fast eine Stunde, bis ich auf der Landzunge war, und eine weitere halbe, bis ich ihre Spitze erreicht hatte.

Als ich bis auf wenige Meter an die Stelle herangekommen war, von der aus ich die Reflexion gesehen hatte, wäre ich fast in den Morast gefallen, der glitschig von vergangenen höheren Wasserständen des Urftsees zeugte. Einen Moment zweifelte ich, dass ich die Stelle wiederfinden würde. Was machte ich eigentlich hier? Hätte ich nicht besser einen Ranger gerufen und ihm von dem Lichtreflex erzählt? Vielleicht hatte sich die Sonne in einer der Kameras gebrochen, die aufgestellt wurden, um Luchse nachzuweisen, die hier angeblich wieder heimisch wurden.

Ich wollte gerade der Vernunft den Vorzug geben und wieder umdrehen, als ich erneut einen Lichtreflex wahrnahm. Magisch angezogen schlich ich auf die Stelle zu und bückte mich. Auf dem Boden im weichen Matsch lag eine konisch geschliffene Linse, wie von einem Fernglas. Prüfend wog ich sie in der Hand. Für einen Feldstecher war das Glas zu klein, aber bei genauer Betrachtung sah ich eine Firmenaufschrift ganz am Rand. Carl Zeiss, Jena. Offensichtlich doch eher die Linse aus einem Objektiv. Doch wer würde hier Objektive liegen lassen?

Ich untersuchte die Fläche, auf der das Glas gelegen hatte. Da, etwas weckte meine Aufmerksamkeit. Ich bückte mich erneut. Eine SD-Speicherkarte, die klassischerweise in Fotoapparaten verbaut wurde. Wie mochte die hierhin gekommen sein?

Nachdenklich steckte ich beide Teile ein und machte mich auf den Rückweg zum Auto.

***

Zu Hause in Gemünd angekommen, stellte ich das Auto ab, nahm die Fototasche von der Rückbank und überlegte auf dem Weg zur Haustür, wie ich die Speicherkarte rekonstruieren konnte. Als ich die Haustür aufschloss, fiel mir direkt ein Geruch auf, der nicht in mein Haus gehörte: Irgendetwas war anders. Es roch … fremd. Ich stellte die Fototasche auf einem kleinen Schrank im Flur ab und ging vorsichtig in Richtung Küche. Meine schlimmsten Befürchtungen bestätigten sich, als ich den Raum betrat. Sämtliche Schubladen standen offen, und es sah aus, als hätte eine Bombe eingeschlagen.

Leise schlich ich durch den Flur in Richtung meines Wohnzimmers. Auch hier das gleiche Bild. Die Schubladen aller Schränke waren aufgezogen und offensichtlich durchwühlt worden.

Ich ahnte Böses. Vorsichtig öffnete ich die Tür zum Büro und sah das Unglück: Diese Scheißkerle hatten meinen PC mitsamt den mobilen Sicherungsfestplatten mitgenommen! Mein Bücherregal war umgeschmissen worden, und sämtliche Bücher lagen verteilt auf dem Boden.

Ich fluchte lauthals und war gerade dabei, nach meinem Handy zu greifen und Bieskolla auf der Wache anzurufen, als es an der Tür klingelte. Wer war das denn? Ich steckte das Handy wieder ein. Dann ging ich durch den Flur, öffnete die Haustür und wurde im selben Moment von zwei Männern zurück in die Wohnung gedrückt. Einer der Kerle, einen guten Kopf größer als ich und mit der Figur eines Preisboxers, hielt mir mit seiner behandschuhten gigantischen Pranke den Mund zu.

Der Kleinere ergriff das Wort. »Wo sind sie?«

Mein Versuch, trotz der Hand auf meinem Mund eine Antwort zu geben, endete in einem heftigen Hustenanfall.

Der Riese lockerte seinen Griff ein wenig, sodass ich wieder Luft bekam, und wiederholte die Frage.

»Was zum Teufel meint ihr denn?«, keuchte ich. »Ich habe doch gar nix!«

»Da sind wir anderer Ansicht, Herr Esser.«

Plötzlich fiel mir ein, woher ich die Figuren kannte: Das waren die Typen, die mir seit Tagen in dem BMW folgten. »Hört mal, ihr Kirmesköppe, ich habe nix, was euch interessieren könnte. Und ganz offensichtlich habt ihr euch schon selbst davon überzeugt, als ihr … AU!«, jaulte ich auf, als mein Bewacher mir einen Stoß in die Rippen versetzte.

»Ach, entschuldigen Sie, wir haben uns nicht vorgestellt.« Der Kleinere zeigte mir einen Dienstausweis, auf dem ich neben dem Namen Müller den Begriff »Bundesnachrichtendienst« las. »Herr Esser, Sie haben sich in letzter Zeit auffallend häufig mit Vogelsang und seiner angeblich militärischen Nutzung befasst. Sie haben zufällig den Unfall eines Kollegen vom Verteidigungsministerium beobachtet. Und Sie stellen unschöne Vermutungen an. Sie verraten uns jetzt alles, was Sie über den Munitionshang wissen, und geben uns alle Unterlagen, die Sie zu dem Fall gesammelt haben. Und dann vergessen Sie das alles ganz schnell wieder. Verstanden?«

»Was seid ihr denn für Komiker?«, entfuhr es mir, was der Größere damit quittierte, dass er mir den Arm auf den Rücken drehte. »Scheiße, Mann!«, fluchte ich. »Was soll die Kacke?«

»Also, woher stammen Ihre Informationen?« Müller wurde offenbar ungeduldig.

»Scheiße! Vor einiger Zeit liefen da Leute mit amerikanischen Uniformen rum. Und dann ist dieser Wanderer verschwunden, und es stellt sich heraus, dass der Geschäftsführer da oben ganz andere Pläne hat als offiziell bekannt. Da wird man sich doch wohl mal wundern dürfen! Vor allem, wenn einem seit geraumer Zeit ein silberner BMW auf Schritt und Tritt durch die Eifel folgt. Was wollt ihr von mir, verdammt?«

»Darüber können wir Ihnen keine Auskunft geben. Auf jeden Fall unterliegen die Vorgänge absoluter Geheimhaltung. Sie werden also ab sofort jegliche Schnüffelei zu diesem Vorgang sein lassen. Insbesondere zu der Sprengung. Haben wir uns deutlich ausgedrückt?«

Ich dachte nach. Diese Typen meinten es ernst. Aber was war so besonders an dieser Explosion? Wieso wollten die Kerle, dass ich auf keinen Fall weiter nachforschte? Gab es noch etwas zu entdecken, was ich übersehen hatte? Oder hatte ich einfach falsche Schlüsse gezogen? Was, zum Henker, hatte der BND auf Vogelsang verloren?

»Herr Esser«, sagte der kleinere Kerl plötzlich um Stufen freundlicher. Mit einem Kopfnicken gab er dem anderen zu verstehen, dass er mich loslassen sollte. Der Griff lockerte sich prompt. »Vergessen Sie einfach, dass Sie jemals dort recherchiert haben. Und was Ihren PC angeht – wenn wir ihn gründlich durchgesehen haben, bekommen Sie ihn wieder.«

»Freunde, seien wir ehrlich: Wir alle wissen, dass ich die Schnüffelei nicht sein lassen werde. Deswegen schlage ich vor, ihr bringt mich zu eurem Chef – und vorher machen wir noch einen Abstecher zu Herrn Berners vom Tagblatt, einverstanden?«

Der Riese packte mich wieder fester. »Ich glaube nicht, dass Sie in der Position sind, Forderungen zu stellen«, sagte er.

»Sagen Sie mal, Sie Vogel, stellen Sie sich nie vor, bevor Sie auf Tuchfühlung gehen?«

»Mein Name ist Meier«, sagte er trocken und erhöhte den Druck auf meinen Arm noch einmal.

Ich lachte ihn aus. »Junge, Junge, Müller und Meier? Ihr seid mir zwei Halunken.« Dann senkte ich die Stimme und sagte so bedrohlich wie möglich: »Wenn ihr mich und Herrn Berners nicht stante pede zu eurem Chef bringt, weiß morgen die ganze Nation von dem Scheiß-Tunnel! Und dann möchte ich nicht in eurer Haut stecken, wenn ihr wieder in Afghanistan den Verkehr regeln dürft.«

Zu meiner großen Überraschung zeigte das Wirkung. Müller bedeutete seinem Kollegen, bei mir zu bleiben, nahm sein Handy und verschwand in der Küche, um zu telefonieren. Es schien, als müsse er sich neue Instruktionen für den Fall holen, dass eine Zielperson einfach den Spieß umdrehte.

Nach einigen Minuten kam er zurück und sagte freundlich zu mir: »Ich habe Anweisung, Sie und Herrn Berners zum Chef zu bringen. Bitte folgen Sie uns.«

Ich nahm meine Jacke und folgte den beiden nach draußen. Dort setzte ich mich in den Wagen, der mir die letzten Tage immer wieder aufgelauert hatte. Die Limousine setzte sich in Richtung Schleiden in Bewegung und hielt vor der Wohnung von Karl-Georg Berners. Der Fahrer stieg aus und klingelte an der Tür.

Ich konnte beobachten, wie im ersten Stock die Gardine zur Seite gezogen wurde und KGB hinunterschaute. Ich bedeutete ihm mit einem Handzeichen, dass alles in Ordnung sei, und wenige Minuten später stiegen der Fahrer und KGB in den Wagen ein. Der Journalist musterte mich mit einem irritierten Seitenblick, sagte aber nichts.

Während der knapp einstündigen Fahrt nach Rheinbach wurde kein Wort gesprochen. Jeder hing wohl seinen eigenen Gedanken nach, und ich war immer noch damit beschäftigt, die einzelnen Puzzleteile zu einem sinnvollen Ganzen zusammenzusetzen.

Wir passierten die Kontrolle des Geländes und wurden, eskortiert von Meier und Müller, zu einem Besprechungszimmer geleitet. Dort wartete ein grau melierter Mann auf uns, der den beiden Agenten bedeutete, allein mit Berners und mir sprechen zu wollen.

Wir nahmen Platz und sahen ihn an. Der Mann stellte sich als

Hans Posner, Abteilungsleiter Sonderprojekte beim BND, vor. Er erklärte, dass der BND und das Verteidigungsministerium im Fall Vogelsang gewisse Schnittpunkte hätten. Das Telefon auf seinem Schreibtisch gab ein leises Klingeln von sich, Posner hob ab, murmelte etwas Unverständliches in den Hörer, legte auf und wandte sich wieder an uns.

»Herr Winter vom Verteidigungsministerium wird noch zu uns stoßen, damit wir nicht all Ihre Aussagen zweimal durchgehen müssen.«

Er bot uns Kaffee und Mineralwasser an, und mir fiel auf, dass der Umgangston wesentlich freundlicher war, als ich es erwartet hatte. Während wir auf Winter warteten, befragte Posner uns – wie mir schien, eher aus Langeweile – nach unseren Personalien.

Schließlich öffnete sich die Tür, und Winter trat ein. Er stellte sich kurz vor und ließ sich von mir noch einmal die Umstände des Todes von Thomas Weinrauch berichten.

»Da war wirklich nichts Auffälliges«, sagte ich. »Er hat mich überholt, relativ zügig, und dann habe ich ihn im Baum hängen sehen mit dem Golf. Mir ist aber keiner entgegengekommen. Also ich gehe von einem Unfall aus. Obwohl …«

»Ja bitte?«

»Mir fällt gerade ein, als ich später noch mal an der Unfallstelle war …«

»Was haben Sie denn noch da zu suchen gehabt?«

»Ist doch vollkommen egal. Jedenfalls, als ich noch mal da war, stand da so ein komischer Typ, behauptete, er sei von der Versicherung. Ich habe noch gedacht, dass er seltsam schnell da gewesen ist. Außerdem stimmte mit seinem Kennzeichen was nicht.«

»Wieso?«

»Na, ich habe mal nach dem Kennzeichen geforscht, und die Information dazu war gesperrt.«

»Wissen Sie das Kennzeichen noch?«

»Warten Sie, ich habe es damals mit dem Handy fotografiert.«

Ich tippte die entsprechenden Symbole auf dem Handy an,

und tatsächlich hatte ich das Bild des dunklen A6 mit dem Kennzeichen noch gespeichert. Ich zeigte Winter die Aufnahme.

Der ging zu seinem Schreibtisch und tippte etwas in den Computer ein. Nach einigen Sekunden zog er die Augenbrauen hoch und kam zurück an unseren Tisch. »Das hat seine Ordnung, das war ein Fahrzeug von uns«, sagte er.

Damit war der Small Talk seiner Ansicht nach wohl beendet; er kam ohne große Umschweife zur Sache. »Meine Herren, Sie haben offensichtlich in Ihrer grenzenlosen Naivität in ein Wespennest gestochen. Sie haben durch einen bedauerlichen Umstand vorzeitig von einem NATO-Projekt erfahren, über das strengste Geheimhaltung herrscht. Bevor wir dieses Gespräch hier fortsetzen, muss ich darauf bestehen, dass Sie mir das hier unterzeichnen.« Er schob ein zweiseitiges Formular über den Tisch, je ein Exemplar für KGB und eines für mich. Ich las den Text flüchtig durch. Es handelte sich um eine Verschwiegenheitserklärung. Während ich schon unterschreiben wollte, schob KGB das Blatt zurück.

»Herr Winter, ich bin Journalist. Ich kann das nicht so einfach unterzeichnen.«

Winter runzelte die Stirn. Er überlegte. »Also gut: Sie unterschreiben das, und ich versichere Ihnen, dass Sie als Erster alle Informationen zu dem Projekt bekommen, die ich veröffentlichen darf. Haben wir einen Deal?«

»Besser als gar nichts, oder?«, sagte ich.

KGB überlegte kurz, dann nickte er, griff zum Stift und unterschrieb. Ich tat es ihm nach.

»So, das wäre geschafft«, sagte Winter sichtlich erleichtert, assistiert vom Kopfnicken Posners. »Jetzt möchte ich gern wissen, was Ihr Kenntnisstand über die Vorgänge auf Vogelsang ist. Und – bitte – tun Sie uns den Gefallen, mich nicht zu verarschen. Ich weiß, dass Sie von dem Tunnelsystem und dem Auftrag des bedauerlicherweise verstorbenen Kollegen Weinrauch wissen.«

»Was haben wir davon, Ihnen zu sagen, was wir wissen? Bisher hatten wir mit Ihrem Verein nur Ärger!«

»Was Sie davon haben? Nun, Sie können Ihr Leben weiterführen wie bisher und ersparen sich damit große Unannehmlichkeiten. Also, schießen Sie los!«

Ich seufzte. »Eigentlich bin ich nur über ein paar Soldaten gestolpert. Dann kam die Sache mit der VDI dazu, der Tod von Weinrauch, der verschwundene Wanderer, nicht zu vergessen die Dauerbeschattung durch den silbernen BMW, Ihre Kollegen – es waren einfach zu viele Merkwürdigkeiten, zu viele Ungereimtheiten, da bin ich neugierig geworden. Als mich Ihr Kollege überholte und kurz danach verunglückte, habe ich eine Akte gefunden. Diese beinhaltete einen Auftrag an Weinrauch, aus Vogelsang einen NATO-Stützpunkt zu machen. Das ist in der Tat ein Knaller. Ich habe die Akte eingescannt und dann wieder zum Unfallort gebracht.«

»Und die eingescannten Dokumente hat er mir per Link zur Absicherung zugeschickt«, ergänzte KGB, »und ich habe sie in Verbindung mit meinem Wissen über die Anlage gebracht. Das ergibt alles ein obskures Bild eines Tunnelsystems unter Vogelsang, in dem sich offenbar Soldaten aufhalten.«

Posner nickte bedächtig. »Meine Herren, das ist genau der Punkt. Nach den Ereignissen des 11. September hatte die NATO beschlossen, einen unterirdischen Stützpunkt mit modernster Technik auf dem Gebiet der Bundesrepublik einzurichten, um im Fall eines militärischen Angriffs gerüstet zu sein. Vogelsang war der ideale Ort, sowohl von der Lage als auch von der Infrastruktur als auch von der Ko-Finanzierung durch die anderen Behörden her. Es wurde geplant, eine Abwehrstation mit Drohnen, diesen smarten ferngelenkten Präzisionsraketen, auszustatten. Diese sollten bei Bedarf aus einer Abschussanlage abgefeuert werden können, die weitab der Besiedlung an der Urfttalsperre liegt. Der Zugang zu dieser Station führte durch den Tunnel, dessen zweiter Ausgang am Walberhof liegt. Herr Esser, Sie haben sich ja dort häufiger herumgetrieben, wurde mir berichtet.«

Ich nickte.

»Nun, dieses Projekt unterliegt der höchsten Geheimhaltungsstufe. Außer Ihnen und mir wissen nur eine Handvoll

Leute über den gesamten Umfang Bescheid. Leider kam es zu dem bedauerlichen Zwischenfall mit dem toten Wanderer, der plötzlich im Sperrgebiet vor dem Tor der Rampe stand.«

»Moment, welcher tote Wanderer? Ich weiß von einem verschwundenen Wanderer, einem Herrn Glob.«

»Dieser Herr ist bedauerlicherweise auf gesperrtem Gelände unterwegs gewesen. Dabei ist er auf eine Glasmine getreten. Es blieb wohl nicht mehr viel von ihm übrig.«

Ich musste an die Linse eines Kameraobjektivs und die Speicherkarte denken. »Ich denke, es wurde nur ein Blindgänger gesprengt?«

KGB unterbrach mich. »Also stimmt das Gerücht doch, dass bei der Sprengung des Blindgängers ein Mensch zu Tode kam?«

Posner sah uns lange an. »Herr Berners, Herr Esser«, begann er wieder, »ich mache Sie nochmals auf das absolute Stillschweigen aufmerksam.«

KGB und ich nickten, nahezu synchron.

»Bei der Sprengung des Blindgängers handelt es sich nur um die offizielle Darstellung. In Wahrheit ist Glob auf die Glasmine getreten, als er vor Soldaten floh, die den Tunnel bewachten.«

»Soll das heißen, er wurde von den Soldaten in den Tod gehetzt?«, fragte KGB fassungslos.

»Nein, wurde er nicht. Dieser Herr hat ein paar Soldaten fotografiert, die ihm daraufhin die Kamera abjagen wollten. Sie hätten ihn festgenommen, und er wäre bis zur Fertigstellung des Projekts ein wenig unter Druck gesetzt worden, damit er nichts verraten hätte. Glauben Sie mir, wir haben Erfahrung mit so was. Leider floh dieser Wanderer aber und trat dabei auf den Blindgänger. Es war wirklich ein Unfall.«

»Was ist mit Weinrauch? War das auch wirklich ein Unfall?«, fragte KGB mit beißendem Spott in der Stimme.

»Wir denken nicht. Wir glauben, dass der Wagen manipuliert wurde. Sie, Herr Esser, haben den Unfall doch gesehen, oder?«

»Nicht direkt, ich kam einige Sekunden später hinzu.«

»Wie dem auch sei, er ist tot und nicht so leicht zu ersetzen. Damit unsere Bündnispartner nicht nervös wurden und den

Fortschritt des Tunnelprojekts anzweifelten, habe ich selbst die Aufgabe übernommen, das Projekt zu betreuen«, sagte Winter. »Sie können sich vorstellen, meine Herren, ein Vorhaben dieser Größenordnung benötigt Geheimhaltung in allen Phasen. Ich denke, Sie verstehen, dass ich Sie eine Geheimhaltungsverpflichtung unterzeichnen lassen musste. Sie werden uns darüber hinaus alles Fotomaterial und alle Dokumente im Zusammenhang mit dieser Geschichte überlassen und verpflichten sich, nicht weiterzurecherchieren. Haben wir uns verstanden?«

KGB und ich nickten. Was blieb uns auch anderes übrig?

»Sagen Sie, warum sprechen Sie eigentlich in der Vergangenheitsform?«, wollte ich wissen.

»Nun, dieses Gespräch könnte in dieser Form gar nicht stattfinden, wenn es das Projekt noch in dem geplanten Umfang gäbe. Leider hat unser Auftraggeber und Bündnispartner innerhalb der NATO, die USA, eine neue Richtung eingeschlagen. Wir haben die Order erhalten, dass das Projekt einstweilen zurückgestellt wird. Auf dem Gelände wird sich unterirdisch eine Software-Firma ansiedeln, die neue Technologien für das Internet entwickeln soll. Die Anlagen eignen sich hierfür hervorragend, weil sie besonders gut gegen störende Einflüsse abgeschirmt sind. Für die Zivilbevölkerung wird bei der ganzen Sache noch eine Sternwarte herausspringen, die man von Zeit zu Zeit besichtigen kann.«

»Wie – und das war's?«

»Ja, meine Herrschaften«, sagte Winter. »Das war's.«

28

Ursula Kiefer saß in Vershoffs Haus in Simmerath und sichtete Unterlagen. Sie dachte an die Nacht mit Andreas im Krimihotel in Hillesheim. Die Geschichte, die er ihr erzählt hatte, hatte einfach zu phantastisch geklungen: ein Schatz auf Vogelsang! Gold, das die Nazis den Juden gestohlen hatten, Kunstschätze, die nach dem Krieg in Vergessenheit geraten waren, sollten hier, direkt vor ihrer Nase, lagern.

Ursula hatte aufmerksam hingehört, jedoch immer mit gespielter Interesselosigkeit, damit Andreas nicht auf den Gedanken kam, sie könnte den Nazi-Schatz auf eigene Faust suchen wollen.

Aber nun war ihr Liebhaber praktischerweise aus dem Weg geräumt, und zwar viel eleganter, als Ursula es selbst jemals fertiggebracht hätte. Bei der Polizei saß er in sicherem Gewahrsam. Er würde ihr vorerst nicht gefährlich werden können.

In Gedanken sah sich Ursula schon auf einer Luxusyacht durch die Karibik schippern. Fast tat es ihr leid, dass Andreas nicht dabei sein, sondern stattdessen in einer grauen Gefängniszelle sitzen würde. Vielleicht würde sie ihm gelegentlich eine Karte schreiben, der alten Zeiten wegen. Aber zunächst musste sie den Schatz finden.

Ein Kamerad von Andreas hatte Kisten mit alten Fotos gebracht, die sein Großvater in einem Koffer aufbewahrt hatte. Besagter Großvater war einer jener RAD-Mitarbeiter gewesen, die am Bau von Vogelsang beteiligt gewesen waren. Als begeisterter Fotograf hatte er wohl heimlich die Bauzustände dokumentiert. Besonders viele Bilder gab es vom »Haus des Wissens«, jenem größenwahnsinnigen Bau, der das zentrale Gebäude der Ordensburg hatte werden sollen. Nur eine Grundmauer und das spätere Kino waren fertiggestellt worden, bevor der Krieg verloren war, und hier gab es einige Fotos, die Ursula zunächst nicht zuordnen konnte. Immer wieder verglich sie die Bilder mit den Bauplänen, die sie in Andreas' Unterlagen gefunden hatte. Offensichtlich hatte es eine Art Kellergeschoss gegeben, das das jetzige Kino mit Van Dooren, dem von den Belgiern weitergebauten Teil der Kaserne, verband. Und dann sah sie Bilder von einer Baugrube, die wohl weitere Keller hätte bilden sollen. Dieser Keller jedoch war ihr nach den aktuellen Plänen nicht bekannt.

Ob sie noch existierten? Wenn Andreas gezielt nach dem Nazi-Schatz gesucht hatte und glaubte zu wissen, wo er suchen musste – vielleicht lag dann der Schlüssel zu dem Geheimnis in diesen versteckten Räumen? Andreas hatte erwähnt, dass der Schatz nicht nur aus Gold bestehe, sondern auch aus einmaligen Dokumenten, die er für das geplante Adolf-Hitler-Museum hatte haben wollen. So wie sie ihn verstanden hatte, handelte es sich um eine Art Archiv für die Reden des Führers und die Exponate, die für die Vorlesungen über Rassenkunde gebraucht worden waren, wenn der Feind bezwungen und das Großdeutsche Reich auf die gesamte Welt ausgebreitet worden wäre.

Aber natürlich war es anders gekommen. Ursula musste schmunzeln. Niemand außer ihr wusste davon …

Ob hier auch die Beutestücke aus den Feldzügen eingelagert worden waren? Das Gold war genauso verschwunden wie der »Deutsche Mensch«, eine Holzfigur von etwa vier Metern Höhe.

Ursula wurde unruhig. Sie wusste, dass es gefährlich für sie werden konnte, auf Vogelsang herumzuschnüffeln. Doch ihre Gier nach Unabhängigkeit, nach Freiheit, nach einem Leben, so wie sie es wollte und nicht all die Männer, denen sie in der Vergangenheit hatte gefallen müssen, gewann die Oberhand. Wenn die Zeichnungen und Bilder, die sich zu diesem Zeitpunkt in ihrem Besitz befanden, stimmten, dann musste es von der ehemaligen Küche unter dem Gebäude Van Dooren aus einen kleinen Gang geben, der unter den Panzerplatz führte. Vielleicht war dieser zugeschüttet worden, vielleicht aber existierte er auch noch …

Kurz entschlossen suchte Ursula die Unterlagen, die sie benötigte, zusammen, schnallte sich den gepackten Rucksack mit den Werkzeugen auf den Rücken und verließ Andreas' geheimes Hinterzimmer. Er hatte sie tatsächlich für viel dämlicher gehalten, als sie sich hatte vorstellen können, wenn er ihr nicht einmal zugetraut hatte, dass sie den Code für die Tür zu seinem versteckten Nazi-Zimmer herausbekam. Hitlers Geburtstag. Wie langweilig.

Sie trat hinaus auf den Parkplatz. Innerhalb weniger Minuten hatte sie den provisorischen Besucherparkplatz zwischen Van Dooren und dem Adlerhof erreicht und ging durch eine Tür in der unter Denkmalschutz stehenden Grundmauer in das Gebäude. Hier war die ehemalige Großküche der Belgier gewesen, die Räume kannte sie ganz gut von zahlreichen Führungen, die sie mitgemacht hatte – was tat man nicht alles für die Liebe.

Sie nahm die zusammengefalteten Pläne aus ihrer Jacke und orientierte sich. Neben der Großküche waren die Vorratsräume für Lebensmittel, die keine Kühlung brauchten. Laut Plan lag ein weiterer Vorratsraum hinter einer der Kammern für die Trockenvorräte. Ursula schaltete die mitgebrachte Taschenlampe ein und leuchtete in den ersten Raum. Dahinten, da war die Stahltür. Sie betrat die Kammer und machte sich an der Tür zu schaffen. Offensichtlich war sie seit langer Zeit nicht mehr bewegt worden, Ursula bekam sie kaum einen Zentimeter vom Fleck.

Als sie die Tür unter vollem Körpereinsatz dennoch langsam aufziehen konnte, drang ein bestialischer Gestank aus der Kammer dahinter. Anscheinend hatten die Belgier hier defekte Elektrogeräte gelagert, und die Fettreste, die diesen anhafteten, waren in den Jahren seit dem Abzug nicht eben appetitlicher geworden. Ursula leuchtete mit der Lampe auf den Plan. Dann sah sie wieder auf. Hinter einem alten Kohleherd hätte eigentlich eine Tür sein müssen – doch hier war nur eine Wand, verkleidet mit einem einfachen Kalkputz, wie die anderen Wände in diesem Lagerraum auch.

Sie nahm den Rucksack von den Schultern und zog das Werkzeug daraus hervor: einen Hammer, einen Meißel und eine alte Brechstange, mit der sie den schweren alten Kohleherd zur Seite stemmen konnte. Hinter dem Herd, der schon Jahrzehnte an dieser Stelle gestanden haben musste, war der Putz feucht und fiel fast von selbst von der Wand.

Ursula setzte den Meißel an und entfernte die Putzschicht. Darunter kamen Steine zum Vorschein, wie sie für die Wände in den Gebäuden in Vogelsang vielfach verwendet worden waren. Allerdings nur im Außenbereich. Ihr elendiger Mann hatte ihr einmal einen gähnend langweiligen Vortrag über die Außen- und Innenwände der Gebäude auf Vogelsang gehalten, die einerseits aus mit Bruchsteinen verkleidetem Stahlbeton bestanden, andererseits aus einfachem Beton, der, wo erforderlich, weiß gestrichen, vereinzelt auch verputzt worden war. Hier jedoch war eine Mauer aus Bruchstein im Innenbereich – das war untypisch. Ursula konnte sich das nur so erklären, dass hier in aller Eile ein Loch zugemauert worden war. Sie wurde nervös. Sollte das hier der versteckte Eingang zu den Katakomben unter der Freifläche sein, sollte sich hier der legendäre Keller befinden? Ohne lange nachzudenken, setzte sie die Brechstange an und versuchte, ein paar Steine aus der Wand zu lösen. Der Schweiß lief ihr schon bald in Strömen über das Gesicht, doch wie eine Besessene hämmerte sie auf der Wand herum und brach Stücke aus der zugemauerten Lücke.

Nach mehr als einer Stunde fiel endlich ein Stein. Und zwar nach hinten, in eine Lücke. Ursula hielt den Atem an. Ein muffiger, kühler Geruch schlug ihr aus dem entstandenen Loch entgegen. Aufgeregt leuchtete sie mit der Taschenlampe in den Gang. Er war leer und führte etwa fünf Meter geradeaus, rechts und links nackter Beton. Wenn sie die Richtung richtig einschätzte, musste der Tunnel unterirdisch an der Außenmauer von Van Dooren entlang direkt unter den Platz führen, der jetzt Freifläche war. Am Ende dieses Gangs sah sie eine Tür. Vor Aufregung begann sie zu zittern. Links von der Tür, am Ende des schmalen Flurs, war ein großes Hakenkreuz aufgemalt, darunter stand in Runen-Lettern: »Reichseigentum. Zutritt verboten!«.

Ursula schlug mit dem Hammer weitere Steine aus der Wand und vergrößerte den Durchgang. Schließlich war das Loch groß genug, um hindurchzusteigen. Sie nahm all ihren Mut zusammen und krabbelte hindurch.

Vorsichtig schlich sie den Gang entlang, so als könnte jeden

Moment der Führer höchstpersönlich vor ihr auftauchen. Die Tür leistete dem Brecheisen wenig Widerstand. Sie schwang auf, und dahinter führte ein weiterer kurzer Flur zu einem kleinen Raum, von dem drei Türen abgingen.

Ursula richtete den Strahl der Taschenlampe reihum auf die Türen. Linker Hand befand sich eine recht stabil wirkende Eichentür mit der Aufschrift: »Archiv. Reichseigentum. Zutritt verboten!«. Diese Tür stand einen Spaltbreit offen, und dahinter befand sich ein Raum von der Größe eines Klassenzimmers. An den Wänden waren Regale angebracht, in denen Ursula jede Menge Akten und Archivkartons ausmachte. Ein flüchtiger Blick auf die Beschriftung der Kartons verriet ihr, dass hier nichts Spektakuläres zu erwarten war. Lagerlisten, Bestandsverzeichnisse, kurz: nichts, was sich irgendwie zu Geld machen ließ.

Ein Gegenstand in der hinteren Hälfte des Raumes erregte ihre Aufmerksamkeit. Ein ungewöhnlich großes Stück Holz schien dort zu liegen, lang wie ein Baumstamm, breit wie eine Schulbank. Ursula ging näher heran und leuchtete mit der Lampe auf das Holzstück.

»Verdammt!«, entfuhr es ihr.

Vor ihr lag der verschollen geglaubte »Deutsche Mensch«, eine Holzfigur, die einst im Kultraum hier auf Vogelsang gestanden hatte und seit Ausbruch des Krieges als verschwunden galt. Die Symbolfigur, die einen nackten muskulösen Mann mit zum Hitlergruß gehobenen Arm darstellte, war über vier Meter hoch. Es musste ein unglaublicher Kraftakt gewesen sein, die Statue hier in den Keller zu bringen. Ursula konnte sich ein Grinsen nicht verkneifen. Das würde ihre Pläne, sich von ihrem Mann zu trennen und ein Leben in der Karibik zu führen, einen gewaltigen Schritt nach vorn bringen.

Sie verließ den Raum und trat wieder in den Flur hinaus. Die Tür links neben ihr bestand ebenfalls aus Eiche, ihre Aufschrift lautete: »Kartenraum. Reichseigentum. Zutritt verboten!«. Auch hier befand sich das obligatorische Hakenkreuz oberhalb der Schrift.

Diese Tür war verschlossen, gab jedoch ebenfalls nach einigen

Hieben mit Hammer und Meißel den dahinterliegenden Raum preis. An vermutlich eigens dafür geschaffenen Ständern hingen zusammengerollte Karten, die Ursula an ihre Schulzeit erinnerten. Vorsichtig entrollte sie ein paar der Karten und erblickte die Grenzen des Deutschen Reiches vor dem Zweiten Weltkrieg. Offensichtlich waren die Dokumente bei Ausbruch des Krieges hier eingelagert worden. Sie schaute noch ein paar Karten durch, entdeckte jedoch nichts von Bedeutung.

Ursula verließ den Raum, nicht ohne mit ihrem Handy noch ein Foto zu machen. Sie war ein wenig stolz darauf, nach über siebzig Jahren der wahrscheinlich erste Mensch zu sein, der diese Sammlung zu sehen bekam. Ein wenig fühlte sie sich wie ein Forscher, der alte ägyptische Pyramidenschätze hob.

Die dritte Tür war ebenfalls verschlossen. Auch hier befand sich das Hakenkreuz im oberen Drittel der Tür, darunter die Beschriftung: »Privatarchiv Binz. Zutritt strengstens verboten!«.

Ursula ergriff ein Gefühl der Ehrfurcht. Franz Binz, das hatte sie während der zahlreichen Besichtigungen des Vogelsang-Geländes gelernt, war bis zum 1. Juli 1937 der »Burgkommandant« gewesen. Es gab Gerüchte, dass Binz ein Archiv angelegt hatte, in dem er seine Schätze gehortet hatte. Wenn das hier das verschollene Privatarchiv von Binz war, dann … sie mochte sich das gar nicht weiter vorstellen. Die Sammler alter Memorabilien würden ihr zu Füßen liegen und Spitzenpreise für den alten Nazi-Plunder zahlen. Ursula seufzte erregt auf.

Vorsichtig setzte sie das Brecheisen am Türschloss an, das jedoch auch nach all der vergangenen Zeit noch extrem stabil war. Ein weiterer Versuch an den Türscharnieren hatte mehr Erfolg. Hier hatte der Rost seine Arbeit schon begonnen, und nach einigen kräftigen Schlägen mit Hammer und Meißel und einigen Hieben mit dem Brecheisen gaben die Scharniere nach, und die Tür ließ sich quietschend öffnen.

Vorsichtig leuchtete Ursula in den dahinterliegenden Raum. Er war viel größer als die anderen Kammern, die sie hier unten gefunden hatte. Sie schätzte, dass er mindestens eine Tiefe von zwanzig Metern hatte. Die Breite konnte sie von ihrem Standpunkt aus nicht ermessen. Zahlreiche Vitrinen und Schränke füllten den Raum, und im Licht der Taschenlampe sah sie es von überall golden schimmern.

Ihr Mund war trocken vor Aufregung. Sie machte einen Schritt in den Raum und registrierte, dass direkt vor der Tür ein dicker Teppich ausgebreitet war. Mit einem weiteren Schritt trat sie auf den Teppich und hörte ein leises Klicken.

Dann hörte sie nichts mehr.

Epilog

Die Sonne brannte heiß auf den Platz vor der Alten Schule in Gemünd. Der Sommermarkt hatte die Leute vor die Tür gelockt, und die Stadt glich mit ihrer frisch renovierten Fußgängerzone einem Ameisenhaufen, nur dass die Ameisen mit dick gefüllten Tüten von Geschäft zu Geschäft rannten. Christine und ich saßen in der Sonne, und der Tisch vor uns kündete von kühlem Landbier und heißen Steaks, mit denen wir uns diesen Samstag im schönsten Eifler Hochsommer vergoldeten. Wir ließen dabei noch einmal die vergangenen Monate Revue passieren.

»Weißt du«, sagte Christine, »ich habe zwar die ganzen Einzelteile verstanden, aber das große Ganze erschließt sich mir noch nicht. Erklär mir noch mal die Sache mit Stefan.«

Ich lächelte. »Stefan Hirsch hat seinen Namen der Tatsache zu verdanken, dass sein Vater, der SS-Mann von Hasselt, einem jüdischen Ehepaar die Pässe abgenommen und es ermordet hat, um der Verfolgung zu entgehen. Hirsch und Vershoff wollten auf Vogelsang eine Art neue nationalsozialistische Ordensburg aufmachen. Dazu hatten sie ein geniales System ausgetüftelt: Die Ausschreibungen der VDI wurden vom Vorstand veröffentlicht, Hirsch hat sie bearbeitet. Wenn die Angebote eintrafen, hat er all die vernichtet, die nicht von einer der zahlreichen Firmen von Vershoff, ihm selbst oder Kiefer kamen. Die anderen konnte er dann dem Vorstand präsentieren. So war gewährleistet, dass auf jeden Fall einer der drei den Auftrag bekam. Bei den Bauarbeiten wurde ein Bruchteil der Auftragssumme, so etwa zehn bis zwanzig Prozent, an einen Handwerkerbetrieb weitergereicht, um wenigstens den Anschein einer Umbaumaßnahme zu realisieren. Die restlichen Teile wurden aufgeteilt: ein Teil für den Nazi-Fonds, aus dem Vogelsang gekauft werden sollte, wenn die Ministerien wegen der angespannten Haushaltslage vom Finanzminister gezwungen worden wären, dieses wahnwitzige Tourismusprojekt aufzugeben.«

Christine lächelte. »Praktisch. Dafür sorgte Stefan auch gleich selbst, indem er zwar alle möglichen Projekte anzettelte, aber kaum eines realisieren ließ – oder nur unzureichend.«

»Genau. Die Geschichte um den pleitegegangenen Nürburgring nur wenige Kilometer weiter ist ja noch in aller Munde. Einen zweiten Skandal um verschwendete Steuergelder würde sich politisch niemand leisten können. Das wusste Hirsch. Um die schon versenkten Mittel zu rechtfertigen, würde der zuständige Minister dann nur noch damit punkten können, dass er das sanierte Gelände verkauft. Als Verlustminimierung quasi. Ein Teil der Kaufsumme sollte aus dem Nazi-Fonds bestritten, der Rest von Altnazis kommen, die in Ecuador und zum Teil auch in Deutschland sitzen und davon träumen, eines Tages wieder eine braune Heimat zu finden. Ein weiterer Teil ging an Kiefer, Vershoff und Hirsch.«

»Genial. Alle bekommen so viel, dass es sich lohnt, die Schnauze zu halten und mitzumachen. Irgendwas machen wir falsch, Robert.«

»Ich glaube, wir sind einfach nicht so skrupellos wie diese Brüder, und da bin ich stolz drauf.«

»Denk mal an die vielen Toten in dem Zusammenhang. Brrh!« Christine schüttelte sich.

»Und dann noch die Geschichte mit der NATO. Ich bin mal gespannt, was das für ein Laden ist, den die da jetzt ansiedeln. Google oder Microsoft in der Eifel oder gar Apple oder doch eine staatliche Organisation? Das dürfte noch spannend bleiben.«

»Was passiert mit Stefan?«

»Hat ein umfangreiches Geständnis abgelegt. Sogar die Manipulation von Weinrauchs Auto hat er zugegeben. Der kommt für ein paar Jahre hinter Gitter.«

»Und Vershoff?«

»Na, der hat ja immerhin niemanden umgebracht. Der wird kürzer sitzen. Aber seine Zulassung ist er Gott sei Dank los.«

»Und was ist mit den Millionen an Fördergeldern, die verschwunden sind?«

»Ein Teil hängt wohl in der Schweiz fest – das, was Vershoff früh genug da geparkt hat. Von Hasselts Gelder hat man eingefroren. Und wo Kiefer seine Konten hat, versucht man noch herauszufinden, aber der mauert. Seit seine Frau bei dieser Explosion in den geheimen Katakomben draufgegangen ist, hat der kein Sterbenswörtchen mehr von sich gegeben. Ach ja, das Konto der ›Nationalen Befreiung Euskirchen‹ wurde auch eingefroren. Da war auch Vershoff Vorsitzender. Die dürften jetzt zerfallen, wo der Hahn zugedreht ist.«

»Also bleibt übrig: ein Mord und zwei tödliche Unfälle?« Christine zählte mit der Hand mit.

»Na ja, plus eine Entführung sowie drei weitere Morde im Jahr 1945.«

Eine neue Runde Bier wurde auf den Tisch gestellt. Man hörte eine Motorradkolonne auf der nahen Bundesstraße, und irgendwo dudelte ein Radio.

Christine nippte an ihrem Bier und fragte: »Und wie gehen wir mit der ganzen Angelegenheit um?«

»Na ja, ich finde, ein echter Schaden ist durch die NATO-Geschichte nicht entstanden, im Gegenteil, vielleicht schaffen die Amis hier ja noch ein paar Arbeitsplätze«, antwortete ich, »und die Nazi-Brüder werden sich wohl auch bald von ganz allein eine neue Ordensburg suchen.«

Christine seufzte. »Wirklich verrückt, was sich in unserer harmlosen Eifel so alles abspielt. Vielleicht sollten wir einen Krimi über die ganze Geschichte schreiben. Was meinst du, Robert?«

In der nahe gelegenen Buchhandlung ging das Licht an. Die Besitzerin hatte für diesen Abend zu einer Krimi-Lesung eingeladen. Ein bekannter Eifelkrimi-Autor hatte ein Buch über den Skandal am Nürburgring herausgebracht, den bis dahin größten Skandal in der Eifel seit dem Krieg. Ich schlug Christine vor, die Lesung zu besuchen. Sie stimmte lachend zu, und im Aufstehen sagte sie: »Trotzdem: Das, was hier abgeht, kann sich keiner ausdenken.«

Statt einer Antwort lächelte ich.

Ein großer Dank

Dieser Kriminalroman wäre ohne die Hilfe vieler lieber Menschen, die mich immer wieder ermuntert, korrigiert und dort, wo es nötig war, gebremst haben, nicht möglich gewesen. Da ich sie nicht alle namentlich erwähnen kann, möchte ich zumindest einigen wenigen ein großes Dankeschön aussprechen, allen voran meiner lieben Frau Sabine, die wie keine andere mit deutlicher Sprache zu verstehen gab, wenn es langweilig wurde: »Das kannst du so nicht schreiben. Da schläft man ja ein!«

Meinem Sohn Kai, der immer wieder zu hören bekam: »Pssst … Papa schreibt!«, und das mit einem Verständnis ertragen hat, das für ein Kind mehr als bewundernswert ist.

Marlies für die gesamte Unterstützung in jeder Hinsicht.

Meiner Lektorin Lisa Bitzer für die gründliche und motivierende Arbeit, ihre Sturheit, das Hinterfragen und Aufdecken von logischen Fehlern. Diese Zusammenarbeit macht Lust auf neue Projekte!

Elke Pistor und Rudi Jagusch für kollegiale Tipps und das Aufnehmen in ihren Kreis.

F. A. Heinen für die Forschungsarbeiten zur Ordensburg Vogelsang, die freundliche Überlassung des Luftbildes des Vogelsang-Geländes, die wesentliche Arbeit bei der Rettung des Vogelsang-Archivs und seine klare Ansage, als er die ersten Seiten meines Machwerks las: »Das, mein Lieber, hat den Charme einer Ratsvorlage.«

Heiko für sein monkisches Korrekturlesen.

Ute für Ideen und Tipps im Bereich der Polizeiarbeit.

Klaus (Fred) für seine Ungeduld und seinen Ideenreichtum.

Und den vielen Nichtgenannten, die mit Ideen und Tipps geholfen haben.

DANKE.